U0124145

漢傳佛典「中陰身」
之研究

--果濱撰

自序

　　「中陰身」是指人死亡之後至再次投胎受生期間的一個「過渡」的狀態，近幾年來熱門的《西藏生死書》就是專門介紹這個議題，目前檢索「臺灣博碩士論文知識加值系統」(國家圖書館全球資訊網)發現只有二篇專門研究「中陰身」的碩論，如：民國 92 年南華大學生死學研究所李函真之「中陰解脫之研究--藏傳佛教中陰超度法的生死意識轉化內涵」碩士論文，及民國 99 年南華大學宗教學研究所李亘為之「寧瑪派中陰教授修行次第之詮釋及其對中小學生命教育之啟示」碩士論文。這兩篇碩論都是從「藏傳」佛典的資料來當研究材料，其實在漢譯的佛典經論中對「中陰身」的研究份量多於《西藏生死書》，可惜未有人專門研究漢譯佛典經論的「中陰身」學。本書將深入漢譯的佛典經論，將有關「中陰身」的學問做一徹底研究分析。

　　在漢傳佛典中討論到「中陰身」的經典有《大寶積經》、《最勝問菩薩十住除垢斷結經》、《十住斷結經》、《正法念處經》、《阿毘達磨大毘婆沙論》、《阿毘達磨俱舍論》、《瑜伽師地論》……等，內容廣泛的說明「中陰身」的「身形大小、食衣住行、壽命、轉世的特殊因緣、相見與相礙、神通力」……等諸多問題。

　　本書第六章為「中陰身」的其餘問題探討，主要是以「經典」的分析整理做說明，不再以學術論文的型式撰寫。內容有「中陰身」的「昇天」與墮「地獄」的實況，及《正法念處經》十七種「中陰身」的介紹。為方便讀者閱讀，在艱澀經文旁邊也加了適當的白話解釋及注音。

　　在探討「中陰身」學問之前，本書還探討了「佛典的瀕死現象」與「臨終前後」及「往生六道」等諸多與「中陰學」相關的研究。期望這本專書能

帶給所有關心「生死學」議題的人獲得正確如法的知識。

公元 2014 年 1 月 16　果濱序於土城楞嚴齋

────目錄及頁碼────

第一章　佛典的瀕死現象

本章發表於 2010 年 12 月 25 日(星期六)天主教輔仁大學第四屆「生死學與生命教育學術研討會」。當天與會學者為本文提供諸多寶貴意見，經筆者多次修潤後已完成定稿。

近年西方或東方都熱衷於探討「瀕死現象」，但研究資料只限「死而復生」者的「口述」內幕，這些死而復生者大多屬「仍有餘福」[1]或「業緣未了」[2]的跡象，所以他們體會的瀕死現象 95% 都說是「平靜和快樂」的，[3]美國著名心理學家雷蒙德·穆迪(Raymond A. Moody)博士研究過 150 個瀕死體驗者(經歷過「臨床死亡」後復生的人)的案例之後，大體歸納為 14 條不可忽視的相似性，如：「明知死訊、體驗愉悅、奇怪聲音、進入黑洞、靈魂脫體、語言受限、時間消失、感官靈敏、孤獨無助、他人陪伴、出現亮光、回望人生、邊界阻隔、生命歸來」等。[4]

至於生平作惡多端的罪人很少有「死而復生」的機會，[5]所以我們也

---

[1] 有無「餘福」的字詞乃引自《佛說超日明三昧經·卷二》云：「宿有餘福，今乃得聞」。詳《大正藏》第十五冊頁 542 中。

[2] 「業緣」已了或未了的名詞乃引自《大寶積經·卷七十一》云：「若所造作業，其業緣未熟，未得於果報，如來悉了知」。詳《大正藏》第十一冊頁 404 上。

[3] 瑞士地質學家阿爾伯特·海蒙(Albert Heim)於 1892 年的研究論文中提到：在他所調查的 30 名墜落倖存者中，「95%」的人都說在「瀕死過程」中感受到「平靜和快樂」。台灣高雄市立凱旋醫院精神科醫師暨瀕死中心主任林耕新指出，瀕死經驗者「復活」後，有瀕死經驗者 90%不再畏懼死亡，58.8%覺得人生觀發生正向改變，35.2%趨向普遍性宗教的傾向，更樂於去幫助他人。詳網路資料 http://drlin332.pixnet.net/blog/category/1421887。
台灣瀕死研究中心表示，95%有過瀕死經驗者，活過來後幾乎都能激發正向生命，第一階段：安祥和輕鬆，占 57%。第二階段：意識逸出體外，占 35%。第三階段：通過黑洞，占 23%。第四階段：與親朋好友歡聚第五階段：與宇宙合而為一，10%。詳網路資料 http://www.ta.org.tw/92news/921101.html。

[4] 請參考 http://info.wenweipo.com/?action-viewnews-itemid-28996。或參考 Raymond A. Moody 著，賈長安譯：《Life after life》(來生)，台北：方智出版社，1991 年 4 月初版(原文書乃於 1975 年出版)。

[5] 有些人在「瀕死體驗」中在也看到了一些可怕的景象。例如：《天堂印象－－100 個死後生還者的口述故事》中就記載了一個叫斯塔因.海德勒的德國警察局長可怕的「瀕死體驗」。他生前對人冷漠粗暴，在一次「瀕死體驗」中他看到自己被許多「貪婪醜陋的靈魂」包圍著，其中一個靈魂張著血盆大口撲上來要咬他。筆者推測這位警察畢竟也做過不少有利大眾的「功德」，所以「仍有餘福」而「死而復生」。參見逢塵主編：《天堂印象——100 個死後還生者的口述故事》，外文出版社，1999 年 1 月。

無法得知這些「無有餘福、造諸惡業」人的完整的「瀕死現象」，如《佛說長阿含經・卷第七》中云：

> 「十惡」備足，身死命終，必入地獄，獄鬼無慈，又「非人類」。死生異世，彼若以「頓言」求於獄鬼：「汝暫放我，還到世間，見親族言語辭別，然後當還。」寧得放不？婆羅門答曰：「不可！」。[6]

這樣所謂 95% 瀕死者皆呈「平靜和快樂」的理論勢必是「不客觀」的。然而吾人從佛教經典中卻可發現佛陀介紹了大量的「瀕死體驗」，還細分成「三善道」及「三惡道」[7]的瀕死經驗，也就是「無有餘福、死不復生、造諸惡業」者的瀕死體驗皆可由佛典中獲得完整的資料內幕，這是目前世間科學或催眠實驗均無法得知的「資訊」(因為那些人不會再活過來，除非是「託夢告知」)。本章將以佛典中的瀕死過程資料做為研究主軸，亦一併探討《西藏生死書》(亦名《西藏度亡經》或《中陰聞教得度》)中所出現的「神明護法」問題。

---

[6] 詳《大正藏》第一冊頁 43 中。
[7] 《大智度論・卷三十》云：「分別善惡故有六道：善有上、中、下故，有三善道：天、人、阿修羅；惡有上、中、下故，地獄、畜生、餓鬼道」。詳《大正藏》第二十五冊頁 280 上。

第一節　佛典的死而復生現象

　　人死而復生是全球人類都會發生的事,這類的記載史料非常多,如:南齊·王琰《冥祥記》[8]、宋·劉義慶《幽明錄》(或名《幽冥錄》、《幽冥記》)、晉·干寶《搜神記》(或名《干寶記》、《搜神傳記》、《搜神異記》)、晉·荀氏《靈鬼志》、晉·宋之間及陶潛《續搜神記》、隋·顏之推《冤魂志》(《宣魂志》)、唐·唐臨《冥報記》(《寶報記》,此書收於卍續藏第一五〇冊)、唐·中山郎餘令(字元休)撰《冥報拾遺》(《冥祥拾遺》)、日本·佐佐木憲德輯《冥報記輯書》(收於《卍續藏》第八十八冊)……等。除了這些史料記載外,在佛典中就有一部由劉宋·沮渠京聲(?～464)居士[9]所翻譯的《佛說弟子死復生經》,內容述敘一位在家的優婆塞本「奉戒不犯,精進一心,勤於誦經,好喜佈施。」[10]後來突得重病而亡,臨終時遺囑交代不要將他的屍體入殮,至少要等七天。後來等到了第八天,仍無還生,亦無屍臭,家人還是沒有將他入殮,到了第九天突然「開眼還生」,第十天就能起坐說話。家人問他這幾天發生什麼事?這位居士便說他去遊覽「地獄」,地獄是黑的,四面八方都是以「鐵」作城牆,到處都是紅火,地獄中的吏卒抓著犯人丟入大火中燒烤,或用刀割犯人肉而食之。後來閻羅王問為何將這位在家居士帶到此地?原來此人年少時曾為惡友所染而奉事外道,進而殺生祠神,後入佛道中即授五戒行十善,不復犯惡。此後吏卒便說:「是小吏罪之所致,不別真偽,請得遣之還」。[11]於是此居士便還人間而復活。

---

[8] 本書並無完整之全本流傳,僅有部分內容散見於《法苑珠林》、《太平廣記》等。至民國的魯迅則收集《冥祥記》之片斷,集錄於《古小說鉤沈》一書之中。

[9] 沮渠京聲為京王沮渠蒙遜之從弟,匈奴人也。敏朗智鑒,涉獵群書,善於談論。少時曾度流沙,至於闐學梵文,常遊止塔寺,翻譯經文。

[10] 詳《大正藏》第十七冊頁868中。

[11] 詳《大正藏》第十七冊頁868下。

　　佛教典論中還有很多類似「死而復生」的記載，如《三寶感應要略錄・卷之下・僧寶聚》中記載一劉氏，有次前往隔壁鄰家的途中撿到一個有「頭」刻像的「木杖」，於是便帶回家插置在牆壁中，多年後他也忘了這件事。後來遭受疾病而亡，心胸仍有微溫，家人便不下葬，經過「一日二夜」便復活了。家人問這二天去那？劉氏說他剛死時見到兩位騎馬的「冥官」，然後帶他去大廳見一「大王」(即閻羅王)，剛好有一位沙門和尚也來到這大廳，沙門便對劉氏說：我就是地藏菩薩，你生平見我「像」，然後持置家中壁上，且能「憶念不忘」，以此功德可「放還人間」。劉氏聽後即憶起往昔並沒有對那「木像」生起「憶念不忘」心，即生懺悔自責。後來沙門便牽劉氏的手而還至人間。劉氏復活後，立刻將那「地藏頭像」加以刻工彩繪，然後將自宅捐出成精舍，名為「地藏院」。[12]

　　《持誦金剛經靈驗功德記》中記載遂州有一人，於貞觀元年死亡，後經「三日」得活。原因是他一生持誦《金剛般若波羅蜜經》，理當昇天，竟「錯召」至地獄閻羅王所，後來天神便將此人帶回陽間。[13]

　　《持誦金剛經靈驗功德記》還記載一位長安的溫國寺靈幽法師，一日忽死，經過七日後去見了地獄的「平等王」。「平等王」說靈幽法師誦《金剛經》但少誦一「偈」，後來便放法師回去多活十年。[14]

　　另一部重要的典籍唐・道世(？～683)撰的《法苑珠林》，內容引用佛經外，尚引用了四百多種「外典」資料，[15]裡面還有更多「死而復生」的

---

[12] 詳《大正藏》第五十一冊頁 854 下。《三寶感應要略錄・卷之下(僧寶聚)》載：「簡州 金水縣侍郎，姓劉氏……後遭疾而死。心胸少暖，不葬之，經『一日二夜』還活，流淚悔過自責，投身大地」。

[13] 《大正藏》第八十五冊頁 157 下。

[14] 詳《大正藏》第八十五冊頁 158 中。

[15] 詳見陳垣：《中國佛教史籍概論》卷三，文史哲出版社，頁 63。

記載，除了《冥祥記》、《冥報記》、《冥報拾遺》、《冥報記輯書》……
等已有的現成資料外，下面例舉不在上述典籍內的故事：

《法苑珠林・卷第七》載：

晉・趙泰，年三十五時，嘗卒心痛，須臾而死。準備葬地時因「心
暖不已」，故暫留屍，至「十日」後，咽喉中有聲如雨，俄而蘇活。
趙泰說：這十天去遊覽地獄，見到祖父母及二位弟弟在地獄中受苦。
[16]

《法苑珠林・卷第七十六》載：

唐朝的程普樂，於永徽六年五月七日，因微患而暴死，但經過五日，
其心暖且無屍臭，後於「第六日」而得還生。他說剛死時有二位「青
衣人」帶他去見閻羅王，後又見地獄種種可怕事。閻羅王說：你雖
沒有重罪，也不是完全沒有罪過，今放你回去，三年後回來受死。
後來這二位「青衣人」便將程普樂送回陽間，程普樂看見一床鋪，棘
林枝葉非常稠密，「青衣人」就令程普樂入此樹林，二人急推下，程
普樂「合眼」而入，即覺身已在「床」而蘇活。從此終身不犯諸惡，
菜食長齋。[17]

《法苑珠林・卷第七十九》載：

隋開皇十一年，內太府寺丞之趙文昌身忽暴死，於數日，唯心上暖，
家人不敢入殮，後時得語復活。他說：死後，有人將他帶至閻羅王
所。王問：一生作何功德，趙文昌說：唯專心誦持《金剛般若》，王

---

[16] 以上已將「原經文」轉成半白話，可詳閱「原典」，參《大正藏》第五十三冊頁330
中~330下。

[17] 以上已將「原經文」轉成半白話，可詳閱「原典」，參詳《大正藏》第五十三冊頁859
下。

聞此語合掌斂膝，贊言：善哉！善哉！汝能受持《般若》，功德甚大，不可思議。王便跟「冥吏」說：好須勘當，莫令「錯將」人來！後即復還人間。[18]

《法苑珠林・卷第九十二》載：
後魏崇真寺僧慧嶷，死經七日，時與「五比丘」次第於閻羅王所閱過，嶷以「錯召」，放令還活，具說王前事意(事出《洛陽伽藍寺記》)。[19]

　　這些「死而復生」的記載大致都有一個共同模式，那就是到閻羅王或者某大王那兒「報到」，或因「錯召」，或人間「業緣未了」，或僅是「到此一遊」……等，幾乎沒有說到了「天國」或「佛國淨土」後而遭「退返」命運，也許到了上述那些地方就不可能被「遣返」吧？這是本節筆者整理佛典「死而復生」故事的一個有趣現象。相對的，西方所研究的瀕死體驗偶爾會出現「到上帝天國一遊」的情形，上帝會說您的「業緣未了」，必須再回人間去「完成」，所以就會「復活」過來。[20]

　　底下整理《法苑珠林》及《冥報記》中所記載的「死而復生」資料，最長竟可達一個月後復生，真是不可思議！

---

[18] 以上已將「原經文」轉成半白話，可詳閱「原典」，參詳《大正藏》第五十三冊頁875下。

[19] 詳《大正藏》第五十三冊頁970上。

[20] 可參考 Raymond A. Moody 著，賈長安譯：《Life after life》(來生)，台北：方智出版社，1991年4月初版。

亡後經一日而活	唐・范陽 盧元禮，貞觀末為泗州 漣水縣尉，曾因重病悶絕，經一日而蘇。
	(詳《法苑珠林》卷 64。CBETA, T53, no. 2122, p. 779, c)
	唐・武德中，遂州總管府記室參軍孔恪，暴病死，一日而蘇。
	(詳《法苑珠林》卷 71。CBETA, T53, no. 2122, p. 825, b)
亡後經二日而活	永徽二年五月……尚書都官令史王璹，暴病死，經二日而蘇。
	(詳《冥報記》卷 3。CBETA, T51, no. 2082, p. 800, a)
	宋・沙門僧規者，武當寺僧也，時京兆張瑜于此縣，常請僧規在家供養，永初元年十二月五日，無痾，忽暴死，二日而蘇愈。
	(詳《法苑珠林》卷 83。CBETA, T53, no. 2122, p. 900, b)
	宋・沙門智達者，益州 索寺僧也，行頗流俗，而善經唄。年二十三，宋元徽三年六月病死，身暖不殮，遂經二日蘇還，至三日旦而能言視。
	(詳《法苑珠林》卷 90。CBETA, T53, no. 2122, p. 953, a)
亡後經三日而活	晉・沙門支法衡，晉初人也，得病旬日亡，經三日而蘇活說。
	(詳《法苑珠林》卷 7。CBETA, T53, no. 2122, p. 331, b)
	隋……有寶昌寺，僧大智死，經三日而便蘇活。
	(詳《法苑珠林》卷 14。CBETA, T53, no. 2122, p. 391, a)
	唐・遂州人趙文信，至貞觀元年暴死，三日後還得蘇。
	(詳《法苑珠林》卷 18。CBETA, T53, no. 2122, p. 422, a)

	岐州 岐山縣華陽鄉王莊村，有人姓憑名玄嗣……玄嗣忽倒，不覺暴死，經三日始活。 (詳《法苑珠林》卷38。CBETA, T53, no. 2122, p. 587, a)
亡後經三日而活	周・武帝好食雞卵，一食數枚，有監膳儀同名拔虎，常進御食有寵。隋文帝即位，猶後監膳進食。開皇中暴死，而心尚暖，家人不忍殯之，三日乃蘇。 (詳《法苑珠林》卷94。CBETA, T53, no. 2122, p. 978, c)
	唐・東宮右監門兵曹參軍鄭師辯，年未弱冠時，暴死，三日而蘇。 (詳《法苑珠林》卷94。CBETA, T53, no. 2122, p. 980, a)
	唐・曹州 離狐人裴則男，貞觀末年二十一死，經三日而蘇。 (詳《法苑珠林》卷97。CBETA, T53, no. 2122, p. 1004, b)
亡後經四日而活	趙石長和者，趙國高人也，年十九時，病一月餘日亡，家貧未能及時得殯斂，經四日而蘇。 (詳《法苑珠林》卷7。CBETA, T53, no. 2122, p. 331, c)
	北齊時有仕人姓梁，甚豪富，將死謂其妻子曰，吾平生所愛「奴馬」，及皆使用日久稱人意，吾死可以為殉，不然無所乘也。及死，家人以囊盛土壓「奴」殺之，馬猶未殺，「奴」死，四日而蘇。 (詳《法苑珠林》卷36。CBETA, T53, no. 2122, p. 577, c)
	唐・吳王文學陳郡謝弘敞妻，高陽 許氏，武德初年遇患死，經四日而蘇。 (詳《法苑珠林》卷94。CBETA, T53, no. 2122, p. 983, b)
亡後經六日而活	唐・隴西 李知禮，少趫捷，善弓射，能騎乘兼

	攻放彈，所殺甚多，有時罩魚不可勝數。貞觀十九年微患，三四日即死，乃見一鬼……知禮惶懼，委身投坑，即得蘇也，自從初死至於重生，凡經六日。
	(詳《法苑珠林》卷 64。CBETA, T53, no. 2122, p. 774, a)
	唐·雍州 西鼇屋縣西北有元從人坊，元從人程普樂，少好音聲，至永徽六年五月七日，因有微患暴死，五日心暖不臭，家人不敢埋，至第六日平旦得蘇，還如平生。
	(詳《法苑珠林》卷 76。CBETA, T53, no. 2122, p. 859, c)
亡後經七日而活	宋·李旦，字世則，廣陵人也，以孝謹質素，著稱鄉里，元嘉三年正月十四日暴死，心下不冷，七日而蘇，唅以飲粥，宿昔復常。
	(詳《法苑珠林》卷 6。CBETA, T53, no. 2122, p. 315, a)
	宋·魏世子者，梁郡人也，奉法精進，兒女遵修，唯婦迷閉，不信釋教，元嘉初，女年十四病死，七日而蘇。
	(詳《法苑珠林》卷 15。CBETA, T53, no. 2122, p. 400, b)
	唐·左監門校尉馮翊 李山龍，以武德中暴亡，而心上不冷，如掌許，家人未忍殯斂，至七日而蘇。
	(詳《法苑珠林》卷 20。CBETA, T53, no. 2122, p. 436, a)
	唐·兗州 鄒縣人，姓張，忘字，曾任縣尉……張大怖懼，走至家中，即逢男女號哭，又知(妻)已殯，張即呼兒女急往發之，開棺見妻，忽起即坐，囅然笑曰：為憶男女，勿怪先行，於是已死，

	經六七日而蘇也。 (詳《法苑珠林》卷 28。CBETA, T53, no. 2122, p. 495, c)
	唐‧坊州人……至四年六月，雍州 高陵有一人，失其姓名，死經七日，背上已爛而甦。 (詳《法苑珠林》卷 33。CBETA, T53, no. 2122, p. 548, b)
	宋‧陳安居者，襄陽縣人也……遂得篤病，而發則為歌神之曲，迷悶惛僻……安居不聽，經積二年，永初元年，病發遂絕，但心下微暖，家人不殮，至七日夜，守視之者，覺屍足間如有風來，飄衣動衾，於是而「蘇」有聲。家人初懼屍蹶，並走避之，既而稍能轉動，未求飲漿，家人喜之，問從何來。 (詳《法苑珠林》卷 62。CBETA, T53, no. 2122, p. 757, a)
	唐‧魏州 武強人齊士望，貞觀二十一年死，經七日而蘇。 (詳《法苑珠林》卷 73。CBETA, T53, no. 2122, p. 842, b)
	唐‧咸陽有婦女，姓梁，貞觀年中死，經七日而蘇。 (詳《法苑珠林》卷 76。CBETA, T53, no. 2122, p. 858, c)
	晉‧沙門慧達，姓劉名薩荷，西河 離石人也，未出家時長於軍旅，不聞佛法，尚武好畋獵，年三十一，暴病而死，體尚溫柔，家未殮，至七日而蘇。 (詳《法苑珠林》卷 86。CBETA, T53, no. 2122, p. 919, b)

亡後經七日而活	宋・沙門釋曇典，白衣時，年三十，忽暴病而亡，經七日方活。 (詳《法苑珠林》卷90。CBETA, T53, no. 2122, p. 953, c)
	後魏・崇真寺僧慧嶷，死經七日，時與「五比丘」次第於「閻羅王所」閱過，嶷以「錯召」，放令還活。 (詳《法苑珠林》卷92。CBETA, T53, no. 2122, p. 970, a)
	後隋・大業中，雍州 長安縣有人，姓趙名文若，死經七日，家人大斂，將欲入棺，乃縮一腳，家人懼怕，不敢入棺，文若得活。 (詳《法苑珠林》卷94。CBETA, T53, no. 2122, p. 979, a)
亡後經十日而活	晉・趙泰，字文和，清河 貝丘人也，祖父京兆太守……泰年三十五時，嘗卒心痛，須臾而死，下屍于地，心煖不已，屈申隨人，留屍十日，卒咽喉中有聲如雨，俄而蘇活。 (詳《法苑珠林》卷7。CBETA, T53, no. 2122, p. 330, b)
亡後經十四日而活	漢・建安中李娥死，十四日復生，其語具作鬼神。 (詳《法苑珠林》卷97。CBETA, T53, no. 2122, p. 1002, b)
亡後經一個月而活	漢・獻帝 初平中，長沙 桓氏死，月餘，其母聞棺中有聲，發之遂生(復活也)。 (詳《法苑珠林》卷97。CBETA, T53, no. 2122, p. 1002, b)

第二節　瀕死前的四大現象

　　佛經上說人身是由四種基本物質所構成，即「地、水、火、風」四大，這「四大」不協調會引起各種病痛，如由「風大」所引起的「風病」有101種，由「地大」增長而引起之「黃病」有101種，由「火大」旺盛所引起之「熱病」亦有101種，由「水大」積聚而引起之「痰病」亦有101種，總計為404種病，[21]這是佛典常用的專有名詞，但404種病只是「原則性、大約性」的說法，[22]實際上還有「無量百千萬億的病緣」。[23]人在瀕死前這「四大」也會出現「不調」的情形，如《正法念處經・卷六十七》云：「觀死四種，所謂：『地大』不調，『水大』不調，『火大』不調，『風大』不調。」[24]進而逐漸死亡。

　　人體身上凡是「堅礙(khakkhaṭatvaṃ)、堅硬」的部份都屬「地大」。凡「濕潤(dravatvaṃ)、流潤」的部份都屬「水大」。凡「暖觸(uṣṇatvaṃ)、暖熱、暖氣、火相、熱體」都屬「火大」。凡「動搖(laghu-samudīraṇatvaṃ)、飄動、動轉、出

---

[21] 如《佛說佛醫經・卷一》云：「人身中本有四病：一者、地；二者、水；三者、火；四者、風。風增，氣起；火增，熱起；水增，寒起；土增，力盛。本從是四病，起『四百四病』」。詳《大正藏》第十七冊頁 737 上。《修行本起經・卷二》亦云：「人有四大，地、水、火、風，大有『百一病』，展轉相鑽，『四百四病』，同時俱作，此人必以極寒、極熱、極飢、極飽、極飲、極渴，將節失所，臥起無常，故致斯病」。詳《大正藏》第三冊頁 466 下。

[22] 如據《大智度論・卷五十九》云：「如實珠能除『四百四病』，根本四病：風、熱、冷、雜；般若波羅蜜亦能除『八萬四千病』，根本四病：貪、瞋、癡、等分。婬欲病分『二萬一千』，瞋恚病分『二萬一千』，愚癡病分『二萬一千』，等分病分『二萬一千』。以不淨觀除貪欲，以慈悲心除瞋恚，以觀因緣除愚癡，總上三藥或不淨、或慈悲、或觀因緣除等分病」。詳《大正藏》第二十五冊頁 478 中。或見《佛說法集經・卷四》云：「若如是觀身此身不堅固，唯是父母赤白和合不淨而生。臭穢以為體，貪瞋癡怖以為賊亂，破壞不住，種種無量『百千萬病』，以為家宅」。詳《大正藏》第十七冊頁 628 中。

[23] 如《大方廣佛華嚴經・卷六十六》云：「復見無量百千萬億上妙寶車……『百千萬億病緣』湯藥資生之具」。詳《大正藏》第十冊頁 356 下。

[24] 詳《大正藏》第十七冊頁 398 上。

入息」皆屬「風大」。[25]如《大方廣圓覺修多羅了義經》云：

> 「髮毛、爪齒、皮肉、筋骨、髓腦、垢色」，皆歸於「地」。
> 「唾涕、膿血、津液、涎沫、痰淚、精氣、大小便利」，皆歸於「水」。
> 「暖氣」歸「火」。
> 「動轉」歸「風」。[26]

這「四大」解體的順序則由「風大」開始，其次是「火大、水大、地大」，如《法觀經》云：

> 氣出(呼吸氣息)不報(回報;回應)為死人，身倐正直，不復搖，「風」去。
> 身冷，「火」去。
> 黃汁從九孔流出，「水」去。
> 死不復食，「地」去。
> 三、四日，色轉正青。膿血從口、鼻、耳、目中出，正赤。肌肉壞敗，骨正白。久久轉黑作灰土，視郭外臭死人。[27]

這種由「風、火、水、地」解體的順序是漢傳佛典諸經一致性的說法，如：

---

25 以上說法請參見《大方廣佛華嚴經・卷第十一》云：「身骨三百六十及諸『堅礙』，皆地大性。凡諸『濕潤』，皆水大性。一切『暖觸』，皆火大性。所有『動搖』，皆風大性」。詳《大正藏》第十冊頁711上。及《大寶積經・卷一一〇》亦云：「身之『堅鞕』為地大。『流潤』為水大。『暖熱』為火大。『飄動』為風大」。詳《大正藏》第十一冊頁613上。

26 詳《大正藏》第十七冊頁914中。

27 詳《大正藏》第十五冊頁241中。

《長阿含經・卷一》云：

死者，盡也。「風」先「火」次，諸根壞敗，存亡異趣，室家離別，故謂之死。[28]

《放光般若經・卷十四》云：

譬如人，欲死時，「風」先命去，諸根悉滅。[29]

《佛說五王經》云：

欲死之時，刀風解形，無處不痛……死者去之，「風」去氣絕，「火」滅身冷，「風」先「火」次，魂靈去矣。[30]

《佛說八師經》云：

佛言：八謂人死，四百四病，同時俱作。四大欲散，魂神不安。「風」去息絕，「火」滅身冷，「風」先「火」次，魂靈去矣。[31]

《增壹阿含經・卷二十四》云：

是時，閻羅王以此教勅已，復以第四天使告彼人曰：云何？男子！身如枯木，「風」去「火」歇，而無情想，五親圍遶而號哭？[32]

《修行本起經・卷二》云：

何如為死？答言：死者盡也，精神去矣。四大欲散，魂神不安，

[28] 詳《大正藏》第一冊頁 6 下。
[29] 詳《大正藏》第八冊頁 101 上。
[30] 詳《大正藏》第十四冊頁 796 中。
[31] 詳《大正藏》第十四冊頁 966 上。
[32] 詳《大正藏》第二冊頁 675 上。

「風」去息絕,「火」滅身冷,「風」先「火」次,魂靈去矣。[33]

《出曜經・卷十三》云:

所謂死者,無出入息,身如枯木,「風」去「火」棄,神識斷去。[34]

《出曜經・卷二十二》云:

如人在世,不知死生,死為神徙,「風」去「火」次,魂靈散矣,身體侹直,無所復中。[35]

但是在《西藏度亡經》中對死亡的順序卻與漢傳佛典說法不同,如《西藏度亡經》云:

一位與死者私交甚密的同門兄弟,將出現的徵象,依次以鮮明的語句反覆印入死者的心靈之中,首先是:現在,「地大」沈入「水大」的徵象出現了……其次是「水大」落入「火大」之中,最後是「火大」落入「風大」之中。[36]

另一本由張蓮菩提重譯的《中陰救度密法》也是這樣說:

於其將死象徵「次第」現前,即須為警告曰:今者,「地大」降於「水大」矣……「水大」降於「火大」……「火大」降於「風大」。[37]

---

[33] 詳《大正藏》第三冊頁 184 上。

[34] 詳《大正藏》第四冊頁 681 上。

[35] 詳《大正藏》第四冊頁 725 下。

[36] 詳蓮花生大士原著,徐進夫譯:《西藏度亡經・第三章 乾編・臨終中陰與實相中陰》,臺北:天華出版社,1983 年 4 月,頁 96 及 170。

[37] 參見張蓮菩提重譯華言:《中陰救度密法》,臺北:大乘精舍印經會,1998 年 5 月,

今將兩者異同製表如下：

漢傳佛典	《西藏度亡經》
風➔火➔水➔地	地➔水➔火➔風

　　這兩者的差異究竟只是「敘述」上的不同，還是從「根本理論」上就出現差異性？筆者認為人死應從「風大」開始解體，漢傳佛典上說一切眾生臨終前一定是先「身中刀風」[38]而亡。所謂的「刀風」亦稱為「風刀」，是指我們體內屬於「風大」的部份會開始「動搖」，進而身體分解，這種情形有如千百隻刀割裂身體般的痛苦，故佛經皆謂之為「風刀」或「刀風」。在《正法念處經・卷六十七》中更詳細列出死亡與「風」有關的名詞，計有「行風、上下風、命風、開風、亂心風、惱亂風、視眴風、閉風、壞胎藏風、轉胎藏風、刀風、針刺風、惡黃風、破腸風、黃過風、冷風、傷髓風、傷皮風、傷血風、傷肉風、傷骨風、害精風、皮皺風、生力風、傷汗風、癩風、食相應風、破齒風、喉脈風、下行風、上行風、傍風、輔筋風、害髓風、似少風、睡見亂風、不忍風、名字風、緊風、肺風、

頁 29。

[38]　如《增壹阿含經・卷八》云：「爾時，周利槃特廣為說法已，婆羅門從比丘聞如此教已，諸塵垢盡，得法眼淨。即於其處，身中『刀風』，起而命終」。詳《大正藏》第二冊頁 586 中。這類的經典說法非常多，茲再舉《佛本行集經・卷五》云：「或有眾生，命終之日，為於『風刀』，節節支解，受於楚痛」。詳《大正藏》第三冊頁 676 中。
　　《過去現在因果經・卷二》云：「優陀夷言：夫謂死者，『刀風』解形，神識去矣，四體諸根，無所復知」。詳《大正藏》第三冊頁 630 下。
　　《出曜經・卷三》云：「『刀風』解形，忽然無常。佛以天眼清淨無瑕穢，見此長者卒便命終」。詳《大正藏》第四冊頁 623 下。
　　《佛說五王經》云：「欲死之時，『刀風』解形，無處不痛，白汗流出」。詳《大正藏》第十四冊頁 796 中。
　　《五苦章句經》云：「世間死人，『刀風』斷脈，拔其命根」。詳《大正藏》第十七冊頁 547 上。

臭上行風、穢門行風、忘念風……」等。[39]除了這些與「風」有關的名詞外，在《大寶積經·卷七十三》亦詳細說：「身內風界……所謂：住身『四支』者是風，住『胃』者是風，行『五體』者是風，行諸『子支』者亦皆是風，遍行『大小支』者亦是風，『出入息』者亦是風，略而言之，『遍身行』，悉皆是風……」。[40]可見吾人身內確是以「風大」佔了最大部份，故在命終時，這些「風大」就先開始「增盛集合」，然後讓身內的「火大、水大、地大」逐漸損減而消逝，如《大寶積經·卷七十三》云：

> 又時身內「風界」增盛集合，彼增盛集合時，能枯燥「水界」，亦能損減「火界」，于時枯燥「水界」，損減「火界」已，令人身無「潤澤」，亦無「溫煖」，「心腹」鼓脹，「四支」掘強，「諸脈」洪滿，「筋節」拘急。彼人爾時受大苦惱，或復命終。[41]

命終後，過三、四日後，屍體便轉為「正青」[42]而逐漸爛壞毀滅了。

---

[39] 詳《大正藏》第十七冊頁397中～下。
[40] 詳《大正藏》第十一冊頁414中。
[41] 詳《大正藏》第十一冊頁414中。
[42] 參《法觀經》，詳《大正藏》第十五冊頁241中。

第三節　瀕死前的種種現象

(一)瀕死前的普遍相

瀕死前的「普遍」現象在佛典中的記載非常多,諸如《道地經》(同《修行道地經》)、《大威德陀羅尼經‧卷八》[43]、《大莊嚴論經‧卷三》[44]、《佛說勝軍王所問經》[45]……等,其中以《道地經》的記載最多最精彩也最詳細,這部經是由天竺 須賴挐國僧伽羅剎(Saṃgharakṣa,漢言眾護,生卒年未詳)所集,先後由後漢‧安世高(生卒年不詳,約公元二世紀人)及西晉‧竺法護(Dharmarakṣa 生卒年不詳,譯經時間位於265〜274)譯所翻譯,雖然是屬「集結」的經典,但後人對這部集結的評價非常高,如符秦‧僧伽跋澄[46]便為《僧伽羅剎所集經》作序文言:

> 僧伽羅剎者,須賴國人也,佛去世後七百年,生此國,出家學道。
> 遊教諸邦,至揵陀越土,甄陀罽貳王師焉,高明絕世,多所述作。
> 此土《修行經》、《道地經》其所集也,又著此經憲章……傳其將
> 終,我若立根得力大士;誠不虛者,立斯樹下,手援其葉而棄此
> 身,使那羅延力大象之勢,無能移余如毛髮也。[47]

文中說僧伽羅剎是甄陀罽貳王的國師,而且這些結集的經如果決定「不虛假」的話,他臨終時一定可以站立在樹下,手攀緣葉子而往生,就算有如大象的勢力,也不能對他做毛髮般的移動。果然在他荼毘時,火竟無法燒毀他所攀住的葉子,連甄陀罽貳王找一隻大象來拖他,依然如

---

[43] 該經描敘人臨死前有五種的衰相。詳《大正藏》第二十一冊頁791中。
[44] 詳《大正藏》第四冊頁273中。
[45] 詳《大正藏》第十四冊頁788中。
[46] 僧伽跋澄的生卒年不詳,但譯經時代位於符秦 建元年間,西元365〜384年間。
[47] 詳《大正藏》第四冊頁115中。

如不動，僧伽羅剎最終往生到「兜率天」與彌勒菩薩同論佛法，將來預補佛位為「賢劫第八」。[48]另一位由西晉・竺法護(Dharmarakṣa 生卒年不詳，譯經時間位於 265～274)譯的《偷迦遮復彌經》(晉名《修行道地經・卷一・並序》)序文中亦大大讚揚僧伽羅剎所集《修道行道地經》，文云：

> 造立《修行道地經》者，天竺沙門，厥名眾護（僧伽羅剎），出於印度中國聖興之域……「權現」真人，其實「菩薩」也……故總眾經義之大較，建易進之徑路……故作斯經……真可謂離患之至寂無為之道哉。[49]

從符秦・僧伽跋澄及西晉・竺法護的兩篇序文中皆一致的認定僧伽羅剎編集《修行道地經》的真實尊貴性，底下將這部經的二種譯本之臨終「死相」製表並詳細解說如下：(為了讀懂艱澀經文，已在旁邊小字上做了部份註解)

《道地經・五種成敗章第五》 後漢・安世高譯	《修行道地經・分別五陰品第四》 西晉・竺法護譯
佛言：行道者，當知「五陰」出入成敗。 譬如人命欲盡，在呼吸欲死，便四百四病(地水火風，每一種皆會引起 101 種病，故總數為 404 種病)中，前	願稽首彼佛，聽我說尊言(世尊所言)：修行道者，當知「五陰」成敗之變。何謂當知「五陰」成敗？ 譬若如人命欲終時，逼壽盡

---

[48] 僧伽跋澄的原序文如下：「正使就耶維者，當不燋此葉，言然之後，便即立終。閻膩王自臨，而不能動。遂以巨絚象挽，未始能搖，即就耶維，炎葉不傷。尋昇『兜術』，與彌勒大士高談彼宮，將補佛處『賢劫第八』」。詳《大正藏》第四冊頁 115 中。

[49] 詳《大正藏》第十五冊頁 181 下。

	後次第稍發，便見想生「恐」畏怖。	故，其人身中「四百四病」前後稍至，便值「多夢」而覩「瑞怪」，而懷驚恐。
(1)	夢中見蜂、啄木、烏鵶ỵ（同「鴉」）啄「頂腦」。(眾鳥們於)一柱樓(在有柱子的樓宇)上自樂(自我娛樂)見(被見)。	夢見蜜蜂、烏鵲(烏鴉:喜鵲)、鵰鷲(雕鷲鳥)住其(頭)頂上，覩眾(眾鳥)柱堂(有柱子的廳堂)在上娛樂。
(2)	(夢見)著衣，青、黃、赤、白，自身著。	(夢見)身所著衣(為)青、黃、白、黑。
(3)	見騎馬人，扰ỵ（擦拭）駬ỵ（馬長毛）有聲(鳴聲呼叫)。	騎亂駬ỵ（馬長毛）馬，而復鳴呼(鳴聲呼叫)。
(4)	持箒作枕(枕頭)，聚「土」中臥。	夢枕ỵ（以某物作枕頭）「大狗」，又枕「獼猴」，在「土」上臥。
(5)	死人亦擔(肩挑)死人。	夢與「死人、屠魁(屠夫首領)、除溷ỵ者(掃除廁所便溺人)」共一器食(共同於一食器)，同乘遊觀。
(6)	亦「除溷ỵ人」(掃除廁所便溺人)，共一器(共同於一食器)中食，亦見是人共載(共載死人、除廁人等)車行。	
(7)	「麻油、污泥」(而)「污足」、亦「塗身」，亦見是「時時飲」。	或以「麻油」及「脂醍醐(從牛奶中精練出來的乳酪)」自「澆」其身，又「服食」之，數數如是。
(8)	亦見墮(於)網中，(為)獵家(所)牽去。	
(9)		見「蛇」纏身，倒掣ỵ（牽曳:牽引）

		入水。
(10)	或見自身嘻ㄒ，喜觀、喜咷ㄊ (號咷)。	或自覩身歡喜踊躍，拍髀ㄅ (大腿骨)戲笑。
(11)	或見道積(路旁堆積)「蟇ㄇ子」(蝦蟇子)自過上。	
(12)	或見斂(聚集)鹵鹽(用鹹土熬製而成的鹽)。錢。	
(13)	或見「被ㄆ髮袒ㄊ (裸露)」女人，自身相牽(你)。	
(14)	或有灰(灰塵)傅ㄈ(依附)身，亦食(食灰塵)。	或自覩之「華飾」(華麗裝飾衣)墮(落下)灰。以灰坌ㄅ (塵埃等粉狀物粘著)身，復取食之。
(15)		或見「蟻子」，身越其上。
(16)	或見狗，亦獼ㄇ猴，相逐(而今你)恐。	或見嚼鹽，(見諸)「狗犬、獼猴」，所見追逐(追逐你)，各還噛ㄋ (咬；啃)之(你)。
(17)	或見自身滅(即將滅亡)，欲娶嫁。	或見(自身)娶婦。
(18)	或時見人「家中」(之)「神」壞。	又祠家「神」，見屋「崩壞」，諸「神寺」破。
(19)		夢見耕犂(耕田犂地)，犂(犂具)墮(落下)「鬚髮」(鬍鬚和頭髮)。
(20)	或時見馬來猏ㄕ (同「舐」，用舌頭舔)鬚髮(鬍鬚和頭髮)。	
(21)	或時見「齒」墮地。	或時「牙齒」而自墮地。
(22)	或時見擔(肩挑)「死人衣」，自著身(自己亦穿死人衣)。	又著伍「白衣」(白色衣)。

(23)	或時自身袒裼（裸露），[50]為塗「膩」（污垢）。	或見己身倮（同「裸」）跣（赤腳）而行，「麻油」塗身。
(24)	或見「聚土」，（聚土於）自身轉（翻轉）。	「宛轉」（身體受土所附而翻來覆去，不斷轉動）土中。
(25)	或時見「革」（加工去毛的獸皮）及「毹」（通「氈」，以毛氈等製成的衣服），著衣行。	夢服「皮草」弊壞之衣。
(26)	或時自見家中「門」弊壞，車來到，多載「油花香」。	夢見他人乘「朽敗車」，到其門戶，欲迎之（你）去。
(27)	亦見「昆弟」（兄弟眷屬）近（靠近）自身。	或見眾花「甲煎」（以「甲香」和「沉麝」諸藥花物製成的一種香料）諸香，親屬取之（指「眾花甲煎」），以嚴（嚴飾）其身。
(28)	「嚴、先」祖人（已故祖先；祖父）現「魑恐」顏色，欲來取是（你），取（取而）「共行」。	「先祖」（已故祖先；祖父）為現（現身），（祖先）顏色「青黑」，呼前捉抴（牽引你；拉你），數作此夢。
(29)	或時「塚間」（墳墓）行（遊行），遽（快速）捨（捨棄）花嬰頸（所穿戴之頸飾）。	遊「丘塚」（同「塚」）間，拾取「華瓔」（諸華瓔珞），及見「赤蓮華」（紅蓮華）落在頸（自己頸上）。
(30)	或時見自身倒墮「河水」中。	墮大河中，為水所漂。
(31)	或時見墮「五湖、九江」，不得底。	夢倒墮水「五湖、九江」，不得其底。
(32)	或時見入「菅茅」（茅草的一種）	

---

[50] 唐・慧琳撰《一切經音義・卷七十五》云：「袒裸……經中二字，並從月從旦作『膽脾』，不成字，寫藏經宜改從正，如前所說也」。詳《大正藏》第五十四冊頁791下。

	中，裸身相割，自敷(通「傳」 →依附;連結)轉。	
(33)	或時上樹，無有「蓏」<small>(瓜類植物的果實)</small>，無有「華」，無有「華」<small>(可供)</small>戲<small>(遊戲玩弄)</small>。	或見其身入諸「叢林」，無有「華果」。 而為「荊棘」鈎壞<small>(自己)</small>軀體，以諸「瓦石」鎮<small>(鎮壓)</small>其<small>(自己)</small>身上。
(34)		或見「枯樹」，都無枝葉，夢緣<small>(攀緣)</small>其上<small>(枯樹上)</small>，而獨「戲樂」。
(35)	或時在「壇」<small>(用土石等建成的高臺，多供祭祀天地、帝王、遠祖或舉行朝會、盟誓及拜將的場所)</small>上舞。	在於「廟壇」而自搏<small>(拍;擊;跳動)</small>舞。
(36)	或時樹間行，獨樂大美<small>(大樂意;大歡喜;大得意)</small>，亦持<small>(手持)</small>若干「幹樹」破<small>(已遭破壞)</small>、「聚薪」<small>(堆聚的薪木)</small>。	或見「叢樹」，獨樂其中，欣欣大笑，折取「枯枝」，束負<small>(捆縛而肩負)</small>持行。
(37)	或時入舍<small>(房舍)</small>「闇冥」，不得門出。	或入「冥室」，不知戶出。
(38)	或時上「山巆」<small>(高峻突出之山岳)</small>、巖<small>(巖穴)</small>，悲<small>(而)</small>大哭。	又上「山嶽」<small>(山岳)</small>、巖穴<small>(山洞)</small>」之中，不知出處。
(39)		復見「山崩」，鎮<small>(鎮壓)</small>己身上，悲哭號呼。
(40)		或見「群象」忽然來至，蹋<small>(踩踏)</small>蹈<small>(踐踏)</small>其身<small>(你的身體)</small>。
(41)	或時「鳥梲」<small>(在梁上短柱的鳥)</small>吞足，亦蹈<small>(踩踏你)</small>。	
(42)	或時塵坌<small>(塵埃等粉狀物粘著)</small>頭。	夢見「土塵」坌<small>(塵埃等粉狀物粘著)</small>

		其身首(頭)，或著「弊衣」，行於「曠野」。
(43)	或時(被)虎遮斷(阻斷；截斷)，亦「狗、猴」亦驢，(往)南方行。	夢見乘(騎乘)「虎」，而暴(狂暴)奔走，或乘「驢、狗」而南遊行。
(44)	入「塚墓間」(墳墓)，見聚炭(堆聚木炭)，髮毛分骨(分散骨堆)，(及種種)擣碎「幹華」(樹幹華朵)。	入於「塚墓」(同「塚」)間，收炭(收取木炭)爪髮，自見其身，戴於「枯華」。
(45)	自身見入「檻笷」(大籠子、牢房)，王(閻羅王)見檻笷，王(閻羅王便)使問。	引入「大山」(同「太山、泰山」→冥界王之一)，閻王見問。
	從後現說世間，已得多樂根墮。 或身墮，畏命欲去，不得自在。 病追促，病已從，意便動，命盡憂近。 便見夢，令入大怖。	於是頌曰： 處世多安樂，命對至乃怖。 為疾所中傷，逼困不自在。 心熱憂惱至，見夢懷恐懼。 猶惡人見逐，憂畏亦如是。
	人便意中計：我命欲盡，如是「夢」(夢中)身所見，便意怖(意念恐怖)，便身殘(身體漸斷殘而滅)……	其人心覺已，心懷恐怖，身體戰慄。計命欲盡，審爾不疑：「今吾所夢，自昔未有。」 以意懅怵(懼怕)故，衣毛為竪，病遂困篤，震動不安……

　　上述內容乃將安世高(生卒年不詳，約公元二世紀人)譯《道地經・五種成敗章第五》和西晉・竺法護(Dharmarakṣa 生卒年不詳，譯經時間位於265～274)譯《修行道地經・分別五陰品第四》的經文內容分成45種「死相」，[51]這

---

[51] 上述45種相的經文詳見《大正藏》第十五冊頁232上，及《大正藏》第十五冊頁

45 種相乃描述人在即將死亡前的「夢境」現象，裡面有很多內容非常新奇，足為現代人判斷自己、或六親眷屬朋友們是否「已接近死亡」的一種參考依據。

《道地經》底下還敘述很多相關的「死相」，此再略分成 30 種，[52]如下表格：

	《道地經·五種成敗章第五》 後漢·安世高譯	《修行道地經·分別五陰品第四》 西晉·竺法護譯
	如是經中說死相：	如吾觀歷諸經本末，是則死應：
(1)	見顏色不如(不如以往)，皮皺。	面色惶懅(同「惶遽」➜恐懼慌張)，眼睫(眼目)為亂。
(2)	行身如土色。	身體萎黃(枯黃)。
(3)	舌涎𣶏(唾液口水)出。	口中涎𣶏(唾液口水)出。
(4)	或語言忘。	
(5)	見身重(身體沉重)，骨節不隨(無法隨順自如)。	
(6)		目冥「眛眛」(昏亂；模糊不清)。
(7)	鼻頭曲戾ㄌㄧˋ(彎曲)。[53]	鼻孔騫ㄑㄧㄢ(虧損)黃。
(8)	皮黑「咤幹」(面上黑斑點病也)。[54]	顏彩(顏面彩膚)失色。

183 下。

[52] 30 種相的經文詳見《大正藏》第十五冊頁 232 上，及《大正藏》第十五冊頁 184 中。

[53] 《大威德陀羅尼經·卷八》云：「閻浮提人輩命終之時，有五種衰相法……鼻當曲戾」。詳《大正藏》第二十一冊頁 791 中。

[54] 唐·慧琳撰《一切經音義·卷七十五》云：《文字集略》云「面上黑斑點病也」。古譯經文作「吒幹」，甚無義理，或是書經人錯誤也。或是譯者用字乖僻」。詳《大正藏》第五十四冊頁 791 下。

(9)	喉舌如骨色(白色)，不復知味，口燥。	不聞聲香，脣斷舌乾。
(10)	毛孔、赤筋(又名浮筋。位於腕部掌側橫紋，近橈動脈處)、脈(血脈)，不了了(皆不能活躍)。	其貌如地，百脈(血脈)正青。
(11)	被髮、髮豎、牽髮，不復覺。	毛髮皆豎，捉髮、搯(掏；挖取)鼻，都無所覺。
(12)	直視，背臥，驚怖顏色轉(生起)，面皺、髮豎、熟視。	喘息不均(均衡)，或遲或疾。於是頌曰： 面色則為變，毛髮而正豎。 直視如所思，舌強怪已現。 病人有是應，餘命少少耳。 疾火之所圍，如焚燒草木。
	或語若干說，如經說，餘命不足道。譬如樹間失火，亦如六相無說所聞見。	復有異經，說人終(命終)時，諸怪之變：
(13)	若有沐身，未浴身時。	設有洗沐，若復不浴(因為身上一直有異味，所以有洗沐等於沒有洗沐般)。
(14)	譬「栴檀香」。或時如「蜜香」。或時「多核香」。或時「那替香」。或時「根香」。或時「皮香」。或時「華香」。或時「蓏香」。或時「霍香」。 (病者聞之)或時宿命從行相，「筋香、髮香、骨香、肌肉盟血香、	設燒「好香、木櫁、栴檀、根香、花香」，此諸雜香，其香實好。 病者聞之，如燒死人「骨、髮、毛、爪、皮膚、脂、髓、糞塗」

	大便香」。 (又如)或時「鶬_{（同鷗鳥）}（同鷗鳥）香」。或時「烏香」。或時「蚖香」。或時「猪香」。 或時「狗香」。或時「狋香」。或時「鼠香」。或時「蛇香」。	之臭也。 又如「梟、鷲、狐狸、狗、鼠、蛇、魅」之臭也。
(15)	或時譬如有人： 或時「啄木聲」。或時「瓦聲」。或時「澀聲」。或時「惡聲」。或時「鴈聲」。或時「孔雀聲」。或時「鼓聲」。或時「馬聲」。或時「虎聲」	病者聲變： 言如「破瓦」，狀如「咽塞」，其音或如「鶴、鴈、孔雀、牛、馬、虎、狼、雷、鼓」之聲。
(16)		其人志性，變改_{（改變）}不常_{（沒有恒常）}，或現「端政」（同「正」）。其身柔軟，或復麁堅，身體數變，或輕、或重而失所願。
		此諸變怪，命應盡者，各值數事，不悉具有。於是頌曰……
	亦有說熟死相中，譬如人死時有「死相」：	今我所學，如所聞知，人臨死時，所現變怪：
(17)	為口不知味。	口不知味。
(18)	耳中不聞聲。	耳不聞音。
(19)	一切_{（身體）}卷縮_{（拳曲而收縮）}。	筋脈縮急，喘息不定。
(20)		體痛呻吟，血氣微細。
(21)		身轉羸瘦，其筋現麁。

(22)	脈投血肉腸。	或身卒肥，「血脈」隆起。
(23)	「頰車」(牙齒的下骨處：載牙齒的齶骨處)張(擴張)。	頰車(牙齒的下骨處：載牙齒的齶骨處)垂下。
(24)	上頭「掉」(抖動：搖動)，影(光：光線)無有明(光明)。	其頭戰掉(抖動：搖動)，視之可憎。
(25)	臀肉豎尒(豎立堅硬)。	舉動舒緩。
(26)	眼黑、色黑。[55]	其「眼瞳子」(眼珠)，甚黑於常，眼目不視。
(27)	大、小便不通。	便利(大小便利)不通。
(28)	節根(肢節諸根)解(支解)。	諸節(關)欲解，諸根不定(六根無法安定下來)。
(29)	口中上膢尒(似肉羹狀)青(青色)。	「眼、口」中盡「青」(青色)。
(30)	雙噦噦(「噦噎」→氣逆：氣短不順)計(總計有)。如是病痛相不可治……	氣結(呼吸不暢)連喘。諸所怪變，各現如此。於是頌曰……

從僧伽羅剎所編集《道地經》內容來看，人在死亡前有可能出現 45 種夢境，快死之前亦會出現大約 30 種現象，這些豐富的參考資料乃是漢傳佛典對「死亡學」的一大貢獻。

(二)瀕死前的惡相

關於瀕死前會出現的「惡相」，大致都指向即將入「三惡道」的情形，這些會入「三惡道」者皆是生平「作惡多端」的人，如《出曜經・卷二十五》中說「積惡之人」臨終所見的「惡相」如下：

---

[55] 《大威德陀羅尼經・卷八》云：「眼黑深入，或作青色」。詳《大正藏》第二十一冊頁 791 中。

> 積惡之人，臨死之日，神識倒錯，但見「大火、劍戟」，見「蹲鴟、
> 野狐、羅剎、妖魅、虎狼、惡獸」，復見「刀山、劍樹、荊棘、坑
> 坎、惡鬼」圍遶。是故說曰：善之為善，惡之為惡也。[56]

另一部《大寶積經・卷五十七》亦云：

> 如有一類凡夫有情，樂毀淨戒，不修善品。常為「惡事」，作諸「惡
> 行」……臨終悔恨，諸「不善業」，皆悉現前。當死之時，猛利楚
> 毒，痛惱逼切。其心散亂，由諸苦惱，不自憶識我是何人。從何
> 而來？今何處去。[57]

在《大威德陀羅尼經・卷二》及《守護國界主陀羅尼經・阿闍世王
受記品》二部經中甚至將「臨終惡相」與「三惡道」做分類式的細目說明，
經筆者研究發現《大威德陀羅尼經》「第二卷」與《守護國界主陀羅尼經》
的「阿闍世王受記品」竟然是「同本異譯」的內容。

整理兩部經可發現瀕死前的「惡相」是相當驚人的，[58]如果準備要下
「地獄道」時，則有底下十五種瀕死現象：[59]（以《守護國界主陀羅尼經・阿闍
世王受記品》為主，《大威德陀羅尼經・卷二》為輔）

(1)於自夫、妻，男女眷屬，惡眼瞻視。（《大威德陀羅尼經・卷二》另
   作「惡心觀己妻子」）

---

[56] 詳《大正藏》第四冊頁 743 下。
[57] 詳《大正藏》第十一冊頁 333 上。
[58] 這兩部經的比對內容詳見前文筆者所撰的「佛典臨終前後與往生六道因緣論析」，
    為免重複，故下文只以條文例舉。
[59] 底下經文皆節錄自《大正藏》第十九冊頁 573 下。

(2)舉其兩手，捫摹虛空。

(3)善知識教，不相隨順。

(4)悲號啼泣，嗚咽流淚。

(5)大小便利，不覺不知。(《大威德陀羅尼經・卷二》另作「身體羶臭」)

(6)閉目不開。

(7)常覆頭面。(《大威德陀羅尼經・卷二》另作「以衣覆頭」)

(8)側臥飲啖。

(9)身口臭穢。

(10)腳膝戰掉。(《大威德陀羅尼經・卷二》另作「足破裂」)

(11)鼻樑欹側。(《大威德陀羅尼經・卷二》另作「鼻根傾倒」)

(12)左眼瞤動。

(13)兩目變赤。

(14)僕面而臥。

(15)踡身左脅，著地而臥。(《大威德陀羅尼經・卷二》另作「伏面思惟」)

如果準備要下「餓鬼道」時，則有底下八種瀕死現象：[60]

(1)好舐其唇。(《大威德陀羅尼經・卷二》另作「轉舌舐上，及舐下脣」)

(2)身熱如火。

(3)常患飢渴，好說飲食。

(4)張口不合。

(5)兩目乾枯，如雕孔雀。(《大威德陀羅尼經・卷二》另作「眼目青色，

　　如孔雀項，瞳人乾燥」)

(6)無有小便，大便遺漏。

(7)右膝先冷。

---

[60] 底下經文皆節錄自《大正藏》第十九冊頁 573 下。括號內仍有引用《大威德陀羅尼經・卷二》的補充內容，故已不再註明出處頁碼，均同《大正藏》第二十一冊頁 760 中。

(8)右手常拳。

如果準備要下「畜生道」時，則有底下五種瀕死現象：[61]

(1)愛染妻子，貪視不捨。(《大威德陀羅尼經‧卷二》另作「於妻子所，
　　愛心所牽」)
(2)踡手足指。
(3)遍體流汗。(《大威德陀羅尼經‧卷二》另作「腹上汗出」)
(4)出粗澀聲。(《大威德陀羅尼經‧卷二》另作「作白羊鳴」)
(5)口中咀沫。

《大威德陀羅尼經‧卷二》中除了上述的臨終「惡相」外，在「卷八」
還提到臨終的「五種衰相法」，這五種是：[62]

(1)其腳足冷。
(2)為他奪心(似被外力給奪走他的心靈似的)。
(3)身作黃色。
(4)鼻當曲戾。
(5)眼黑深入，或作青色。

上述這幾部經文對臨終的「惡相」均有一個共同有趣記載，那就是
「鼻子歪曲」的問題，這在許多佛經中都有說明鼻子斜正與「福報」或「修
行善相」是有關的。如《正法華經‧卷八》云：「不盲不聾，鼻不偏戾。」

---

[61] 底下經文皆節錄自《大正藏》第十九冊頁 573 下。
[62] 《大正藏》第二十一冊頁 791 中。

[63]《大寶積經‧卷一二〇》云：「面如金色，鼻不陷曲。」[64]《大乘顯識經‧卷二》云：「視不錯亂，鼻不虧曲，口氣不臭。」[65]《大寶積經‧卷一一〇》云：「鼻不虧曲，口氣不臭。」[66]《佛說大乘造像功德經‧卷二》云：「耳不聾聵，鼻不曲戾，口不喎斜。」[67]甚至如來的「八十種」相好中，光是鼻子部份就佔了四種，如《優婆夷淨行法門經‧卷二》云：

> 六十九、鼻不下垂；七十、鼻高修長；七十一、鼻孔淨潔；七十二、鼻修方廣……次第纖長，一切皆好。毘舍佉！是名如來隨相之好有「八十種」。[68]

不過從現在醫學上來說，臨終病人很多都是插鼻管、插胃管的，在拔管後的鼻子也常造成「歪斜不正」的情形，這與佛典的說法又將如何「配製」呢？佛在世時沒有插鼻管的醫療科技，所有臨終者的鼻子若是歪斜不正，那可能會感招下「三惡道」的情形，現代人因長期插管也造成鼻子不正，那佛經上說的「鼻樑不正為入三惡道」之理，可能就要再參考「其它況狀」來決定了。

另一部《正法念處經》中也提到造惡業者臨終所現的「惡相」，內容又增加了一些新的「現象」，如《正法念處經‧卷十一》云：

> 彼惡業人，惡業力故，受極苦惱……如此罪人……一切漏門，皆悉閉塞，咽不通利，舌縮入喉，諸竅受苦，遍體汗出……一切身

---

[63] 詳《大正藏》第九冊頁 118 中。

[64] 詳《大正藏》第十一冊頁 682 中。

[65] 詳《大正藏》第十二冊頁 184 下。

[66] 詳《大正藏》第十一冊頁 616 上。

[67] 詳《大正藏》第十六冊頁 793 下。

[68] 詳《大正藏》第十四冊頁 960 中。

體所有筋脈，皆悉燒煮，受大苦惱，身體皮膚，如赤銅色，內外皆熱，口乾大渴，燒心熾熱……大小便利，壅隔不通，息不調利，咽喉不正，眼目損減，耳中則聞不可愛聲，鼻不聞香，舌不知味。鼻柱傾倒，人根縮入，糞門苦痛，如火所觸，受大苦惱。皮膚腫起，毛髮不牢，此等唯說惡業行人，臨欲死時，彼人如是，三夜三日，四大怒盛，苦惱所逼。[69]

文中說「舌頭會縮入喉嚨、身體如赤銅的膚色、咽喉不正、鼻柱傾倒、男女二根會縮入、大便門會苦痛、皮膚會腫漲、頭髮不牢而掉落……」等的「惡相」產生。其中所提的鼻子是呈「傾倒」狀態，男女二根相則是退縮的情形，這些也都是屬於瀕死前的「惡相」。

(三)瀕死前的善相

瀕死前的「善相」大致指向「三善道」或往生淨土的現象，這些往生「三善道」者皆是生平「作善修福」的人，如《福力太子因緣經·卷三》中說「修善積福」者的臨終是：

福者臨終無疾病，臨終亦復歡喜生，極惡境相不現前，遠離驚怖及苦惱。福者臨終受天樂，天宮樓閣現其前。[70]

如果臨終者能獲得「正念」[71]、「神識澄靜、亦不驚懼」[72]、「膚色鮮白」

---

[69] 詳《大正藏》第十七冊頁 62 上。

[70] 詳《大正藏》第三冊頁 433 中。

[71] 引自《大方等大集經·卷三十八》云：「愛法樂法學法欲，剃除鬚髮身被法服……如是樂者，彼人臨終獲得『正念』」。詳《大正藏》第十三冊頁 254 下。

[72] 引自《出曜經·卷十八》云：「臨命終時，『神識澄靜』，亦不驚懼。亦復不見地獄、畜生、餓鬼，不見弊惡鬼，但見『吉祥』瑞應」。詳《大正藏》第四冊頁 705 上。

[73]其實就是一種「善相」，佛陀對臨終能獲得「善相」的說法分成兩類，一是修「世間善行」者，二是修「出世功德」(修持佛法)者。

1、修世間善行的臨終善相

若吾人能在食衣住行、日常生活中「修善」者，也可得「臨終善相」，這在《毘耶娑問經‧卷二》中佛有詳細說明。經文中說：如果平時我們對於貧人、病人生憐愍心，給他衣服、醫藥、飲食，或者為眾生鋪橋造路、種植花樹與人乘涼，或者能造立池井、溝渠、開挖水槽給人喝水，做許多與「日常生活」中的「凡夫善行」，[74]那麼在「臨終」時也可感應至少「十二種善相」，如經云：[75]

　　以是善業因緣，臨欲死時：
　　①身無垢穢。
　　②亦不羸瘦。
　　③身色不變，不膩不爛。
　　④一切身分不受苦惱。

　　另《大般涅槃經‧卷一》亦云：「比丘持戒之人……臨命終時，『正念分明』，死即生於清淨之處」。詳《大正藏》第一冊頁 195 上。與《正法念處經‧卷二十七》云：「持戒之人臨終時，其心『安隱』不恐怖，我無惡道之怖畏，以持淨戒能救護」。《大正藏》第十七冊頁 156 下。

[73]　參見《雜阿含經‧卷三十七》云：「尊者叵求那(Phagguna)，世尊去後，尋即命終。當命終時，諸根喜悅，顏貌清淨，『膚色鮮白』」。詳《大正藏》第二冊頁 266 下。及《佛為阿支羅迦葉自化作苦經‧卷一》云：「阿支羅迦葉(Acela-Kassapa)從世尊聞法，辭去不久，為牛所觸殺，於命終時，諸根清淨，『顏色鮮白』」。詳《大正藏》第十四冊頁 768 下。

[74]　《毘耶娑問經‧卷二》原經文云：「如是大仙！若於貧人，若於病人生憐愍心。若衣、若食，病患因緣所須醫藥，隨時給施，為除寒苦。道巷殖樹，行人坐息，造立池井、溝渠、水槽，給施一切」。詳《大正藏》第十二冊頁 228 下。

[75]　詳《大正藏》第十二冊頁 228 下。

⑤聲不破壞。

⑥諸親眷屬悉皆聚集，無分散者，故不憂惱。

⑦不患飢渴。

⑧腳不申縮，不受苦惱。

⑨不失便利。

⑩境界不礙，故不愁苦。

⑪諸根不壞。

⑫彼人如是一切樂足，不苦惱死。

　　像這種「世間行善」的「善人」，臨終可昇「四天王天」，而且死後面色如「生蓮華」般莊嚴，甚至口出「好香」，[76]無有屍臭的殊勝功德。

2、修出世功德的臨終善相

　　上節曾舉《大威德陀羅尼經》及《守護國界主陀羅尼經》對「臨終惡相」的分析，二部經典也對「臨終善相」與「三善道」做分類式的細目說明，關於這部份內容詳見筆者曾發表過「佛典臨終前後與往生六道因緣論析」論文中，[77]故本文不再重複敘述。

　　底下將舉數部經典來說明修持出世功德者的臨終「善相」問題，首先舉晉代失譯的《佛說摩訶衍寶嚴經》(一名《大迦葉品》)及北宋・施護(Dānapāla 世稱顯教大師，生卒年不詳)譯的《佛說大迦葉問大寶積正法經・卷五》作比對說明，筆者發現這二部經竟是「同本異譯」內容，內容強調若能讀誦書寫受持《大寶積正法經》(即同《摩訶衍寶嚴經》)者，可得「身、

---

[76] 詳《大正藏》第十二冊頁 228 下。

[77] 詳陳士濱主編：《2009 第三屆文學與社會研討會論文集》，台中：華格那企業有限公司，2009 年 10 月初版，頁 1~32。

口、意」各十種的臨終「善相」。當筆者在比對這兩部經時，又另發現唐・般若(prajñā 734～？)譯的《大乘本生心地觀經・卷八》也有這十種「身、口、意」的臨終善相，差別在於《大乘本生心地觀經》乃強調讀誦書寫受持《大乘本生心地觀經》的臨終「身、口、意」功德，這與《大寶積正法經》(即同《摩訶衍寶嚴經》)竟是一樣的「敘述模式」。底下便將此三部經內容比對製表如後：

晉代失譯	北宋・施護譯 (Dānapāla 世稱顯教大師，生卒年不詳)	唐・般若譯 (prajñā 734～？)
《佛說摩訶衍寶嚴經》 (一名《大迦葉品》)[78]	《佛說大迦葉問大寶積正法經・卷五》[79]	《大乘本生心地觀經・卷八》[80]
世尊答曰：若族姓子、族姓女，說此《寶嚴經》教授他人，書寫經卷。在所著處，是為天上、天下最妙塔寺。	佛言：所在之處，若復有人於此《大寶積》經典，書寫受持讀誦解說，而於此處一切世間，天人阿修羅，恭敬供養如佛塔廟。	文殊師利！在在處處，若讀若諷，若解說若書寫，若經卷所住之處，即是佛塔，一切天龍人非人等，應以人中天上上妙珍寶而供養之……若有法師，受持讀習解說書寫此《心地經》眾經中王，如是法師與我無異。若有善男子、善女人，供養尊重此法師

[78] 底下經文詳見《大正藏》第十二冊頁 199 中～200 中。
[79] 底下經文詳見《大正藏》第十二冊頁 216 中。
[80] 底下經文詳見《大正藏》第三冊頁 331 上。

		者，即為供養十方三世一切諸佛，所得福德平等無二，是名真法供養如來，如是名為正行供養……
若從法師聞、受持、讀誦、書寫經卷者，當敬法師為如如來，若敬法師，供養奉持者，我記彼人必得無上正真道。	若有法師聞此《寶積正法》經典，發尊重心受持讀誦書寫供養，若有善男子善女人，於彼法師如佛供養，尊重恭敬頂禮讚歎，彼人現世佛與授記，當得阿耨多羅三藐三菩提。	若人得聞此《心地經》，為報四恩發菩提心，若自書若使人書，若讀念通利，如是人等所獲福德，以佛智力籌量多少不得其邊，是人名為諸佛真子……
命終之時，要見如來，是人當得十種身清淨。云何為十？	臨命終時得見如來，又彼法師復得十種身業清淨，何等為十？	文殊師利！如是善男子、善女人臨命終時，現前得見十方諸佛，三業不亂，初獲十種身業清淨。云何為十？
一者、死時歡喜無厭。	一者、臨命終時，不受眾苦。	一者、身不受苦。
二者、眼目不亂。	二者、眼識明朗，不覩惡相。	二者、目睛不露。
三者、手不擾亂。	三者、手臂安定，不摸虛空。	三者、手不掉動（轉動）。

四者、心不擾亂。	四者、腳足安隱，而不蹴亥踏(踩；踢)。	四者、足無伸縮。
五者、身不煩擾。	五者、大小便利，而不漏失。	五者、便溺不遺。
六者、不失大、小不淨。	六者、身體諸根，而不臭穢。	六者、體不汗流。
七者、心不汙穢。	七者、腹腸宛然，而不膁脹膁。[81]	七者、不外(手不向外或向上)捫(觸摸；摸索)。
八者、心不錯亂。	八者、舌相舒展，而不彎縮。	八者、手拳(拳頭)舒展。
九者、手不摸空。	九者、眼目儼然，而不醜惡。	九者、顏容不改。
十者、隨其坐(而)命終。	十者、身雖入滅，形色如生。	十者、轉側(轉動側移)自如。由經力故有如是相。
是謂十種身清淨也。	如是得此十種身業清淨。	

　　比對後發現這三部經對「臨終十種身業清淨」內容幾乎一樣，只差「次序位置」稍為不同而已。

《佛說摩訶衍寶嚴經》	《佛說大迦葉問大寶	《大乘本生心地觀經・卷八》

唐・慧琳撰《一切經音義・卷五十一》云：「膁➔肛滿大貌也」。詳《大正藏》第五十四冊頁 647 下。《續一切經音義・卷二》亦云：「膁➔俗作䑏，脹腹滿也」。詳《大正藏》第五十四冊頁 942 中。

(一名《大迦葉品》)	積正法經·卷五》	
復次迦葉,當得十種口清淨。云何為十?	復有十種口業清淨,何等為十?	次獲十種語業清淨。云何為十?
一者、善音。	一者、言音美好。	一者、出微妙語。
二者、軟音。	二者、所言慈善。	二者、出柔軟語。
三者、樂音。	三者、言說殊妙。	三者、出吉祥語。
四者、愛音。	四者、言發愛語。	四者、出樂聞語。
五者、柔和音。	五者、其言柔軟。	五者、出隨順語。
六者、無礙音。	六者、所言誠諦。	六者、出利益語。
七者、敬音。	七者、先言問訊。	七者、出威德語。
八者、受音。	八者、言堪聽受。	八者、不背眷屬。
九者、天所受音。	九者、天人愛樂。	九者、人天敬愛。
十者、佛所受音。	十者、如佛說言。	十者、讚佛所說。如是善語皆由此經。
是謂十種口清淨也。	如是十種口業清淨。	

上述這三部經對「臨終十種口業清淨」亦幾乎一樣。

《佛說摩訶衍寶嚴經》 (一名《大迦葉品》)	《佛說大迦葉問大寶積正法經·卷五》	《大乘本生心地觀經·卷八》
復次迦葉,當得十種意清淨。云何為十?	復有十種意業清淨,何等為十?	次獲十種意業清淨。云何為十?
一者、無恚不怒他人。	一者、意無瞋恚。	一者、不生瞋恚。
二者、無恨不語。	二者、不生嫉妒。	二者、不懷結恨。
三者、不求短。	三者、不自恃怙。	三者、不生慳心。

四者、無結縛。	四者、無諸冤惱。	四者、不生妬心。
五者、無顛倒想。	五者、離其過失。	五者、不說過惡。
六者、心無懈怠。	六者、無顛倒想。	六者、不生怨心。
七者、戒不放逸。	七者、無下劣想。	七者、無顛倒心。
八者、意樂佈施，歡喜受。	八者、無犯戒想。	八者、不貪眾物。
九者、離貢高慢。	九者、正意繫心，思惟佛土。	九者、遠離七慢。
十者、得三昧定，獲一切佛法。	十者、遠離我、人，得三摩地，成就諸佛教法。	十者、樂欲證得一切佛法圓滿三昧。
是為十種意清淨也。	如是得十種意業清淨。	文殊師利！如是功德，皆由受持讀習通利解說書寫深妙經典難思議力。此《心地經》，於無量處，於無量時，不可得聞，何況得見具足修習？汝等大會一心奉持，速捨凡夫當成佛道。

　　上述這三部經對「臨終十種意業清淨」亦幾乎相同，可見如果能讀誦書寫受持《大寶積正法經》(同《摩訶衍寶嚴經》)或《大乘本生心地觀經》者，皆可在臨終獲得「身、口、意」等三十種的「善相」，筆者推測這是佛陀鼓勵吾人多積功累德、勤修讀誦經典的用意，不一定是指修持上述三部經而已，應該說修持任何一部「佛經」都會有這三十種「臨終善相」感應的。

其次再舉唐・菩提流志(Bodhiruci 562～727)譯《不空羂索神變真言經》、唐・玄奘(602？～664)譯《不空羂索神咒心經》及北宋・施護(Dānapāla 世稱顯教大師，生卒年不詳)譯《佛說聖觀自在菩薩不空王祕密心陀羅尼經》這三部經亦是「同本異譯」，內容主要是勸持「不空羂索神變真言」可得「臨終八大善相」，經比對後，製表如下：

唐・菩提流志譯 (562～727)	唐・玄奘譯 (602？～664)	北宋・施護譯 (Dānapāla 世稱顯教大師，生卒年不詳)
《不空羂索神變真言經》[82]	《不空羂索神咒心經》[83]	《佛說聖觀自在菩薩不空王祕密心陀羅尼經》[84]
世尊！若善男子、善女人等，受持讀誦此「陀羅尼真言」者……世尊復有八法，何名為八？	世尊！若善男子，或善女人，及苾芻、苾芻尼，鄔波索迦、鄔波斯迦，或餘人輩……專心誦此「大神咒心」，乃至七遍，不雜異語……復獲八法，何等為八？	若有持誦此「陀羅尼」者，別得八種善相。
一者、臨命終時，觀世音菩薩自變現，身作沙門	一者、臨命終時，見觀自在菩薩作苾芻像，來現其	一者、臨命終時，我(聖觀自在菩薩摩訶薩)作苾芻相，為

相，善權勸導，將詣佛剎。	前，歡喜慰喻。	現其前。
二者、臨命終時，體不疼痛，去住自在，如入禪定。	二者、安隱命終，無諸苦痛。	二者、臨命終時，目不動亂，身心安隱。
三者、臨命終時，眼不謾(倦怠；胡亂散漫)顧(顧視)，現惡相死。	三者、將捨命時，眼不反戴(「戴」通「載」➔此指眼睛側目歪斜)，口無欠(張口呵氣)呿(開口)。手絕紛擾。足離舒捲。不泄(排泄)便穢(便溺穢污)，無顛(顛倒)墜(墜落)床。	三者、臨命終時，手不拏(捉拿)空(虛空)，足不蹴(踩；踏)地。亦無大小便利，穢汙狼藉吉。
四者、臨命終時，手腳安隱，右脇臥死。	四者、將捨命時，住正憶念，意無亂想。	四者、不覆面死。
五者、臨命終時，不失大小便利、惡痢、血死。	五者、當命終時，不覆面(將臉遮住)死。	五者、臨命終時，安住正念。
六者、臨命終時，不失正念，而不面臥，端坐座死。	六者、將捨命時，得無盡辯(無盡的辯才)。	六者、臨命終時，不離善友。

七者、臨命終時，種種巧辯，說深妙法，乃壽終死。	七者、既捨命已，隨願往生諸佛淨國。	七者、命終已後，諸佛剎中隨願往生。
八者、臨命終時，願生佛剎，隨願往生諸佛淨剎，蓮花化生，常覩一切諸佛菩薩摩訶薩，恒不退轉。	八者、常與善友不相捨離。	八者、當生獲得無盡辯才。 如是名為八種善相。

　　上述三部經的「臨終八相」內容亦大同小異，不外乎是「觀音菩薩會變成沙門來開示接引、沒有病痛、眼目手卻皆無動亂、不失大小便利、正念安住右脇而臥、隨佛往生淨土，蓮華化生……」等。可見佛陀除了宣說修持佛典可得臨終三十善相外，若改成修持咒語，亦可得「臨終八大善相」，這應是「陀羅尼部」經典中的共同「功德利益感應」。

　　另一部《毘耶娑問經・卷二》也說：如果眾生能捨離殺生，將「衣裳、財物、寶珠」等布施出去，或能以「香華」供養禮拜佛塔寺，則臨終時約可得「十四種善相」，如經云：[85]

　　①身不壞爛。
　　②膩垢便利，臭穢皆無。
　　③心生歡喜，自憶念身所作善根。
　　④臨欲死時，則有相現，面如金色。

---

⑤鼻正不曲。

⑥心不動亂。

⑦咽不抒氣。

⑧亦不咳嗽及上氣等。

⑨身不蒸熱。

⑩根不破壞。

⑪節脈不斷。

⑫身不苦惱。

⑬在於臥處，身不迴轉。

⑭語聲不破。

　　這「十四種善相」中也強調「鼻正不曲」的現象，較特殊的有臨終「不咳嗽、喘氣、身體不會發熱、說話聲音不會破碎……」等。在《大寶積經》中還強調修持「善業」的人可得「似睡不睡」的安隱捨壽法。[86]

---

[86] 如《大寶積經・卷一一〇》云：「大藥！善業之人，臨命終時，好樂佈施……重重稱說正法之教，如『睡不睡』安隱捨壽」。詳《大正藏》第十一冊頁614下。此段經文亦可參見唐・地婆訶羅譯《大乘顯識經・卷下》。詳《大正藏》第十二冊頁184下。

第四節　瀕死的神明護法現象

　　據《西藏生死書》的記載說：人死後在「第三天到四天半」的神識是處於「昏迷狀態」，之後才逐漸清楚過來，[87]接下來才開始所謂的「第一日誦法」(其實已屬亡後的第五天)到「第十四日誦法」(即亡後的第十八天)儀式，接著「佛身、佛母、菩薩、菩薩眷屬、明王、明妃、護法神、神女、八尊吉塢哩瑪(gauri)、八境獸首女神-頗羅悶瑪(pisaci)、四位獸面忿怒女神、東南西北六瑜伽自在女、四門守護四瑜伽女」……等就會陸續的出現在亡者的「中陰身」前。這畢竟是《西藏生死書》的觀點，對華人的中國、台灣或歐美等地來說；情形可能是不同的，為何？漢傳佛典姚秦・佛陀耶舍(Buddhayaśas 於姚秦 弘始十年(408)至長安從事譯經工作)譯《虛空藏菩薩經》中有詳細的說明，經文云：

　　　臨命終時，眼不見色，耳不聞聲，鼻不聞香，舌不知味，身不覺觸。手足諸根不能為用，唯餘「微識」及身溫暖。時「虛空藏菩薩」摩訶薩，隨彼眾生「所事之神」，而現其身。或「轉輪聖王身、或提頭賴吒身、或毘沙門身、或毘樓勒迦身、或毘樓博叉身、或餘天身、或「龍、夜叉、乾闥婆、阿修羅、迦樓羅、緊那羅、摩睺羅伽、人、非人」等身，在其人前而說偈言：四聖諦義，智者應觀，若解了者，能離生死。[88]

---

[87] 詳蓮花生大士原著，徐進夫譯：《西藏度亡經・第三章 乾編・臨終中陰與實相中陰》云：「依照經文判斷，其中第一天，係從死者通常審知自己已死，且欲復生人間之時，或從死後『三天半』到『四天』之時算起……尊貴的某某，在這『三天半』時間當中，你一直處於『昏迷狀態』之中」。臺北：天華出版社，1983 年 4 月，頁107。或參見張蓮菩提重譯華言：《中陰救度密法》云：「靈識離體，未得立即認證解脫者，率皆經過一種『昏沉迷惚』境況，為時『三日又半』，至『四日』之久」。臺北：大乘精舍印經會，1998 年 5 月，頁29。

[88] 詳《大正藏》第十三冊頁 654 上。

　　《虛空藏菩薩經》說到一個重點——「隨彼眾生所事之神，而現其身」，也就是吾人臨終時會現出的「佛、菩薩眷屬、護法神……」現象；與你生前所拜、所事奉的「對象」有關，也就是生前您信仰供奉釋迦佛，臨終可能會見釋迦佛來迎；若生前信仰供奉「玉皇大帝」，臨終亦可能見「玉皇大帝」。既然如此，那麼《西藏生死書》中所描述的「菩薩眷屬、明王、明妃、護法神、神女、gauri、pisaci、瑜伽自在女神……」等就不會與華人中國、台灣的「死亡境界」相同。華人所信仰供奉的「宗教對象」與「西藏文化」不同，臨終所招感的「神女、明王、明妃……」等就沒有理由會「完全一樣」的。如《虛空藏菩薩經》所云：

　　善男子！時彼眾生於命臨終，既見其昔「所事之神」，又聞為說如此要偈，既終之後，不墮惡趣，因斯力故，速免生死。[89]

　　另一部由隋・闍那崛多(Jñānagupta523～600)所譯的《虛空孕菩薩經・卷下》也有同樣的經文說明，如下：

　　有諸眾生，臨至命終，唯有「細識」(即「阿賴耶識」)……是諸眾生生存之日「歸依何天」，應見「彼天」，即得安樂者。乃至應將「善處」，即現「彼天」，令其歡欣。[90]

　　另《弟子死復生經》中亦云：

　　人壽命自盡時，乃當死耳，魂神自追隨行往受。若生天上，「天神」自當來迎之。若生人中，人中(人中諸神)自當來迎之。[91]

---

[89] 詳《大正藏》第十三冊頁654中。
[90] 詳《大正藏》第十三冊頁676上。
[91] 詳《大正藏》第十七冊頁868下。

　　上述經文內容都說眾生「生前」歸依信仰何「天神」，死後就「應見彼天神」，但如果沒有宗教上的信仰歸依，又「造惡多端」，那就不會有「天神」出現，反而會見「大火、羅剎、妖魅、虎狼、惡獸」等，如：《出曜經·卷二十五》云：

> 人之修行，志趣若干。惡者自知惡，善者自知善……臨終之時「善惡」然別，若「神」來迎，見「宮殿、屋舍、園觀、浴池」……積惡之人，臨死之日，「神識」倒錯，但見「大火、劍戟」，見「蹲鵄、野狐、羅剎、妖魅、虎狼、惡獸」……是故說曰：善之為善，惡之為惡也。[92]

另《法苑珠林·卷九十七》亦云：

> 《淨度三昧經》云：若人造善惡業，生天墮獄。臨命終時，各有「迎人」。病欲死時，眼自見「來迎」。
> 應生天上者，天人持「天衣、伎樂」來迎。
> 應生他方者，眼見「尊人」為說妙言。
> 若為惡墮地獄者，眼見兵士，持「刀楯、矛戟」索圍繞之。
> 所見不同，口不能言。各隨所作，得其果報。天無枉濫，平直無二。隨其所作，天網治之。」[93]

　　其實人不管有沒有歸依信仰的「對象」；都一定有「護法神」跟著或守著，這是與生俱來就有的。這種「護法神」的觀點從早期佛典《阿含經》就開始流傳，一直到大乘經典都有同樣的敘述，如《佛說長阿含經·卷

---

[92] 詳《大正藏》第四冊頁 743 下。
[93] 詳《大正藏》第五十三冊頁 998 上。

二十》云：

> 佛告比丘……一切男子、女人初始生時，皆有「鬼神」隨逐擁護。
> 若其死時，彼「守護鬼」攝其精氣，其人則死……世人為非法行，
> 邪見顛倒，作十惡業。如是人輩，若百、若千，乃至有「一神」護
> 耳……若有人修行善法，見正信行，具「十善業」。如是一人，有
> 「百千神」護……修行善法，具十善業，如是一人有「百千神護」。
> [94]

經文中說無論善惡之人都會有「守護鬼神」跟隨，就算造「十惡業」，
最後仍有「一神」留守，目的是等「惡人」死後，把他抓到閻羅王那邊去
接受審判。如果是造「十善業」的人，甚至會有「百千守護神」追隨。與
《佛說長阿含經》同本異譯的《大樓炭經》亦有同樣說明，如經云：

> 佛告比丘言……其有人於是人間，身行惡，口言惡，心念惡，作
> 十惡者。千人、百人，「一神」護之……其有人於此人間，身行善，
> 口言善，心念善，奉十善事者……一人常有百、若千「非人」護
> 之……是謂為男子女人，常有「非人」護之。[95]

「守護神」的信仰觀點到大乘經典中仍然被持續流傳著，甚至出現
「同生神」(Saha-deva 亦名「俱生神」)的名稱，也就是人一生下來就一定有「同
生神」跟隨著，這位「守護神」會將人一生的「善惡業」記下，等人死後再
將這些「資料」交給閻羅王審判。如隋・達摩笈多(Dharmagupta？～619)譯《佛
說藥師如來本願經》中云：

---

[94] 詳《大正藏》第一冊頁 135 中。
[95] 詳見《大樓炭經・卷第四》，《大正藏》第一冊頁 298 中。

死相現前，目無所見，父母、親眷、朋友、知識啼泣圍遶，其人屍形臥在本處，「閻摩」使人引其「神識」，置於「閻摩法王」之前。此人背後有「同生神」(Saha-deva)，隨其所作，若罪、若福，一切皆書，盡持授與「閻摩法王」。[96]

唐・玄奘(602？～664)譯的《藥師琉璃光如來本願功德經》亦說明：

死相現前……然彼自身，臥在本處。見「琰魔使」，引其「神識」至于「琰魔法王」之前。然諸有情有「俱生神」(Saha-deva)，隨其所作。若罪若福，皆具書之，盡持授與「琰魔法王」。[97]

「同生神」的信仰在《華嚴經》中即指為二種天神，一是「同生神」，一是「同名神」，這二種天神從我們生下來就跟隨我們，但我們無法見到他們，而這二神卻常常不離吾人，如東晉・佛馱跋陀羅(Buddhabhadra 359～429)譯《大方廣佛華嚴經・卷四十四》云：

如人從生，有二種「天」(天神)，常隨侍衛。一曰「同生」、二曰「同名」。天常見人，人不見天。[98]

唐・實叉難陀(Śikṣānanda 652～710)譯的《大方廣佛華嚴經・卷六十》亦云：

如人生已，則有二「天」(天神)，恒相隨逐，一曰「同生」、二曰「同

---

[96] 詳見《大正藏》第十四冊頁 403 下。
[97] 詳見《大正藏》第十四冊頁 407 中。
[98] 詳《大正藏》第九冊頁 679 中。

名」。天常見人，人不見天。[99]

還有唐・義淨(635～713)譯《根本說一切有部毘奈耶皮革事・卷上》亦出現「同生神」及「常隨神」的名詞，如經云：

> 爾時薄伽梵在室羅筏城逝多林給孤獨園……悉皆祈請，求其男女。
> 諸園林神、曠野等神、四衢道神、受祭神、「同生神」、「同法神」、
> 「常隨神」等，悉皆求之。[100]

到了唐・吉藏(549～623)所撰的《無量壽經義疏》則出現新的說法，他說這二種「守護神」一位是女神，住在人的「右肩」上，專記眾生的「惡事」；另一位是男神，住在人的「左肩」上，專記眾生的「善事」，如吉藏云：

> 一切眾生皆有二神，一名「同生」，二名「同名」。
> 「同生女」在「右肩」上書其作惡。
> 「同名男」在「左肩」上書其作善。
> 「四天善神」一月六反，錄其名藉，奏上大王。[101]

看來吉藏大師的說法又增加了不少「新觀點」，但這是佛典沒有的內容，也許他的說法是結合或融入了中國傳統民間宗教的教義。

本節從《西藏生死書》中所提到的亡後「十四日誦經」之內會出現的「菩薩眷屬、明王、明妃、護法神、神女……」等思想談起，再以漢傳典

---

[99] 詳《大正藏》第十冊頁 323 中。
[100] 詳《大正藏》第二十三冊頁 1048 下。
[101] 詳《大正藏》第三十七冊頁 123 下。

所記載的臨終「護法神明」道理相比較，可確定生前所事奉歸依的「對象」將會與「中陰身」所見的「對象」互相呼應。所以華人的臨終「神明護法現象」與《西藏生死書》的「西藏神明文化現象」應是不同的系統，甚至與歐美西方文化也應會是不同的「現象」。

　　《西藏生死書》自 1927 年初版問世後，數年來被譯成多種其他語言出版，[102]功不可沒，但這本書的「中陰神明護法」觀點或屬於「西藏文化」系統，或說融入部份西藏「民間宗教」如笨教等的文化色彩，故筆者認為《西藏生死書》中的「部份」內容教義要讓全世界人都能「受用」或「普級」，自是有困難的！

---

[102] 1927 年由美國學者伊文思・溫茲(W.Y.Evans Wentz)編輯翻譯《西藏度亡經》為英文版，便開始在英國牛津大學首次出版發行，很快便因其獨特的智慧和魅力，征服了歐美大陸，多次再版，成為在英語世界產生深遠影響的最著名的藏傳佛教經典。

結論

　　本章在第一節「死而復生」中得出「仍有餘福」或「業緣未了」者才能死後復生，故多數「瀕死」相關論文偏向95%為「平靜和快樂」的理論是不客觀的。第二節「瀕死四大現象」中提出漢傳佛典均以「風火水地」作為死亡後肉體瓦解的先後順序，而《西藏生死書》卻以「地水火風」作為死亡的順序，筆者則以漢傳佛典的說法為准。

　　第三節討論瀕死前的「普遍相、惡相、善相」，「善相」分成「修世間善行」與「修出世功德」二類，在瀕死前的「普遍相」中，以《道地經》內容為主，整理出45種「接近死亡」時會產生的「夢境」及30種的「死相」。瀕死前的「惡相」大多與「作惡多端」有關，從《守護國界主陀羅尼經》與《大威德陀羅尼經》二部經的內容可看出臨終所現的「惡相」與亡者將往生至何種「三惡道」有關，文中提出「鼻樑歪斜與否」成為往生「三惡道」的重要依據。「修世間善行的臨終善相」問題則以《毘耶娑問經》為研究題材，得出可感應12種善相以上的結論。至於「修出世功德的臨終善相」則舉《佛說摩訶衍寶嚴經》(一名《大迦葉品》)、《佛說大迦葉問大寶積正法經》、《大乘本生心地觀經》三部經為比對，提出持誦經典可得臨終「身、口、意」共30種善相。又舉《不空羂索神變真言經》、《不空羂索神咒心經》及《佛說聖觀自在菩薩不空王祕密心陀羅尼經》三部經為比對，提出持誦咒語亦可得「臨終八大善相」之說。

　　第四節探討「瀕死的神明護法現象」，從《虛空藏菩薩經》中獲知臨終會出現的「佛、菩薩眷屬、護法神……」現象；與你生前所拜、所事奉的「對象」有關，故《西藏生死書》中所描述的「佛、菩薩眷屬、護法神……」現象就不會與歐美、中國、台灣等地的情形完全相同，因為東西二方所信仰歸依的「對象」是不盡相同的。文中並依《佛說長阿含經》、《大樓炭

經》、《藥師經》及《華嚴經》等經義而探討與人相守一生的「守護神」問題，這是瀕死前為何會出現「鬼神、天使」等的重要依據來源。

　　本章純就佛經的「理論」來做發揮，至於經典所提的「瀕死現象」與「實際個案」分析則有待下回再做學術專題研究，或可參閱前人諸多著作，如：

劉秋固：【從超個人心理學看佛教中的瀕死經驗及其靈性-佛性對臨終者的宗教心理輔導】(1998 年第三次儒佛會通學術研討會論文選輯)。

簡政軒：【瀕死經驗個案後續效應之研究以台灣本土個案為何】(南華大學，2005 年碩士論文)。

釋永有、釋覺了：【佛教信仰對瀕死經驗之影響--以四位本土佛教信徒為例】(2004 年南華大學第四屆現代生死學理論建構學術研討會)……等。

第二章　臨終前後與往生六道

本章發表於 2009 年 7 月 3 日(星期五)德霖技術學院「第三屆文學與社會論文發表會」。當天與會學者為本文提供諸多寶貴意見，經筆者多次修潤後已完成定稿。

　　本章第一節將討論「前世因果與今生果報的簡介」，第二節是「臨終前後的探討」，這部份的篇幅比較少。第三節討論「往生六道的各種徵兆」，引用了般若共牟尼室利譯《守護國界主陀羅尼經·阿闍世王受記品》經文中對眾生往生「五道」[1]的內容說明，再加上劉宋·求那跋陀羅所翻譯《佛說罪福報應經》中49條內容來補充說明。第四節是「六道輪迴的因緣觀」，引用唐·不空譯《大乘瑜伽金剛性海曼殊室利千臂千鉢大教王經·卷十》及北齊·那連提耶舍譯《大寶積經·卷七十二》的記載。筆者試著將這兩部經用圖表排列起來，這樣可以更加清楚自己「前世」大約是從那一道來投生轉世的。這兩部經的「譯文」非常精美，屬於典型的「佛典文學」之作，其中也有不少難解的「文言文」，為了儘量讓大家了解六道輪迴的前因後果，所以筆者已在「原文」旁作了白話翻譯，為了不礙原文的閱讀，所以字型僅以8級的方式作白話解釋，這也是本章的特色之一。希望借著這章節的內容可以讓我們更了解「人生輪迴」的真相。

---

[1] 這五道是「地獄、餓鬼、畜生、人道、天道」，沒有第六道的「阿修羅」，這是因為「阿修羅」道在「五道」中皆有，故不需將之再獨立出一道。大乘經典也常說到「六道、六趣」，這是將「阿修羅道」另外獨立出一道的說法。

第一節　前世因果與今生果報的簡介

坊間有一本《佛說三世因果經》流傳了近千年，其實這部經並非是「佛說」，它是一本「非佛說」的「偽經」，故非收錄在正統的《大藏經》裡面，而是在民間到處流傳的一本「善書」，裡面「內容」多是粗糙無理。然而就在最近民國 96 年 7 月 4 日(星期三)下午 2 時 30 分，「行政院社會福利推動委員會」第 13 次委員會，第 2 次會前協商會議紀錄中的「討論案」第 3 案就明白指出：「呼籲宗教界勿繼續宣傳錯誤偽造的經典《佛說三世因果經》，以消除國民對行動不便者的歧視，教育人人應以無分別的愛心接納任何一位傷殘者，才是真正的博愛慈悲」。[2]

這部「偽經」前面套用了「爾時阿難陀尊者，在靈山會上，一千二百五人俱。阿難頂禮合掌，遶佛三匝，胡跪合掌，請問本師釋迦牟尼佛。南閻浮提一切眾生，末法時至，多生不善。不敬三寶，不重父母。無有三綱，五倫雜亂……望世尊慈悲，願為弟子一一解說，佛告阿難……」所以讓人誤以為是「真佛說」的經典，諸位讀者就算未讀佛經，也會發現經文中怎麼會有「中國傳統」的「三綱、五倫」字眼呢？而且目前網路上也有很多對這部「偽經」的批評，[3]筆者無意再詳細說明此問題。現在要介紹的是「真佛說」的「三世因果經」，這部經是劉宋・求那跋陀羅所翻譯《佛說罪福報應經》，[4]這部經的譯本有二種，一是《佛說罪福報應經》，收錄在《大正藏》第十七冊頁 562 中到 563 中。另一個譯本為「明本」

---

[2]　內容請點「行政院」網站所公布的內容，網址如下：http://sowf.moi.gov.tw/20/meeting/960704.htm。

[3]　批評內容詳 http://city.udn.com/60447/2974981。

[4]　另求那跋陀羅也翻譯過《過去現在因果經》，這部經有三種譯本，內容共四卷或五卷，又稱《過現因果經、因果經》，這是以釋迦佛自傳之形式，說其過去世為善慧仙人修行者，曾師事普光如來，至成佛後所說的本生之事蹟，由於此一因緣，故於現世能成就「一切種智」。

版，已與「宋本、元本」對校過，名為《佛說輪轉五道罪福報應經》，收錄在《大正藏》第十七冊頁 563 中到 564 下。

　　這部經的開頭說：「佛告阿難，吾觀天地萬物各有『宿緣』。阿難即前為佛作禮。長跪白佛：何等『宿緣』？此諸弟子願欲聞之，唯具演說，開化未聞。佛告阿難：善哉！善哉！若樂聞者，一心聽之」。[5]接著佛就開始宣講前世因果與今世相關連的經文，底下便將經文完整錄出，原經文並無條目，筆者則另外整理成 49 條，這 49 條將在「本論」中加以分析運用，原經文內容如下：[6]

(1)為人豪貴，國王長者➔從「禮事三寶」中來。

(2)為人大富，財物無限➔從「布施」中來。

(3)為人長壽，無有疾病，身體強壯➔從「持戒」中來。

(4)為人端正，顏色潔白，暉容(光輝容貌)第一。手體柔軟(四肢身體)，口氣香潔。人見姿容(姿態儀容)，無不歡喜，視之無厭(不會生厭)➔從「忍辱」中來。

(5)為人精修(精進修行)，無有懈怠，樂為福德➔從「精進」中來。

(6)為人安詳，言行審諦(謹慎周密)➔從「禪定」中來。

(7)為人才明(才智聰明)，達解(通達理解)深法。講暢(講述演暢)妙義(微妙義理)，開悟愚蒙(愚癡矇昧者)。人聞其言，莫不諮受(請教、承受)，宣用為珍(宣揚顯用以為珍貴)➔從「智慧」中來。

(8)為人音聲「清徹」(清明朗徹)➔從「歌詠三寶」中來。

(9)為人潔淨(簡潔清淨)，無有疾病➔從「慈心」中來，以其前生「不行杖捶」(不用棍棒或拳頭等隨意亂敲打眾生)故。

(10)為人姝長(長相端正身長)➔恭敬人故。

---

5 詳《大正藏》第十七冊頁 562 中。
6 底下經文節錄自《大正藏》第十七冊頁 562 中。

(11)為人短小➜輕慢人故。

(12)為人醜陋➜喜瞋恚故。

(13)生無所知➜不學問故。

(14)為人顓愚(愚昧笨拙)➜不教人故。

(15)為人瘖瘂(啞巴)➜謗毀人故。

(16)為人聾盲➜不視經法，不聽經故。

(17)為人奴婢➜負債不償故。

(18)為人卑賤➜不禮三尊故。

(19)為人醜黑(又醜又黑)➜遮佛前光明故。

(20)生在「裸」國(裸體的國家，或者該區因無衣物可穿，故只能裸體)➜輕衣(輕便之衣、重量輕薄之衣)搪揆(同「唐突」➜冒犯褻瀆)佛精舍故。

(21)生「馬蹄人」國(該國人或該區人只能穿著馬蹄，沒有一般的鞋子可穿)➜屐ㄐㄧ(木鞋)躡ㄋㄧㄝ(踩踏)佛前故。

(22)生「穿胸人」國(該國人或該區人能穿著遮胸的衣物，不會有裸胸無衣可穿的情形)➜布施作福，悔惜(具懺悔珍惜)心故。

(23)生「麞ㄓㄤ 鹿麂ㄐㄧ 麀ㄧㄡ」[7]中➜憙驚怖人故(常作出令人驚怖恐慌之事)。

(24)生墮「龍」[8]中➜憙調戲故(常對人作出戲弄嘲謔諸事)。

(25)身生「惡瘡」，治護(治療護理)難差ㄔㄞ(病癒)➜憙鞭榜ㄅㄤ(鞭打杖擊)眾生故。

(26)人見歡喜➜前生見人「歡悅」(歡樂喜悅)故。

---

[7] 原文作「麞鹿麈塵」，今據《佛說輪轉五道罪福報應經》改作「麞鹿麂麀」。詳《大正藏》第十七冊頁 563 中。

[8] 《佛說罵意經》云：「墮『龍』中有四因緣：一者、多布施；二者、多瞋恚；三者、輕易人；四者、自貢高坐，是為四事作龍。上頭一得福，後三事得龍身」。詳《大正藏》第十七冊頁 532 上。據《正法念處經・卷十八・畜生品》的記載，龍王屬於「畜生道」，乃愚癡、瞋恚之人所受之果報，其住所稱為「戲樂城」，分為「法行龍王、非法行龍王」二種。又據《佛母大孔雀明王經・卷上》載，龍王或行於地上，或常居於空中，或恆依妙高山，或住於水中。或一首、二頭乃至多頭之龍王。或無足、二足、四足乃至多足之龍王等。此外亦有「守護佛法」之「八大龍王」及「龍女成佛」之記載。

(27)人見不歡喜➜前生見人「不歡悅」故。

(28)憙遭「縣官」(官吏)，閉繫(囚禁)牢獄，桁（加在頸上或腳上的刑械之具）械
其身➜前生為人籠繫(用籠子繫縛)眾生，不從意(不讓他從自己的意念)故。

(29)為人吻缺(嘴唇殘缺)➜前生釣魚，魚決口(嘴巴被割)故。

(30)聞「好言善語」，心不樂聞。於中鬧語(以吵鬧喧嘩之語)，亂(去擾亂)人
聽受經法者➜後為耽耳(耳大下垂)狗。

(31)聞說法語，心不「湌採」(聽聞採納)➜後生「長耳驢馬」之中。

(32)慳貪獨食➜墮餓鬼中。出生為人，貧窮飢餓，衣不蔽形。

(33)「好者」(美食之物)自噉，惡者(壞掉或較差的食物)與人➜後墮豬、豚、蜣
蜋(昆蟲)中。

(34)劫奪人物➜後墮羊中，人生剝皮(人們可能將它生生的剝皮而食用)。

(35)憙殺生者➜後生水上「浮游蟲」(幼蟲生活在水中，成蟲褐綠色，有四翅，生存期
極短)，朝生暮死。

(36)憙偷盜人財物者➜後生「牛、馬、奴婢」中，償其宿債。

(37)憙婬他人婦女者➜死入地獄，男抱銅柱，女臥鐵床。出生為人，
墮「雞、鴨」中。

(38)憙作妄語，傳人惡(造謠傳播諸惡事)者➜入地獄中，洋銅灌口。拔出
其舌，以牛犁之，出生墮「惡聲鳥(非常不悅耳的一種鳥聲)鶹鶹
(「鷦鷯」的一種)、鸜鵒(「八哥」的別名)」中。人聞其鳴，無不驚
怖，皆言變怪，咒令其死。

(39)憙飲酒醉，犯三十六失➜後墮「沸屎泥犁」中，出生墮「狌狌
」(猩猩)中，後為「人」愚癡，頑(頑固)無所知。

(40)夫婦不相和順者，數共鬥諍，更相驅遣(驅趕差遣)➜後生「鴝、鳩
」鳥中。

(41)貪「人力」(貪圖別人的勞動精力)者➜後生「象」中。

(42)為州郡令長(縣令)，粟食(所食之穀粟)於官者。無罪(百姓無罪)或私侵「人
民」，鞭打捶杖。逼強輸送(強逼百姓運送財物)，告訴無從(百姓若無法順從

的話)，桁 械(加在頸上或腳上的刑械之具)繫錄(囚繫拘捕)，不得寬縱(寬容放縱)➔後墮地獄，神(魂神)受萬痛，數千億歲。從罪中出，墮「水牛」中。貫穿鼻口，挽船牽車。大杖打撲，償其宿罪。

(43)為人不「裁」(鑒別、識別)淨者➔從「豬」中來。

(44)慳貪(吝嗇貪心)不「庶幾」(希望、但使滿願)者➔從「狗」中來。

(45)很 戾(凶狠暴戾)自用(自行其是，不接受別人的意見)者➔從「羊」中來。

(46)為人不「安諦」(安詳審慎)，不能忍事者➔從「獼、猴」中來。

(47)人身「腥臭」(腥穢污臭)者➔從「魚、鱉」中來。

(48)為人兇惡(兇狠惡毒)，含毒心者➔從「蝮、蛇」中來。

(49)為人好「美食」，殺害眾生，無有慈心者➔從「豺、狼、狸、鷹」中來。生世短命，胞胎傷墮不全。生世未幾，而早命終，墮在三塗，數千萬劫，無得竟時。慎之！慎之！

第二節　臨終前後的探討

當人類的生命結束時，身上的「神識」會離開肉體，至於從身體那個部位離開？佛典中的論師一致皆說：生前造善者，死亡時，他的身體是從「下半身」開始冷起，然後神識從「上半身」離開。如果生前是造惡業的人，死亡時，他的身體反從「上半身」開始冷起，然後神識會從「腹部」以下的地方離開，這大多是生於「三惡道」的情形，如《法苑珠林・卷九十七》中有詳細說明：

> 造善之人，從「下」冷觸至「臍」以上，煖氣後盡，即生「人中」。
> 若至「頭面」，熱氣後盡，即生「天道」。
> 若造惡者，與此相違，從「上」至「腰」熱後盡者，生於「鬼趣」。
> 從腰至膝，熱氣盡者，生於「畜生」。
> 從「膝」已下，乃至腳盡者，生「地獄」中。
> 「無學之人」(指四果羅漢)入涅槃者，或在「心煖」，或在「頂」也。[9]

明朝有位普泰法師，他在《八識規矩補註》中曾作了一個偈頌來說明人死亡時「煖氣」離開的情形，這個「煖氣」離開的地方就是指我們「神識」離開的地方，如他說：

> 善業從「下」冷，惡業從「上」冷，二皆至於心，一處同時捨。
> 頂聖眼生天，人心餓鬼腹，旁生膝蓋離，地獄腳板出。[10]

現在將這個偈頌製表圖解如下：

---

[9] 詳《大正藏》第五十三冊頁 1000 中。
[10] 詳《大正藏》第四十五冊頁 475 下。

偈頌內容	煖氣餘留情形	煖氣(神識)離開情形	將來投生的可能去處
頂聖	全身皆冷，唯「頭頂」上尚有煖氣。	從「頂輪」離去	將生於聖地為「聖人」 (有可能是證果的羅漢，或者是往生西方極樂世界者)
眼生天	全身皆冷，唯「眉心輪」眼部附近尚有煖氣。	從「眉心輪」離去	將生於天道成為「天人」 (有可能是成仙、成天人，或者到上帝天國去)
人心	全身皆冷，唯「心輪」尚有煖氣。	從「心輪」離去	將投生人道，重新做「人」。
餓鬼腹	全身皆冷，唯「腹輪」尚有煖氣。	從「腹輪」離去	將墮落至餓鬼道成「餓鬼」
旁生膝蓋離	全身皆冷，唯「膝蓋」尚有煖氣。	從「膝蓋」離去	將墮落至畜生道而為「畜生」
地獄腳板出	全身皆冷，唯「腳底板」下尚有煖氣。	從「腳板」下離去	將墮落至「地獄道」

　　其實這個「煖氣」離開的分配圖，只能說是大約一般的情形，因為也有主張從「頂輪」離去只能生「天上」，從「肚臍」離去，表示可以生在任

何地方，若從「心輪」離去，反而是屬於「證涅槃」者。[11]

　　另一種情形是在《佛說金耀童子經》中，佛也曾為眾生「授記」將來往生諸道的情形，不過這不是指自己臨終時「煖氣」離開的方式，而是佛以「放光」的方式來告知眾生將生何道的情形。如當佛身上的光是從「足下」而入時，表示眾生將會生到「地獄」，如果佛光是從「足跟」而入時，則表示會生到「畜生」道去。如彼經云：

> 爾時，世尊欲得授記過去業，所放光明於其佛身後入。
> 欲得授記未來業，其光於佛面前而入。
> 欲得授記生地獄者，其光從佛足下而入。
> 欲得授記生畜生者，其光從佛足跟而入。
> 欲得授記生餓鬼者，其光從佛腳足大母指而入。
> 欲得授記生人中者，其光從佛膝下而入。
> 欲得授記力輪王者，其光從佛左手掌而入。
> 欲得授記轉輪王者，其光從佛右手掌而入。
> 欲得授記生天者，其光從佛臍間而入。
> 欲得授記聲聞菩提者，其光從佛胸臆而入。
> 欲得受記緣覺者，其光從佛眉間而入。
> 欲得授記阿耨多羅三藐三菩提者，其光從佛頂門而入。[12]

　　將經文重新製表如下：

---

[11] 如《鞞婆沙論·卷十四》云：「謂從『頂』滅者，當知必生『天上』。謂從『臍』滅者，當知必生『諸方』。謂從『心』滅者，當知必『般涅槃』」。詳《大正藏》第二十八冊頁 518 下。
[12] 詳《大正藏》第十四冊頁 851 下。

眾生將往生之處	佛光所入之處
地獄	光從佛「足下」而入
畜生	光從佛「足跟」而入
餓鬼	光從佛「腳足大母指」而入
人中	光從佛「膝下」而入
力輪王	光從佛「左手掌」而入
轉輪王	光從佛「右手掌」而入
聲聞	光從佛「臍間」而入
緣覺	光從佛「眉間」而入
阿耨多羅三藐三菩提	光從佛「頂門」而入

從《佛說金耀童子經》可發現佛光從「肚臍」以上進入都是屬於最好的去處，如「肚臍」是「聲聞」，「眉間」是「緣覺」，「頂門」則是證得「阿耨多羅三藐三菩提」的聖人。

第三節　往生六道的各種徵兆

　　當眾生的世緣將盡，「神識」快離開肉體時，是有很多徵兆可供參考的，關於這類資料在佛經中就有很詳細的說明，尤其是《守護國界主陀羅尼經・阿闍世王受記品》和《大威德陀羅尼經・卷二》中的經文說明。

　　《守護國界主陀羅尼經》共有十卷，這是唐代<u>般若</u>(prajñā)、<u>牟尼室利</u>(Muniśrī)合譯的一部經典，略稱《守護國界經》及《守護經》，收錄於《大正藏》第十九冊。這部經敘說佛為「一切法自在王菩薩」演說「虛空性、心性、菩提性、陀羅尼性」等內容，共計有十一品，其中第十品是「<u>阿闍世王</u>(Ajātaśatru)受記品」，內容敘述佛以「二種夢」除去<u>阿闍世王</u>之疑惑，並為<u>阿闍世王</u>明示臨命終前將會投生「五道」之種種事相，進而使<u>阿闍世王</u>解悟這些道理而歸依「三寶」。最後<u>阿闍世</u>王命終後生於「兜率天」，再由<u>慈氏菩薩</u>授「成佛」之記。

　　《大威德陀羅尼經》共有二十卷，由隋・<u>闍那崛多</u>（Jñānagupta 523～600）所翻譯，內容是佛為<u>阿難</u>說陀羅尼法本，一一法中示多種之名，多種之義，亦廣說末世惡比丘之事，及說菩薩住於母胎中之樓閣莊嚴……等。《大威德陀羅尼經》中的第二卷與《守護國界主陀羅尼經・阿闍世王受記品》[13]中均談到眾生臨終的徵兆與往生去處的內容，二部經應是「同本異譯」，底下將這二部經製作表格對照，有關文言文較難解的部份，筆者已作白話註解。

1、感應下「地獄道」，在四大分解時會有下列十五種徵兆

---

[13] 底下經文皆節錄自《大正藏》第十九冊頁573下，及《大正藏》第二十一冊頁760中。

《守護國界主陀羅尼經‧阿闍世王受記品》	《大威德陀羅尼經‧卷二》
(1)於自「夫、妻」，男女眷屬，「惡眼」瞻視。(指對自己親眷及夫或妻，竟以「惡眼」相視)	此等眾生捨此身已，當墮「阿鼻大地獄」中，何等為十？所謂：「惡心」觀己妻子(或惡心觀己「先生」)。
(2)舉其兩手，捫摸虛空。(指病人會常舉其雙手，一直在撫摸描繪著虛空，有著極度的失落及無奈)	手捫虛空。
(3)「善知識」教，不相隨順。(此時若有善知識來教導他，他不會相信，也不會隨順善知識的教導)	不受「善教」(善知識的教導)。
(4)悲號啼泣，嗚咽流淚。(會常常不斷的哭，淚流滿面)	流淚墮落。
(5)大小便利，不覺不知。(對於大小便利，已失去控制能力，甚至無法覺知)	屎尿污穢。
(6)閉目不開。(眼睛常閉著，無法打開，也可能會畏光)	「閉目」不視。
(7)常覆頭面。(常常找東西把自己的頭面遮住躲藏起來)	以「衣」覆頭。
(8)側臥飲啖。(喜歡側臥著吃東西，不像正常人的飲食方式)	無食(沒有食物時)空嚼(咀嚼)。
(9)身口臭穢。(身上及嘴巴都有臭穢的味道產生)	身體羶臭。
(10)腳、膝戰掉。(腳部和膝蓋常會因恐懼而發抖)	命欲終時，其「足」破裂。
(11)鼻梁欹側。(鼻子會歪斜不正)	「鼻根」傾倒。
(12)左眼瞤動。(左眼皮會常常跳動)	左右「縮申」(同「伸縮」➔身體左右緊縮屈

	曲），而取命終。 伏面（面向下；背朝上俯臥）思惟，而動「左眼」。
(13)兩目變赤。（兩個眼睛常常泛紅，無法像正常人眼睛）	眼色焰赤。
(14)仆ㄆ 面而臥。（喜歡倒遮著臉而臥下，不喜見人，或者不喜見光）	
(15)踡ㄐ 身「左脅」，著地而臥。 （將身體彎曲而左脅著地的姿勢臥著）	
	有如是種（種種貌），如是狀貌，如是處所，智者應知。此等眾生，從此捨身，當墮阿鼻大地獄中。

以上是《守護國界主陀羅尼經》及《大威德陀羅尼經》中記載會下地獄的「徵兆」，如果一旦下地獄時，則「程序」又是如何呢？這是個有趣的問題，《大寶積經・卷一百一十》中說當行惡的人下地獄時會變成「足在上，頭倒向下」，然後看到一處「大血池」，見已，內心突然對這個「血池」味道有了貪著心，然後自己全身也變成「血色」，於是便生到「地獄道」去了。[14]《修行道地經》則說會見「大火」升起，圍繞亡者的身邊，像野火焚燒草木一樣，然後又會看見「烏、鵰、鷲、惡人之類」，爪齒皆長，面目非常醜陋。所穿的衣服都非常髒亂，頭髮上有火在燃燒著，手上都各執「兵仗、矛刺、刀斫」，此時的「亡者」內心非常恐懼，想尋找救護，結果看見前面有「叢樹」，於是就進入了「地獄道」。[15]

---

[14] 詳《大正藏》第十一冊頁 614 下。
[15] 詳《大正藏》第十五冊頁 186 中。

　　至於藏傳《西藏生死書》則說亡者會見到漆黑及血腥恐怖之景象、幽暗的洲島、黑暗的地穴、黑白房子交錯等，會有悲哀的歌聲從中發出，接下來就會入「地獄道」了。[16]

2、感應下「餓鬼道」，有八種徵兆[17]

《守護國界主陀羅尼經・阿闍世王受記品》	《大威德陀羅尼經・卷二》
(1)好舐ㄕ 其唇[18]（病人常常會伸舌頭舐自己的嘴唇，其實餓鬼的報應就是會常常感到飢渴）	有八種相，智者當知。此等眾生捨此身已，生「閻摩羅」世。[19]何等為八？「轉舌」(捲舌也)舐上，及舐「下脣」。
(2)身熱如火。	身體惱熱，求欲得「水」。
(3)常患飢渴，好說飲食。	論說飲食，而但「口張」。
(4)張口不合。（因為飢渴，所以嘴巴常常打開不合）	
(5)兩目乾枯，如雕孔雀。（兩眼乾枯無神，好像雕刻出來的孔雀眼睛）	眼目青色，如孔雀「項」(頸也)。瞳人(原指「瞳孔」有能看他人的像，故稱瞳孔為「瞳人」；亦指眼珠也)乾燥。
(6)無有小便，大便遺漏。（沒有小便，大便反而會自動遺漏，無法控制）	放糞，無尿。
(7)「右膝」先冷。（死亡時，右邊的膝蓋會	「右腳」先冷，而非「左足」。

---

[16] 詳達瓦桑杜英譯藏，徐進夫藏譯漢《西藏度亡經》頁256，天華出版公司，1983年。

[17] 底下經文皆節錄自《大正藏》第十九冊頁573下，及《大正藏》第二十一冊頁760中。

[18] 《賢劫經・卷第八》云：「餓鬼飢渴，窮乏甚困。生死不得，苦惱燋然」。詳《大正藏》第十四冊頁65上。

[19] 閻摩羅，梵文作 Yama-rāja，或譯成「閻羅王、閻王魔、琰魔王、閻魔羅王、焰魔邏闍、閻摩羅社」，作為鬼世界之始祖，或指冥界之總司，亦即地獄之主神。

先冷下來，因為是投生餓鬼道，所以最後應該是「肚腹」仍有一點微溫）	口言：「燒我」，亦云：「炙（燒拷）我」。
(8)「右手」常拳。（病人右手常常緊握拳頭，有可能是他這生都非常慳吝，從不佈施，最後終將感應下生到「餓鬼道」去）	以「右手」作拳。何以故？如是「慳貪」諸過患故，不捨施故，而取命終。
	有如是種(種種貌)，如是相狀。眾生具足命終之時，智者應知，當生「閻摩羅世」。

　　《修行道地經》中說要入「餓鬼道」時，四面周遭會有「熱風」吹起，身體被熱氣給吹蒸著，頓時感到非常「飢渴」，接著會看見有人手上拿著「刀杖、矛戟、弓箭」而圍遶著自己，然後心中非常恐怖，突然望見前面有座「大城」市，於是就進入了「餓鬼道」。[20]《西藏生死書》則簡單的說亡者會見到進入「密林」或「一片荒蕪草木不生之地」，地表也出現「龜裂」之相，接下來就會入「餓鬼道」了。[21]

3、感應下「畜生道」，有五種徵兆[22]

《守護國界主陀羅尼經·阿闍世王受記品》	《大威德陀羅尼經·卷二》
	又有眾生五相具足。智者當知，從此捨身，生「畜生」中。何等為五？
(1)愛染妻子，貪視不捨。（指病者會	於妻子所，「愛心」所牽。

---

[20] 詳《大正藏》第十五冊頁 186 中。
[21] 詳達瓦桑杜英譯藏，徐進夫藏譯漢《西藏度亡經》頁 256，天華出版公司，1983 年。
[22] 底下經文皆節錄自《大正藏》第十九冊頁 573 下，及《大正藏》第二十一冊頁 760 中。

對自己的親眷產生極強的愛染心，這可能是因為病者將到「畜生道」，將與親眷「永別」，所以產生強烈的貪愛心）	
(2)踡身手足指。(全身縮曲成一團，手足腳指也全部捲縮起來)	手足指等悉皆踡（手屈病）縮。
(3)遍體流汗。(全身一直盜汗，流個不停)	「腹」上汗出。
(4)出「粗澀聲」。(病人嘴巴開始發出類似禽獸粗澀的聲音)	作「白羊」鳴。
(5)口中咀出沫。(嘴巴一直有唾液白沫產生，並不斷的咀嚼著)	口中沫出。
	如是五種，如是相狀，如是處所。智者應知，此等眾生，從此捨身生「畜生」中。

　　《修行道地經》中說亡者若要進入「畜生道」時會看見「火、煙塵」繞滿著他的身體，也會被「師子、虎狼、蛇虺、群象」所追逐，然後看見「故渠、泉源、深水、崩山、大澗」，心中非常恐怖，於是就進入了「畜生道」。[23]藏傳的《西藏生死書》則說亡者會見到進入洞穴等之情形，很很多的「山穴、石窟」及很可怖的「深洞」，到處都是「煙霧瀰漫之相」，接下來就會入「畜生道」了。[24]

　　本論文在「緒論」的第二節中有討論到「前世因果與今生狀況的簡介」，底下就以劉宋・求那跋陀羅所翻譯《佛說罪福報應經》中第33條到42條來補充說明今生所作之事會感應下「畜生道」的特點(白話解說請參前文)：

23　《大正藏》第十五冊頁186中。
24　詳達瓦桑杜英譯藏，徐進夫藏譯漢《西藏度亡經》頁256，天華出版公司，1983年。

(33)「好者」自噉，惡者與人➜後墮豬、豚、蛦ᵍ 蜋ᵍ 中。
(34)劫奪人物➜後墮羊中，人生剝皮。
(35)憙殺生者➜後生水上「浮游蟲」，朝生暮死。
(36)憙偷盜人財物者➜後生「牛、馬、奴婢」中，償其宿債。
(37)憙婬他人婦女者➜死入地獄，男抱銅柱，女臥鐵床。出生為人，墮「雞、鴨」中。
(38)憙作妄語，傳人惡者➜入地獄中，洋銅灌口。拔出其舌，以牛犁之，出生墮「惡ᵉ 聲鳥、鵂ᵘ 、鶹ᵘ 、鸜ᵘ 、鵒ᵘ 」中。人聞其鳴，無不驚怖，皆言變怪，咒令其死。
(39)憙飲酒醉，犯三十六失➜後墮「沸屎泥犁」中，出生墮「狌ᵍ 狌」中，後為「人」愚癡，頑無所知。
(40)夫婦不相和順者，數共鬥諍，更相驅遣➜後生「鴛ᵘ 、鴦ᵘ 」鳥中。
(41)貪「人力」者➜後生「象」中。
(42)為州郡令長，粟食於官者。無罪或私侵「人民」，鞭打捶杖。逼強輸送，告訴無從，桁ᵍ 械繫錄，不得寬縱➜後墮地獄，神受萬痛，數千億歲。從罪中出，墮「水牛」中。貫穿鼻口，挽船牽車。大杖打撲，償其宿罪。

4、感應生「人道」，有十種徵兆[25]

《守護國界主陀羅尼經·阿闍世王受記品》	《大威德陀羅尼經·卷二》
	復有眾生十相具足，智者應知。從此捨身，當生「人間」，何等為

---

[25] 底下經文皆節錄自《大正藏》第十九冊頁 573 下，及《大正藏》第二十一冊頁 760 中。

	十？
(1)臨終生於善念，謂生「柔軟心、福德心、微妙心、歡喜心、發起心、無憂心」。	有一眾生，最後「三摩耶」(samaya 時；一致；平等)時，有如是心：「安住」不動、繫縛緣(諸外緣)中、端正可憙、所欲可作。
(2)身無痛苦。	無痛、無憂。
(3)少能似語，一心憶念所生「父母」。(因接近死亡，故很少能再多說話；只會一心的憶念自己的親生父母，懷感恩報答心，但不會產生愛染心)	彼臨命終，於最後息(氣息)出入轉(轉變)時，求「父母名」。
(4)於妻子、男女，作「憐湣心」。如常瞻視，無愛無恚。耳欲聞於兄弟、姊妹、親識姓名。(對自己的親眷有憐愍愛惜之心，就像平常一樣的看著自己的親眷，沒有愛染心，也沒有憎恨心，耳朵反欲聽聽兄弟姊妹親眷熟識朋友的「名字」)	求「兄弟名」、求「姊妹名」、求「朋友、知識」名。
(5)於善於惡，心不錯亂。(對於善的或惡的事，都能清楚辨別，內心沒有錯亂，不會以善為惡，也不會以惡為善)	其心不亂，其心不迷。
(6)其心正直，無有諂誑。(內心正直，沒有奉承諂媚及欺誑的事)	其心不諂(奉承；獻媚)，其心惇(敦厚；篤實)直。
(7)知於父母親友眷屬，善護念我。(知道自己的父母及親眷都在護念著自己，不會對他們產生懷恨之心)	付囑父母，囑累朋友，及與知識。
(8)見所營理，心生讚歎。(見到親屬	相憙樂者。

打算對自己後事之管理或經營，心中常加讚歎，沒有任何遺恨之心，也不會有抱怨）	
(9)遺囑家事，藏舉財寶，示之令出。（將自己的遺囑與後事，及財寶所藏之處或密碼等等，全數供出，清楚的交待，內心毫無怨恨遺憾）	所發業事(生前所開發經營諸事業)，皆悉付囑。所有藏「伏藏毒」(隱藏；潛藏➔指財寶)，皆悉示人。
(10)起淨信心，請佛法僧，對面歸敬。（如果家眷有人請佛法僧三寶來為自己做功德，內心立即生起清淨的信心，而且面對著三寶恭敬皈依禮拜或供養）	若世有佛，信如來者，彼稱「南無佛陀」。 若非佛世，當信「外仙」，彼稱其名，作是希有。 乃至如是微妙「園林、河池」住處： ❶亦不張口。 ❷仰臥(面部朝上躺著)端身(擺正身體)。 ❸不作「荒言」(荒誕語；荒謬言)。 ❹不受苦惱，不恐不驚。 ❺身不皺毒(肌膚粗糙或受凍開裂)裂，亦無惡色。 ❻身體柔軟，轉縮任心(動轉縮放自如，任心使喚)。 有如是等，有如是種(種種貌)，如是形相，智者應知。此等眾生，從此捨身，當生「人間」。

　　會感應生「人道」的經文在《佛說胞胎經》中也有記載，經文說如果「薄福」的人[26]要轉生成「人道」時會有①有「水冷風」吹來，好像今天下雨

的感覺。②有大眾來「欲捶害我」的樣子。③我好像走入一個「大積ㄐ（草堆積也）草」下。④或入「葉積」諸草眾所聚之處。⑤或入「溪澗、深谷」。⑥或登上「高峻」之處，無人能得。⑦我應該脫離今天的「冷風」及「大雨」。⑧於是入了所謂的「屋子」（也就是投生成人了）。如果是「福厚」的人[27]要轉成「人道」，則心中會感覺今天有「冷風」而「天下大雨」，然後我當「入屋」，再登上「大講堂」最後昇於「床榻」間，這就轉世成功了。

5、感應生「天道」，有十種徵兆[28]

《守護國界主陀羅尼經・阿闍世王受記品》	《大威德陀羅尼經・卷二》
(1)起憐湣心。（對自己的親眷朋友及一切眾生皆有憐愍心）	一、離「慢心」。
(2)發起善心。（能發起自己善良的本心）	二、生「愛念心」（對自己的親眷朋友及一切眾生皆有憐愍愛念之心，但非屬「貪愛、貪戀」心）。
(3)起歡喜心。（對親眷朋友一切眾生及周遭諸事，皆能發起「歡喜心」）	三、生「歡喜心」。
(4)正念現前。（有正念，沒有邪念產生）	四、生「作業心」（生起種種善業之心）。
(5)無諸臭穢。（身體沒有臭穢染污）	五、生「踊躍心」。
(6)鼻無歌ㄑ側。（鼻子不會歪斜）	六、彼現前「念心」（正念之心）。
(7)心無恚怒。（內心沒有瞋恚忿怒）	七、彼惡ㄜ色不入，鼻不喎ㄨㄞ（嘴歪

要往生「人道」，可能生在「下賤」家。彼於死時及入胎時，便聞種種「紛亂之聲」，及自妄見入於「叢林、竹葦、蘆荻」等中。詳《大正藏》第三十冊頁282下。

[27] 詳《大正藏》第十一冊頁886中。另《瑜伽師地論・卷一》中也說如果「厚福者」要往生「人道」，可能生在「尊貴」之家。彼於爾時便自聞有「寂靜美妙」可意音聲，及自妄見昇「宮殿」等可意相現。詳《大正藏》第三十冊頁282下。

[28] 底下經文皆節錄自《大正藏》第十九冊頁573下，及《大正藏》第二十一冊頁760中。

	也)曲。
(8)於家財寶，妻子眷屬，心無愛戀。 (對自己的家務財寶、妻子眷屬，沒有任何的貪愛依戀)	八、臨命終時，心不「懷惡」。(對自己的妻子眷屬，沒有任何的懷惡之心)
(9)眼色清淨。(雙眼清淨明亮，沒有污濁，亦不充血)	九、於愛物(所愛財物等)中，不生「慳恪」。
(10)仰面含笑，想念「天宮」，當來迎我。(頭面正仰含著微笑，一心想念著天宮或天國諸護法菩薩、帝釋天神……等，當來迎按我去)	十、彼「眼目」狀如「欝金」(kuṅkuma 茶矩麼、鬱金香)根色，歡喜微笑。其面「向上」，觀自(自己所屬之)「宮殿」。
	若有眾生，具足如是諸根狀貌，智者當知。是人即生「三十三天」宮殿之中。

　　有關生「天道」的經典，除了《守護國界主陀羅尼經・阿闍世王受記品》中的介紹外，在其餘的佛典中也介紹非常多，例如《正法念處經・卷三十四》中說如果要生於「天上」，則臨終時會見很多美麗的「花樹林園」，也有「蓮花池水」，然後會聽到「歌舞」的「戲笑」聲，也會聞到很多「香味」。[29]《修行道地經・卷一》中則說，會有香味的「涼風」吹來，然後聽到「樂音」，也有「林園樹觀」等情形，甚至在《大寶積經・卷一百一十》中還詳細記載了「生天」的步驟及種種情形。[30]

　　上述五種往生前的徵兆，係歸納後的大約情形，每人因「業力」不同，

---

[29] 詳《大正藏》第十七冊頁 197 下。
[30] 詳《大正藏》第十一冊頁 614 下。

所以可能有人每個條件都感應，或者只有感應其中二、三個條件，或者感應方式不在「條文」中，這都是不一定的。

　　《守護國界主陀羅尼經・阿闍世王受記品》中只有談到眾生往生「五道」的情形，至於往生到「極樂世界」的條件並沒有說明，下面就從佛典中整理出會往生「佛國」的大約徵兆。

6、將往生「佛國極樂世界」者，大約有底下幾種徵兆：

　　(1)、心不顛倒。（臨終時，一心正念向佛，不再受眼前境界影響而起凡俗情念）

　　(2)、預知時至。（能預先知道何月何日何時可以「壽終」而「往生」）

　　(3)、淨念不失。（不再有雜染的妄念，往生佛國的意志非常堅決，不再依戀人間）

　　(4)、洗漱更衣。（自己能事先就潔淨身體和更換衣服）

　　(5)、自能念佛。（能自主性的出聲念佛或金剛持默念）

　　(6)、端坐合掌。（能端身正坐，合掌向佛）

　　(7)、異香滿室。（常會有「香氣」滿室的情形）

　　(8)、光明照身。（也可能室外有「光輝」射在臨終者的身上，或者屋外感得「光明」照射）

　　(9)、天樂鳴空。（戶外空中會傳來「仙樂」或莊嚴佛曲，不知音從何來）

　　(10)、說偈勵眾。（大多會作偈頌，即使沒有讀過書的人也會留幾句「偈語」以勉勵後人念佛）

　　以上十條祥瑞的徵兆，[31]也並不是每條都全見於一人身上的，其中只要有一、兩條相應，都是往生西方佛國瑞相的參考。

---

[31] 參見宋・宗曉編《樂邦文類》云：「佛言：若人命終之時，『預知時至、正念分明洗浴著衣、吉祥而逝、光明照身、見佛相好』眾善俱現，定知此人決定往生淨土」。詳《大正藏》第四十七冊頁161上。或參見清・觀如輯《蓮修必讀》云：「今將淨土聖賢錄中，臨終有「詩偈」者……古今生西方，不一而足。或『異香滿室、預知時至、天樂鳴空、留偈而逝』」。詳《卍續藏》第六十二冊頁870上。

第四節　六道輪迴的因緣觀

　　佛經上說的「六道輪迴」有「地獄、餓鬼、畜生、阿修羅、人間、天道」，這六個地方是眾生輪迴之處。「地獄」道的總數有多少呢？在「欲界」中的地獄有「根本八大地獄」，每一大獄各皆有「十六小地獄」，計「一百二十八」，加根本之八大地獄，大小總成「一百三十六」個地獄。[32]餓鬼道的眾生非常多，《佛說長阿含經·卷二十》就說凡有人住的地方，甚至無人住的地方，都有「鬼神」，在這個世界中沒有任何一個地方是「無鬼無神」的，如《佛說長阿含經》云：

> 佛告比丘，一切人民所居舍宅，皆有鬼神，無有空者。一切街巷，四衢道中，屠兒市肆及丘塚間。皆有鬼神，無有空者。凡諸鬼神皆「隨所依」，即以為名。依人名人，依村名村，依城名城，依國名國，依土名土，依山名山，依河名河。[33]

這在《起世經·卷第八》也有同樣的說明：

> 諸比丘！「人間」若有如是「姓」字，「非人」之中，亦有如是一切「姓」字。諸比丘！人間所有「山林川澤、國邑城隍、村塢聚落、居住之處」，於「非人」中，亦有如是「山林城邑、舍宅」之名……諸比丘，一切街衢，四交道中。屈曲巷陌，屠膾之坊，及諸巖窟。並無「空虛」，皆有眾神及諸「非人」之所依止。[34]

　　「畜生道」指的是「鳥獸蟲魚」等一切動物，據《正法念處經·卷十八》

---

[32] 參《正法念處經·卷第十八》，詳《大正藏》第十七冊頁 103 中。
[33] 詳《大正藏》第一冊頁 135 上。
[34] 詳《大正藏》第一冊頁 347 下。

舉出畜生總共有「三十四億」種，並廣述其相貌、色類、行食之不同、群飛之相異、憎愛之違順、伴行之雙隻、同生共遊等。[35]另據《大智度論・卷三十》載：依畜生之住處，可分為「空行、陸行、水行」三種，又依晝夜還可分「晝行、夜行、晝夜行」等三類。[36]

「阿修羅道」為印度最古的諸神之一，係屬於戰鬥一類之「鬼神」，經常被視為「惡神」，而與「帝釋天」(因陀羅神)爭鬥不休，以致出現了「修羅場、修羅戰」等名詞。據《楞嚴經・卷九》載：阿修羅因業力之牽引，也分為「胎、卵、濕、化」四生，所以可說「六道」眾生中每一道都有「阿修羅」存在。

「人間道」的分類也非常多，據《大唐西域記・卷一》、《俱舍論光記・卷八》等將「人道」分成四洲，[37]即：

①東勝身洲(Pūrva-videha)，舊稱「東弗婆提、東毘提訶」，或「東弗于逮」，略稱「勝身」(Videha，毘提訶)。以其身形殊勝，故稱「勝身」。地形如半月，人面亦如半月。
②南贍部洲(Jambu-dvīpa)，舊稱「南閻浮提」。「贍部」(jambu)原為「蒲桃樹」之音譯，本洲即以此樹而得名。地形如車箱，人面亦然。
③西牛貨洲(Apara-godānīya)，舊稱「西瞿耶尼」。以牛行貿易而得名。地形如滿月，人面亦然。
④北俱盧洲(Uttara-kuru)，舊稱「北鬱単越」。俱盧，意謂勝處，以

---

[35] 詳《大正藏》第十七冊頁 103 中。
[36] 詳《大正藏》第二十五冊頁 279 下。
[37] 這四洲是佛典中對一個須彌山下的「原則、基本」性說法，類似科學家說的可「住人」的星球，實際上「他方世界眾生」不只是四洲，應有無數洲、無數的星際世界。

其地勝於上述三洲而得名。地形正方，猶如池沼，人面亦然。

每個洲的人類生活婚嫁情形如《佛說長阿含經‧卷二十》所云：

「閻浮提」(地球)人：以「金銀、珍寶、穀帛、奴僕」治生，販賣
以自生活。
「拘耶尼」(西牛貨洲)人：以「牛、羊、珠寶」市易生活。
「弗于逮」(東勝身洲)人：以「穀帛、珠璣」市易自活。
「欝山單曰」(北俱盧洲)人：無有市易治生自活。
「閻浮提」人：有婚姻往來，男娶女嫁。
「拘耶尼」人、「弗于逮」人，亦有婚姻、男娶女嫁。
「欝山單曰人」(北俱盧洲)，無有「婚姻」、男女嫁娶……[38]
「閻浮提」人：男女交會，身身相觸，以成陰陽。

「天道」總共有「二十八天」，即「欲界」有六天、「色界」有十八天、「無色界」有四天。其中在欲界六天中有一個「忉利天」，是諸天眾遊樂之處，又譯作三十三天。[39]

底下將詳述「六道輪迴」之間的微妙關係，據北齊‧那連提耶舍 (Narendrayaśas 490～589)譯《大寶積經‧卷七十二》、唐‧不空(Amoghavajra 705 ～774)譯《大乘瑜伽金剛性海曼殊室利千臂千鉢大教王經‧卷十》及宋‧日稱(譯經年代為元年 1064 年)譯《父子合集經‧卷十五》這三部的記載，筆者試著將前兩部經用圖表排列起來，這樣可以更加清楚自己「前世」大約是從那一道來投生轉世的。有關文言文較難解的部份，已作白話註解。

---

[38] 詳《大正藏》第一冊頁 133 下。
[39] 詳於《正法念處經‧卷二十五》，《大正藏》第十七冊頁 143 中。

1、從「地獄道」出來，投生「人間」的特點

《大乘瑜伽金剛性海曼殊室利千臂千鉢大教王經・卷十》	《大寶積經・卷七十二》
彼人若從地獄中出來，生於人間，當有見相，智者應知。[40]	彼人若從地獄終，來生人中者。當有是相，智者應知。[41]
(1)其聲瘂破(聲音沙啞破嗓)， 驢騾之音(聲音像驢騾的動物聲)。 聲大忽忽(聲音雖大，卻模糊不清)， 吼喚捩ㄌㄧㄝ˙急(聲音又吼又喚，暴戾急躁)。	(1)其聲嘶破(聲音沙啞破嗓)、 騾聲、忽ㄗㄨˋ急聲(聲音急迫)、 怖畏聲(聲音會令人起怖畏聲)、 高聲(聲音太尖銳，令人不悅耳)、 淺聲(聲音太低太淺，令人不悅耳)。
(2)心常少信(言而無信，不講信用)， 多饒誑妄(常饒舌虛誑妄作)， 不令所信(讓人很難信任)， 無人親友(所以就會像「沒有人的親友」一樣，遭人棄捨)。	(2)小心常怖(心量窄小，常有怖畏心)， 數ㄕㄨㄛˋ數戰慄ㄌㄧˋ(同疎➜因害怕而常常發抖)， 其毛數豎ㄕㄨˋ(身上毛髮大多倒豎著)。
(3)其人醜陋，不敬師長，不信佛法。	(3)夢中多見「大火熾然」。 或見「山走」。 或見「火聚」。 或見「釜ㄈㄨˇ鑊(大鍋)沸湧」。 或見有人「執杖」而走。 或見己身為「鋒ㄈㄥ(劍鋒)矟ㄕㄨㄛˋ(同「槊」字➜長矛)所刺。

	或見「羅剎女」。 或見「群狗」。 或見「群象」來逐己身。 或見己身「馳走四方」而無歸處。
(4)不孝不義，無慚無愧。	(4)其心少信(言而無言，不講信用)，無有親友。
(5)好行殺生，常造諸惡。	
(6)此人短命，不得長壽。	
(7)見善不發「菩提之心」。	
(8)死墮諸趣，常沒(輪迴沉沒)「三塗」(三惡道)。	外道！有如是等無量眾相，我今略說如是等相，是名從「地獄」終，來生「人間」。此智所知(此由大智慧者方能知)，非愚(愚笨)能測。

兩部經比對之下，內容大同小異，基本相同點有「聲音沙啞、有驢騾(公馬與母驢交配所生)聲、模糊不清、言而無信、無親無友……」等。《大乘瑜伽金剛性海曼殊室利千臂千鉢大教王經・卷十》多了「常誑語妄作、心量狹窄、人醜、不敬師長、不信佛法、無慚無愧、好殺生造惡、短命、不孝不義……」等。不同的是《大寶積經・卷七十二》中除了說「身上毛髮大多都呈倒豎」外，還有夢中會常見「大火、山走、大鍋沸湧、有人手執棍杖而走、己身被劍鋒所刺、被羅剎女及群狗群象來追逐、己身奔走四方而無歸依處」。所以如果諸位常常會作上述的「夢境」，恐怕前世與「地獄道」多少是有點「因緣」的？

2、從「畜生道」出來，投生「人間」的特點

《大乘瑜伽金剛性海曼殊室利千臂千鉢大教王經・卷十》[42]	《大寶積經・卷七十二》[43]
從「畜生」終沒，來生「人中」，當有是相。	彼人若從「畜生」終，來生「人中」者，當有是相，智者應知。
(1)其人闇鈍，處事多愚，少智無方(沒有智慧，也沒有任何方術)，懈怠懶墮。	(1)闇鈍少智(為人昏庸愚昧無智慧)，懈怠多食(好吃懶做，懈怠放逸)，樂食「泥土」(喜歡吃雜碎不良的食物)。
(2)多貪多食，不揀麁細。(什麼東西都吃，也不管它髒或不健康，都無所謂)	(2)其性怯弱，言語不辯(無法與人言語辯論)。
(3)其性拗捩(同「拗戾」→生硬拗口)，出語直突(講話無禮，出語直言且唐突)。	(3)樂與「癡人」而為知友。(喜歡與愚癡的人作為知心朋友)
(4)此人力壯，常當負重。(身強體壯像條牛，因此可常搬重物)	(4)憙黑闇處(喜歡黑闇不亮處，不喜光亮處)，愛樂濁水(喜愛污濁的水，不愛乾淨的水)。
(5)常共癡人，常為知友。(常與愚癡人共為相處，作為知心朋友)	(5)喜齧草木(喜歡咬啃嚼食草木)，喜以腳指剜掘於地(喜歡用腳指在地上作刻挖掘取的動作)。
(6)好喜踡腳。(喜好將腳踡縮彎曲，既非單盤，亦非雙盤，亦非瑜伽坐)	(6)喜樂動頭(因頭多臭氣，導致蠅蟲來食，故需將頭轉來動去[44])，驅遣蠅虻。(只為了盯住蒼蠅與蚊虻並驅趕它們)
(7)隨時臥地(隨時就地而亂躺臥下)，不	(7)常喜昂頭，欠呿空嚼(咀嚼)。

---

[42] 底下經文皆節錄自《大正藏》第二十冊頁 773 上。

[43] 底下經文皆節錄自《大正藏》第十一冊頁 410 上。

[44] 《父子合集經・卷十五》云：「頭多臭氣，蠅虫咂食，動搖無時，不能暫止」。詳《大正藏》第十一冊頁 962 中。

避穢污。	(喜歡抬著頭，然後對著虛空張口打呵欠，或者對著虛空咀嚼)
(8)欲得裸形(裸露身形，不願著衣)，不羞不恥。(對裸身不會感到羞恥)	(8)常喜踡身腳，隨宜臥地，不避穢污。
(9)心常虛詐(虛偽狡詐)，異言誑語(怪異言論與誑妄的語言)。	(9)常喜空嗅(類似某些畜生動物會對著空間環境到處嗅聞)。
(10)妄說他人諂曲不實。(喜歡妄說有關別人「曲意逢迎不真實」的話語)	(10)喜樂「裸形」(裸露軀形)。
(11)取他財物，常愛「抵債」(抵賴債物)。(取了別人的財物後，又常常愛抵賴債物而不還)	(11)常喜虛詐(虛偽狡詐)，異言(怪異言語)異作(特異行為)。多喜「綺語」(雜穢語、無義語，一切淫意不正之言詞)。
(12)此人見善不能「發心」，不信「正法」。(見到善良光明的事，不能發心學習，也不相信正法之教)	(12)夢「泥」塗身。[45] 或夢見己身於田野「食草」。 或夢見己身為「眾蛇」纏繞。 或夢見己身入於「山谷叢林」之中。
(13)常造「不善十惡」之罪，流浪生死，難得人身。死沒苦海，還墮「畜生」。	
以此思之，須當發覺(發醒覺悟)。是故當知外道愚人，非汝能知，非愚所測。	外道！有如是等無量眾相，我今略說如是等相。是名從「畜生」終，來生「人間」。智者能知，非愚能測。

---

[45] 《父子合集經・卷十五》云：「或於夢中，身墮糞穢」。詳《大正藏》第十一冊頁962中。

　　兩部經比對之下，前世如果為「畜生道」基本相同點有「為人昏庸愚昧無智慧；懈怠好吃懶惰；喜歡吃雜碎不良的食物；不管它髒或不健康都無所謂；個性怯弱；無法與人言語辯論；講話無禮硬拗，出語直言且唐突；喜歡與愚癡的人作為知心朋友；喜好將腳踡縮彎曲；隨時就地而亂躺臥不避穢污；裸露身形不願著衣；內心虛偽狡詐；異言誑語綺語……」等。

　　《大乘瑜伽金剛性海曼殊室利千臂千鉢大教王經‧卷十》多了「身強體壯像條牛，常搬重物；取了別人的財物後，又常常愛抵賴債物而不還；見到善良光明的事，不能發心學習，也不相信正法之教」。《大寶積經‧卷七十二》的內容則多了許多，計有「喜歡黑闇不亮處；喜愛污濁的水；愛啃咬草木；喜歡用腳指在地上作刻挖掘取的動作；喜歡抬著頭對著虛空張口打呵欠，或者對著虛空咀嚼；喜歡空曠臭穢之地……」等，另外也會常常作如下的「夢境」，如：夢全身被污泥塗滿；夢見自己在於田野中吃草；夢見己身為很多蛇纏繞著；夢見自己身入於山谷叢林之中。

　　底下就劉宋‧求那跋陀羅(Guṇabhadra 394～468)所翻譯《佛說罪福報應經》中第 43 條到 49 條來補充說明「前世從畜生道出來，再投生回人間」的特點(白話解說請參前文)：

(43)為人不「裁」淨者➡從「豬」中來。
(44)慳貪不「庶幾」者➡從「狗」中來。
(45)很戾自用者➡從「羊」中來。
(46)為人不「安諦」，不能忍事者➡從「獼、猴」中來。
(47)人身「腥臭」者➡從「魚、鱉」中來。
(48)為人兇惡，含毒心者➡從「蝮、蛇」中來。

(49)為人好「美食」，殺害眾生，無有慈心者➜從「豺、狼、狸、鷹」中來。

3、從「餓鬼道」出來，投生「人間」的特點

《大乘瑜伽金剛性海曼殊室利千臂千鉢大教王經‧卷十》[46]	《大寶積經‧卷七十二》[47]
彼人若從「餓鬼」終沒，來生世間。當有是相。	彼人若從「餓鬼」終，來生「人中」者。當有是相，智者應知。
(1)其人黑瘦，面無光色。	(1)其頭髮黃，怒目直視。
(2)頭髮短惡(又短又醜貌)，黃赤(黃紅色)、蒼浪(花白色)。	(2)常喜飢渴，慳貪(吝嗇好貪)嫉妒，喜饞(喜好貪吃)飲食。
(3)褰鼻(鼻子張開或散開)怒目，眼白(常露出眼白來)直視(目光僵硬發直)。	(3)喜背說人(喜歡背後說人是非)。
(4)而常饑渴，多思飲食。	(4)身體饒(眾多)毛，眼精光赤(眼白裸露)。
(5)慳貪(吝嗇好貪)嫉妒，怯怖(膽小恐懼)於官(對於做官的人，感到非常恐懼)。	(5)多思眾食(許多的食物)，貪樂積聚，不欲割捨(放下捨棄)。
(6)執著邪見，迴背(迴避到背後去)說人(說人是非)，道他長短。	(6)不樂見善人(不喜歡見善良的人)。
(7)貪婬積聚，不能割捨布施眾生。	(7)所見財物其心欲盜(凡見財物即起欲得之盜心)，乃至得其「少許財物」即便欣喜。

---

[46] 底下經文皆節錄自《大正藏》第二十冊頁 773 上。

[47] 底下經文皆節錄自《大正藏》第十一冊頁 410 上。

(8)不樂見善，惟愛信邪(只愛好信受邪法)。	(8)常求財利(財物利益)，樂「不淨食」。
(9)所見財物，其心欲取。	(9)見他「資產」(資財產業)便生嫉妬，復於「他財」生「己有想」。見他「受用」(享用)，便生悋惜(捨不得)。48
(10)恒常貪盜，不知厭足。	(10)聞說「好食」(只要聽到別人說自己貪好飲食)，心生不樂。
(11)得人「少財」，便生喜悅。若貪不得，便生妬害。	(11)乃至巷路，見「遺落果」及以五穀，便生貪心，採取「收斂」(收集聚斂)。
(12)如此之人，不肯發心。信邪(信仰邪道)倒見(顛倒見解)，諂曲(諂媚曲迎)邪命(指不以正道而以邪曲之方法生活，此稱為「邪活命」)。	
(13)不修善法，不敬佛法。	
(14)純信鬼神，愛嚮(愛慕嚮往)祭祠礻(供奉鬼神祭祀)。	
如此之人還沒「地獄」，從「地獄」出，卻作「鬼身」。輪(輪迴)還生，死入於苦海。無有歇時。是故世尊告語外道，汝是邪命，愚迷癡人，不知因果，不識良善。如來告言，吾向汝道：是事難信，	外道！有如是等無量眾相，我今略說如是等相。是名從「餓鬼」中終，來生「人間」。智者能知，非愚能測。

---

48 《父子合集經・卷十五》云：「見他所有園林花果，多欲摘取而損壞之」。詳《大正藏》第十一冊頁962上。

無量眾相(有無量無邊的事相,你們外道是難以相信的)。外道邪見不可得知「如此之理」,非愚能測。	

以上從「餓鬼道」再投生「人間」的特點大致相同,計有「頭髮泛黃或黃紅或花白,又短又醜;眼睛常露出眼白而怒目直視;常喜飢渴而思飲食;慳貪嫉妬;貪樂積聚,不欲割捨布施眾生;不喜歡見善良人或善事;凡見財物即起欲得之盜心,乃至得其少許財物即便欣喜;喜歡背後說人是非,道人長短;若見他人資財產業,便生嫉妬;對別人的財物生出己有想;見別人在享用財物時,又生吝惜心……」等。

另外《大乘瑜伽金剛性海曼殊室利千臂千鉢大教王經‧卷十》多了「人長的又黑又瘦,臉上無光色;鼻子張開或散開;對於做官的人,感到非常恐懼;只愛好信受邪法;信仰邪道的顛倒見解;常以不正道而邪曲之方法生活;不肯發心修善法;不尊敬佛法;只信仰鬼神,供奉鬼神來祭祀……」等。而《大寶積經‧卷七十二》則另外提到「身體有眾多的毛髮、喜好不淨的食物,乃至巷路,到見有遺落的水果或五穀,便生貪心,馬上收集聚斂起來……」等,這大概是跟「餓鬼」的習氣有關,所以身上多毛髮,貪戀食物等。

4、從「非人修羅道」出來,投生「人間」的特點

《大乘瑜伽金剛性海曼殊室利千	《大寶積經‧卷七十二》[50]

《臂千鉢大教王經・卷十》[49]	
若從「非人修羅」之身，聞佛少信，沒生(死了後生於)人間，當有是相。	若從「阿修羅」終，生「人中」者。當有是相，智者應知。
(1)高心我慢，常樂「忿怒」。	(1)高心我慢(高傲我慢心)，常喜忿怒。
(2)好行「鬬諍」，挾怨記恨(懷怨記恨不忘)，憎嫉起惡(憎惡妒忌常起惡心)。	(2)好樂鬬諍，挾怨不忘(懷怨不忘)，起「增上慢」。
(3)諂曲(諂媚曲意逢迎)不實，純行虛詐(虛偽巧詐)。	(3)其身「洪壯」(高大健壯)，眼白而大(眼白多而大，黑眼珠反而很少)，齒長多露(牙齒長且多外露)。
(4)抵債(抵賴債物)謾殑人(還欺騙蒙蔽他人)，身長洪壯(高大健壯)。	(4)勇健大力(勇敢強健力大無比)，常樂戰陣(喜歡作戰對陣)。
(5)眼白(眼白多而大，黑眼珠反而很少)圓怒(眼睛方圓而忿怒相)，齒疎(同「齒疏」→牙齒稀少疏鬆)包露(牙齒本應包覆卻常外露)。	(5)亦喜兩舌(言語搬弄，挑撥離間)，破壞他人。
(6)勇猛有力，心懷戰陣(喜歡作戰，與人對陣)。	(6)疎齒(牙齒稀少疏鬆)高心(高慢之心)，輕蔑(輕看蔑視)他人。
(7)常好鬬打，瞋勵(瞋恨的怒容屬色)不休(不停止)。	(7)所造書論，他人雖知，語巧(語詞巧詐)微密(細微隱密，故不致被人發現書中言論是有詐的)。
(8)兩舌破和(兩舌是非，常破和合大眾)，間拆(常用離間手段拆散)良善，輕蔑(輕看蔑視)賢士。	(8)亦有智力(小聰明，非真智慧之力)及「煩惱力」，樂自養身(只會為自己的利益而活)。[51]

---

[49] 底下經文皆節錄自《大正藏》第二十冊頁773上。

[51] 《父子合集經・卷十五》云：「亦有智力及無明力，攻破他論，以自活命」。詳《大

(9)說他長短，毀謗好人。	
(10)雖向人間(雖然一向是在人間)，常行不善。	
如此之行，死墮「地獄」無有出時。隨業諸趣，還生本身「阿脩羅道」。	外道！有如是等無量眾相，我今略說如是等相。是名從「阿修羅」終，來生「人間」。智者能知，非愚所測。

「阿修羅」道本性屬「好鬥」型，所以經文上記載的大致都與「鬥爭」有關，如經云：「他們高傲我慢心，常喜忿怒鬥爭，與人作對；懷怨記恨，憎惡妒忌；常有瞋恨的怒容；身材強健力大無比；眼白多而大，眼珠黑反而很少；牙齒稀少疏鬆，且多外露；喜歡言語搬弄，挑撥離間破壞他人……」等。《大乘瑜伽金剛性海曼殊室利千臂千鉢大教王經・卷十》還有談到「此人會諂媚曲意逢迎，虛偽巧詐；抵賴債物，還欺騙蒙蔽他人；說別人是非，毀謗賢良善人；雖然已投生人間，還是到處行惡」。而《大寶積經・卷七十二》則提到「他們會製造書論，但用語巧妙，故不致被人發現書中的言論是有詐的；也有小聰明，所以只會為自己的利益而活」。

5、從「人道」出來，再投生回「人間」的特點

《大乘瑜伽金剛性海曼殊室利千臂千鉢大教王經・卷十》[52]	《大寶積經・卷七十二》[53]
若從「人」終還生「世間」。當有是相。	若從「人」終，還生「人中」者。當有是相，智者應知。

正藏》第十一冊頁 962 上。
[52] 底下經文皆節錄自《大正藏》第二十冊頁 773 上。
[53] 底下經文皆節錄自《大正藏》第十一冊頁 410 上。

(1)其人賢直，親近善友。	(1)其人賢直(賢良善直)，親近善人。
(2)性常有信、有忠、有孝。	(2)毀呰ㄗˇ(同「毀訾」➔毀謗)惡人。[54]
(3)若有惡人，漫行非謗(多行誹謗)，毀呰ㄗˇ(同「毀訾」➔毀謗)其人。終不與前人(之前的人)反相報惡。何以故？此人常為好惜門望(喜好珍惜家世聲望)。識羞識恥(有羞恥心)，篤厚守信。	(3)好惜門望(喜好珍惜家世聲望)，篤厚(忠實厚道)守信。
(4)樂好「名聞」(好的名聲)及以稱譽(稱揚讚譽)。	(4)樂好「名聞」(好的名聲)及以稱譽(稱揚讚譽)。
(5)受性工巧(因為受到天性的精美善巧)，敬重智者(所以會尊敬有智慧的人)。	(5)愛樂「工巧」(精美善巧)，敬重智慧。
(6)具慚具愧，心性柔軟。	(6)具慚羞恥，心性柔軟，識知「恩養」(恩德之愛護養育)。
(7)識知「恩蔭」(別人的庇佑幫忙)，有願相報。	(7)於善友所(在善友之處)，心順無違(心順於善而無違)。
(8)於善知識，心順無違。	(8)好喜捨施，知人高下(能知人優劣得失好壞差別)。
(9)有慈有悲，孝養父母。	(9)善觀前人「有益、無益」(善於觀察面前的人是有益的善人還是無益的惡人)。善能答對(答辯應對)，領其言義(易領受別人的語義)。
(10)「師僧(堪為人師之僧，「眾僧」之敬稱)、和上」(和尚法師)，小心敬上(謹慎的	(10)善能「和合」(使人百事和合)，亦能「乖離」(使人乖違背離)。

---

[54] 《父子合集經・卷十五》云：「棄遠惡人」。詳《大正藏》第十一冊頁 962 上。

尊敬長上諸輩)。	
(11)知人(能鑒察人的品行與才能)欵急(同「欵急」➔誠懇緊要),處事有方。	(11)善能作使(運作使命),宣傳言語。於種種語(語言),能善通達,憶持不忘。
(12)善能和合(使人和睦吉利),常樂信佛。	(12)亦復能知「是處、非處」外道(能善辨認那裡是真外道,那裡不是外道)。
(13)好行布施,常生供養。	
(14)不耐(不能忍受;不願意)於債(欠債),不負他人少許財物(不願意虧欠別人乃至少許一點點的財物)。	
(15)好習善事,接引於人(樂於學習善事進而接引度化眾人)。悉令安樂,不令有苦。	
如此之人,行如是行(行持上面所說諸善事)。死得「生天」,不入「地獄」。還生「人間」,受大快樂,不受眾苦。生生世世,常獲人身。是故如來語諸外道及是「無智、不善惡人」,亦非愚癡之所見解,非凡所測,非意校量(同校量)。	有如是等無量眾相,我今略說如是等相。是名從「人中」終,還生「人間」。智者能知,非愚能測。

　　前世為人,這世又為人,這類的輪迴情形是最普遍的,基本上都有相同的「人道」精神,比如有「為人賢良正直,樂於親近善人;有信用,有禮義廉恥,具忠孝慈悲孝養之心;心性柔軟,知恩報恩,有願相報;喜歡好名聲及稱揚讚譽的光明事蹟;見有惡事惡人,必定譴責;為了珍惜家世聲望,所以不以怨報德,不與人結仇;天性好善巧精美,所以會

尊敬有智慧的人；於善知識處，必定心順於善而無違背；喜歡布施，能知人優劣得失好壞差別；善使人百事和合吉祥……」等。

　　《大乘瑜伽金剛性海曼殊室利千臂千鉢大教王經‧卷十》還提到前世為人，這世也會「樂於信佛，好禮和尚法師；謹慎尊敬長輩；能鑒察人的品行與才能是否誠懇」，另有一點有趣的是：「這種人不願欠別的債物，乃至一點點都不能忍受；也樂於學習善事，進而接引眾生，令彼得安樂」。

　　在《大寶積經‧卷七十二》另外提到「此人於答辯應對，易領受別人的語義；能運作使命，宣傳美善的言語，不只能通達，而且還能憶持不忘；也能善辨認那裡是真外道，那裡不是外道之處……」等。

　　以上除了兩部經的說法外，另外《正法念處經‧卷三十四》也記載若前世是「人中」死去，今世還生「人中」的詳細情形：[55]

　　若人中死，還生人中，有何等相？云何怖望？其人死時，若生人中，則有相現，云何怖望？若生「人中」，於臨終時，見如是相：見大石山，猶如影相，在其身上。爾時其人，作如是念：此山或當墮我身上，是故動手欲遮此山。兄弟親里見之，謂為觸於「虛空」。既見此已，又見此山，猶如「白氎」（毛布）。即昇此氎，乃見「赤氎」。次第臨終，復見「光明」。以少習故，臨終迷亂，見一切色，如夢所見。以心迷故，見其父母，愛欲和合。見之生念，而起顛倒。若男子生，自見其身，與母交會，謂父妨礙。若女人生，自見其身，與父交會，謂母妨礙。當於爾時，中陰則壞，生陰識起，次第緣生……

---

[55] 詳於《大正藏》第十七冊頁200下。

是名「人中」命終還生「人中」。

經文謂此人於命終時會見一座「大石山」壓在這個人身上，然後就想把這「大石山」撥開。就在此時，親眷會以為臨終者乃用手在推撥著「虛空」，此時的「臨終者」復見此大山變成「白氈毵」，然後就昇上這座「白氈」，又見它變成了「赤氈」，然後就斷氣死亡了。接著在「中陰身」時見有「光明」之處，開始趨向於「光明」處，忽見一對男女（此即自己將來的父母）正在愛欲交合，見後起心動念。若欲與其女交會，則變成男子胎，此女即成為自己將來的母親。若欲與其男交會，則變成女子胎，此男即成為自己將來的父親。接下來「中陰身」漸壞，來生之「五蘊」生起，就開始轉世成「人身」了。

其實如果生生世世都做「人」，也不一定能值善處、值善友，或六根皆備，《大般涅槃經·卷第二十三》中就有「六難」之說。[56]這六難是：

① 佛世難遇：此指諸佛並不常出世，眾生很難值遇；縱使諸佛出世，眾生若不種善因修善果，也無法值遇。

② 正法難聞：就算值遇諸佛出世，但因個人因緣的違逆，或身體之障礙、根性的愚鈍等，反而無法親領佛之法教，現在是處佛滅之後，邪見大行，很難值遇正法之教。

③ 善心難生：人生於世間，因宿習染垢深重，惡緣深厚，如果不遇善知識的勸導，則終不能發心修習善行，甚至是三天打魚，兩天曬網，「善心」難發，「恆心」更難，故有「學佛三年，

---

[56] 詳於《大般涅槃經·卷第二十三》云：「世有『六處』難可值遇，我今已得，云何當令惡覺居心？何等為六？一、佛世難遇。二、正法難聞。三、怖心難生。四、難生中國。五、難得人身。六、諸根難具。如是六事難得已得。是故不應起於惡覺」。詳《大正藏》第十二冊頁498下。

「佛在西天」的諷語。

④中國難生：佛教所稱之「中國」，原意指的是恒河流域中之摩羯陀(Magadha)地方，因為這是當初佛陀宣教流布佛法最多的地方。若從現代世界的「廣義」上來說，則指的是「有佛法的國家」，意即若非持戒修福造眾善者，則不可能生在「有佛法的國家」。

⑤人身難得：如果前世有行持五戒或修行十善，這世方得人身，佛經上常以「盲龜百年遇浮木之孔」[57]及「失人身者，如大地土」[58]來說明「人身」的難得，如果以現代的科學來說：正常男人的精子一次所釋放出的量大約是三億到五億，那真正能與卵子能遇合的機率恐怕是低於五億分之一的。

⑥諸根難具：雖得人身，然或有「聾盲瘖瘂」等五官六根等難具全者，故稱「諸根難具」。[59]

　　底下再以劉宋・求那跋陀羅所翻譯《佛說罪福報應經》中前 32 條來補充說明「前世從人道出來，再投生回人間」的特點(白話解說請參前文)：

---

[57] 《雜阿含經・卷第十五》云：「爾時，世尊告諸比丘：『譬如大地悉成大海，有一盲龜壽無量劫，百年一出其頭，海中有浮木，止有一孔，漂流海浪，隨風東西。盲龜百年一出其頭，當得遇此孔不？』阿難白佛：『不能！世尊！』……佛告阿難：『盲龜浮木，雖復差違，或復相得。愚癡凡夫漂流五趣，暫復人身，甚難於彼』」。詳《大正藏》第二冊頁 108 下。

[58] 《四明尊者教行錄・卷第一》云：「得人身者，如爪上土。失人身者，如大地土」。詳《大正藏》第四十六冊頁 862 中。又《大般涅槃經・卷第三十三》云：「善男子！有人捨身還得『人身』，捨三惡身得受『人身』，諸根完具，生於中國。具足正信，能修習道。修習道已，能得解脫，得解脫已，能入涅槃，如『爪上土』。『捨人身』……如十方界所有地土」。詳《大正藏》第十二冊頁 563 上。

[59] 上述除了人身難得的「六難」外，《大薩遮尼乾子所說經・卷第三》尚云：「正法難聞、良師難遇、人身難得、諸根難具、正見難生、信心難發、合會難俱、自在難逢、太平難值」等諸難。詳《大正藏》第九冊頁 329 中。

(1)為人豪貴，國王長者➔從「禮事三寶」中來。
(2)為人大富，財物無限➔從「布施」中來。
(3)為人長壽，無有疾病，身體強壯➔從「持戒」中來。
(4)為人端正，顏色潔白，暉容第一。手體柔軟，口氣香潔。人見姿容，無不歡喜，視之無厭➔從「忍辱」中來。
(5)為人精修，無有懈怠，樂為福德➔從「精進」中來。
(6)為人安詳，言行審諦➔從「禪定」中來。
(7)為人才明，達解深法。講暢妙義，開悟愚蒙。人聞其言，莫不諮受，宣用為珍➔從「智慧」中來。
(8)為人音聲「清徹」➔從「歌詠三寶」中來。
(9)為人潔淨，無有疾病➔從「慈心」中來，以其前生「不行杖捶」故。
(10)為人姝長➔恭敬人故。
(11)為人短小➔輕慢人故。
(12)為人醜陋➔喜瞋恚故。
(13)生無所知➔不學問故。
(14)為人頑嚚愚➔不教人故。
(15)為人瘖瘂➔謗毀人故。
(16)為人聾盲➔不視經法，不聽經故。
(17)為人奴婢➔負債不償故。
(18)為人卑賤➔不禮三尊故。
(19)為人醜黑➔遮佛前光明故。
(20)生在「裸」國➔輕衣搪揆佛精舍故。
(21)生「馬蹄人」國➔展躡躶佛前故。
(22)生「穿胸人」國➔布施作福，悔惜心故。
(23)生「麞鹿麇麂」中➔憙驚怖人故。

(24)生墮「龍」中➡憙調戲故。	
(25)身生「惡瘡」，治護難差癒 ➡憙鞭榜ㄆ 眾生故。	
(26)人見歡喜➡前生見人「歡悅」故。	
(27)人見不歡喜➡前生見人「不歡悅」故。	
(28)憙遭「縣官」，閉繫牢獄，桁ㄏ 械其身➡前生為人籠繫眾生，不從意故。	
(29)為人吻缺➡前生釣魚，魚決口故。	
(30)聞「好言善語」，心不樂聞。於中鬧語，亂人聽受經法者➡後為耽耳狗。	
(31)聞說法語，心不「愴ㄘㄨㄤ 採」➡後生「長耳驢馬」之中。	
(32)慳貪獨食➡墮餓鬼中。出生為人，貧窮飢餓，衣不蔽形。	

6、從「天上」下來，轉投生「人間」的特點

《大乘瑜伽金剛性海曼殊室利千臂千鉢大教王經・卷十》[60]	《大寶積經・卷七十二》[61]
若有眾生持「五戒、十善」，得生天上，受勝妙樂。從「天」退沒，生於「世間」。	若從「天中」終，生「人間」者。當有是相，智者應知。
(1)為人端嚴（端莊嚴謹），正信正見，相好殊妙（相貌美好特殊絕妙）。	(1)為人端正，樂好清淨。
(2)其人聰慧，樂好清淨。	(2)喜著「花鬘ㄇㄢ」（喜穿著莊嚴美麗有花飾的衣物）及以「香熏」（古印度人以焚香來讓身體沾染香氣）。樂「香」塗身，常

---

60 底下經文皆節錄自《大正藏》第二十冊頁 773 上。
61 底下經文皆節錄自《大正藏》第十一冊頁 410 上。

	喜洗浴(洗身沐浴)。
(3)憙著華鬘𦥑(喜穿著莊嚴美麗有花飾的衣物)，熏香塗身(常焚香，讓身體沾染香氣)。	(3)所樂五欲，簡擇「好」(正當清白光明)者，不喜於「惡」(邪惡染污)。[62]
(4)常愛「鮮潔」(鮮亮潔白)，好擇賢良(喜好選擇有德行才能者)。	(4)喜樂「音聲」(因天上充滿仙樂，故此世仍有此宿習)及以歌舞。
(5)常樂「音聲」(因天上充滿仙樂，故此世仍有此宿習)，歌舞讚歎。	(5)純與「上人」(道德高尚的人)而為交友，不與「下人」而為「朋黨」(同類者相互集成黨派)。
(6)常樂「高樓」(因宿世在天，故此世仍好住於高處)，不應「在下」(在低處之地)。	(6)好喜「樓閣」(因宿世在天皆住樓閣，故此世仍好住於高處)，高堂寢室(喜住高大廳堂或華屋寢室)。
(7)為人作首(若作領導者)，含笑不瞋(對人常以微笑，不瞋心發脾氣)。	(7)樂「慈」(慈悲祥和)為道，含笑不瞋。
(8)有行有德，吐言(說話言詞)柔美。	(8)吐言柔美，言語善巧，令人喜悅。
(9)善巧方便，出言誠諦(誠實懇切具真諦)。	(9)喜樂「瓔珞」(因宿世在天瓔珞戴身，故此世仍好以珠玉穿成的裝飾物)，及好衣服嚴身之具(常以端莊華麗的服飾來當作莊嚴自身的工具)。
(10)盡皆歡喜，不傷「前人」(不會去	(10)常樂出入(樂於往來出入國城)，行

[62] 《父子合集經·卷十五》云：「於彼五欲歌舞音樂，唯擇上妙而不淫泆」。《大正藏》第十一冊頁 962 下。又《孟子·盡心篇下》曾說：「口之於味也，目之於色也，耳之於聲也，鼻之於臭也，四肢之於安佚也。性也，有命焉，君子不謂性也」。意思是說人會喜好「五欲之樂」是人類自然的天性，但這五欲之樂有時是命中注定的，並非你追定一定可以得到的，所以君子不會把五欲之樂當作是人類自然的天性而不斷的去追求它。孟子的這段說法與經文說：「就算有所喜好的五欲之樂，他也會選擇『正當清白光明』的來源，不會選擇『邪惡染污』的五欲來源」有異曲同工之妙。

傷害在前之諸眾人）。	來暢步(暢行無阻)。
(11)有大智慧，常樂好衣嚴身之具(因天界穿著莊嚴「天衣」之宿習，故今世仍好著華麗的服飾來莊嚴自己)。	(11)所作「精勤」(所作的任何事都以精誠勤勉心去完成)，終不懈怠。
(12)此人有善(有善心)，樂欲出家(常樂於出家修道)。	
(13)若得為師(出家為人師表)，精進修持，清淨律行。	
(14)學習佛道，志求菩提。	
(15)如是之人有智有慧，多劫修行，難可籌量。	
(16)非心所測(不是一般人的心所能測知)，非眼所觀(不是一般人的眼所能觀知)，此是賢良，見生受福(眾生若見此人，常常可受福得福)。	
(17)若修「淨戒」，不久當得無上正等菩提。	外道！有如是等無量眾相，我今略說如是等相。是名從「天中」終，生於「人間」。此智能知，非愚能測。

前世在天，今世為人，其實本來就是件辛酸且悲哀的事，據《阿毘達磨大毘婆沙論·卷第七十》中有說「天人」欲壽盡時會產生的「小五衰相」，[63]如：

①樂聲不起：天中音樂本不鼓自鳴，但天人欲壽盡時，天樂聲自然

---

[63] 詳《大正藏》第二十七冊頁 364 下。

不起。

②**身光忽滅**：天眾身體原「光明赫赫」，晝夜皆昭然，但欲壽盡時，光明即退失不現。

③**浴水著身**：天眾肌膚原為「香膩」，妙若蓮花，不染於水，但欲壽盡時，浴水霑身，則染於水而不乾。

④**著境不捨**：天眾對殊勝的「欲境」，原無耽戀，但欲壽盡時，則取著不捨，貪戀其境。

⑤**眼目數瞬**：天眾之「天眼」原無礙亦不瞬，可普觀大千世界，但壽欲盡時，則其眼目數瞬轉動。

若據《佛本行集經・卷第五》[64]及《增壹阿含經・卷第二十六》[65]的說法，則另有「大五衰相」的情形，如：

①**頭上華萎**：天眾的頭頂皆有彩色鮮明的「寶冠珠翠」，於福盡壽終之時，頭上的這些「華冠」會自然凋謝枯萎。

②**腋下汗出**：天眾的身體原本是「輕清潔淨」的，但於福盡壽終之時，兩腋竟會自然流汗。

③**衣裳垢膩**：天眾的「銖衣妙服」原本是常鮮光潔的，但於福盡壽終之時，就會變成垢穢狀。

④**身體污臭**：天眾身體本來「香潔自然」，於福盡壽終之時，忽生臭穢。

⑤**不樂本座**：天眾原有最殊勝最快樂的「本座」，此非世所有，於福盡壽終之時，開始厭居「本座」。[66]

---

[64] 詳《大正藏》第三冊頁 676 中。

[65] 詳《大正藏》第二冊頁 693 下。

[66] 又據《增壹阿含經・卷第二十四》則有「玉女違叛」的衰相，而《增壹阿含經・卷第二十六》則謂「天女星散」的衰相。這是指天人原有數百「玉女」追隨或共相娛，但天人壽欲盡時，這數百「玉女」則當「違離星散」。以上資料詳於《大正藏》第二

　　以上天人若已呈「小五衰相」，如遇殊勝之善根，仍有轉機之可能。但若已現「大五衰相」，則已不可轉機，必定將從天人而墮凡俗了。[67]

　　既已從天墮為凡俗，那會有什麼徵兆呢？《大乘瑜伽金剛性海曼殊室利千臂千鉢大教王經・卷十》及《大寶積經・卷七十二》皆說：「為人端莊嚴謹；相貌美好莊嚴；聰明有智慧，具正信正見；樂好清淨，常常沐浴；喜穿著莊嚴美麗有花飾的衣物，常以焚香來讓身體沾染香氣；因天上充滿仙樂，故此世仍有好聲樂歌唱及舞蹈；喜好與有德行才能者相處，不與邪惡朋友來往；因宿世皆住天庭樓閣，故此世仍好住於高處樓閣，或高大廳堂或華屋寢室，不喜歡住於低處之地；為人若作領導者，則對人常以微笑慈悲祥和，不瞋心發脾氣；說話言詞柔美，談吐大方，令人聽聞喜悅，不會去傷害別人……」等。

　　《大乘瑜伽金剛性海曼殊室利千臂千鉢大教王經・卷十》另提到「此人有善心，常樂於出家修道；出家為人師表，則精進修持，清淨律行。學習佛道，志求菩提……」等。《大寶積經・卷七十二》則補充說「就算有所喜好的五欲之樂，他也會選擇『正當清白光明』的來源，不會選擇『邪惡染污』的五欲，非為我享之五欲，則不受也；樂於出入國城旅遊，暢行無阻，心無掛礙，這可能前世在天能自由飛翔的宿習導致；無論所作的任何事都能以『精誠勤勉心』去完成，終不懈怠……」等。

　　除了上述經典的說明外，《佛說兜調經》中也說「天人」降生到「人間」所得的感應有「長壽、少病、面色好、善心賢良、為人愛敬、明經曉道、為眾所尊」，如經云：

　　冊頁 677 下。
[67] 詳《大正藏》第二十七冊頁 364 下。

> 一時佛在舍衛國，國中有一婆羅門名曰兜調，有子名曰谷。佛
> 告谷……從天來下生人間，即長壽……即少病……面色常好，
> 為人和心賢善……為人所愛敬……富樂為人所敬愛……為人即
> 明經曉道，為眾人所尊用。[68]

《賢愚經·卷第十二》也有說：「彼人壽終，生於天上，盡天之命，
下生『人間』，常生尊豪富樂之家，顏貌端正，與世有異」。[69]俗語說：「欲
知前世因，今生受者是；欲知後世果，今生作者是」，凡事皆有前因後果
的相關連，我們這生的所作所為多少是受了前世的影響，而來世的果報
也會受我們這世的所作所為影響，故《大寶積經·卷五十七·入胎藏會》
云：「假使經百劫，所作業不亡，因緣會遇時，果報還自受」，[70]《光明童
子因緣經·卷四》也說：「一切眾生所作業，縱經百千劫亦不忘，因緣和
合於一時，果報隨應自當受」。[71]六道的因果輪迴與業力皆會在「因緣和
合」時發生，這就是宇宙與人生的真相。

---

[68] 詳《大正藏》第一冊頁 887 中。
[69] 詳《大正藏》第四冊頁 431 下。
[70] 詳《大正藏》第十一冊頁 335 中。
[71] 詳《大正藏》第十四冊頁 862 下。

結　論

「生是偶然，死是必然」，人終必有一死，本章提到「臨終前後」有關「煖氣」離開位置的問題，及往生六道的各種「徵兆」瑞相，相信可以帶給讀者在面對「臨終者」時重要的參考依據。雖然每個人的業力不同，所遇的境界或多或少也會不同，但基本法則應該是一樣的。

筆者在「六道輪迴的因緣觀」內容著墨不少，也借此顯示我們的「人生」可能不是只有這世而已，有「過去世」，也會有「未來世」，而且也不是生生世世為「人」而已，這在最近的《因果與輪迴》書中皆有大量的說明，[72]如吉娜‧瑟敏納拉(Gina Cerminara)博士用二十年的時間進行了詳細的分析和研究，在她的《生命多世》著作中有句結論說：「每個靈魂不只活一世，而是多世」。[73]甚至英國「國際靈魂協會」瑞士籍會長穆勒(Muller)博士亦說：人類死亡後可以再度誕生，一個人每隔約「一百年」就會在地球上出現一次，死亡和轉生的間隔期間是從「幾天」到「數千年」，平均則約為「一百年」。雖然慣常是在地球上誕生，轉到「另一個行星」上出生亦有可能，很多人是在地球上首次出生──不唯原始人類如此，在發展的

---

[72] 「因果與前世今生」的書非常多，在此略舉有

❶吉娜　瑟敏納拉：《生命多世》(Gina Cerminara, Many Mansions: The Edgar Cayce Story on Reincarnation, Signet, July 1999)。

❷羅伯特　舒華茲《從未知中解脫：10個回溯前世、了解今生挑戰的真實故事》ISBN：9789861751481。

❸林俊良《輪迴線索－前世今生體驗之旅》ISBN：9789867958938。

❹慈誠羅珠堪布《輪迴的故事──穿越前世今生，探索生命意義》ISBN：9789867884688。

❺正見編輯《正見：輪迴研究》ISBN：9789575527860……等。

[73] 《生命多世》一文引自網路版的「電子書」http://www.epochtimes.com/b5/2/11/6/n242541.htm。

不同階段中亦是。[74]佛經上也常說眾生有「八種災難」[75]之說,所以無論您轉世到那裡去,基本上不出「三界六道」,就得受「八難」之苦,這也是眾生不斷輪迴「三界六道」的內幕。

---

[74] 以上引用網路「電子檔」資料 http://www.epochtimes.com/b5/2/3/16/c7680.htm。或參見弘初《生命輪迴》,西藏人民出版社,1997 年 8 月第一版。

[75] 八種災難,又名「八難、八難處、八難解法、八無暇、八不閑、八非時、八惡、八不閒時節」。指「在地獄難、在餓鬼難、在畜生難、在長壽天難、在邊地之鬱單越難、盲聾瘖瘂難、世智辯聰難、生在佛前佛後難」這八種。

第三章 「中陰身」的身形與食衣住行

本章發表於 2013 年 2 月 23 日(星期六)德霖技術學院「通識教育學術研討會」。當天與會學者為本文提供諸多寶貴意見，經筆者多次修潤後已完成定稿。

　　「中陰身」是指人死亡之後至再次投胎受生期間的一個「過渡」狀態，這個「過渡」狀態的平均壽命時間為 49 天，過了 49 天後就會轉世投胎，但仍有一些「特殊因緣」未具足者，就不在這 49 天之限。至於這 49 內的「中陰身」其「生活」如何？是否與一般「凡人」一樣呢？他們具的「神通力」有多少？「中陰身」彼此之間是否能「相見」或變成另一種「相礙」？這都是本章要釐清的問題。本章預定探討的內容有「身形大小、壽命無定數、轉世特殊的因緣觀、相見與相礙、神通力問題」等。

第一節 「中陰身」名相解説

「中陰身」的梵語為 antarā-bhava，原指人死亡之後至再次投胎受生期間的一個「神識」狀態，或說一個「過渡身」的「化生」物質，類似民間所說的「靈魂」狀態，如清・超溟著的《萬法歸心錄》云：「未即受生，倏然有形，名『中陰身』。無而忽有，謂之『化生』。軀形三尺，六根皆利，去來迅疾，無所隔礙。他觀如『影』而已。七日死而復生，長壽者不過七七，短壽者一二三七，即受生矣。俗呼『魂』耳」。[1]但這個「靈魂」狀態與「鬼魂」是完全不同的，如明・交光大師的《楞嚴經正脈疏》中說：「名『中陰身』，此屬無而忽有之『化生』也……長壽者不過七七，短者於二三七，即受生矣。俗謂『鬼魂』，非『鬼』也」。[2]

佛典中對「中陰身」的譯語，經筆者研究比對分析，多達十四種以上，計有「中陰、中陰身、中陰有、中有、中蘊、中止、意成身、意生身、意乘行、意生、香陰、食香、乾闥婆、乾達縛、起、求有、求生、尋求生、對有、微細身」等。底下將「中陰身」相關名相及經文出處以圖表示之：

	「中陰身」名稱	藏經來源出處
❶	中陰	《雜阿含經・卷二十五》云： 彼婆羅門當納妻。彼時，「中陰」眾生當來與其作子，入母胎中。[3]

---

[1] 參見清・超溟著《萬法歸心錄》卷 2 。詳 CBETA, X65, no. 1288, p. 411, c // Z 2:19, p. 408, d // R114, p. 816, b。

[2] 參見明・交光 真鑑《楞嚴經正脈疏》卷 8。詳 CBETA, X12, no. 275, p. 427, b // Z 1:18, p. 395, b // R18, p. 789, b。

[3] 詳《雜阿含經》卷 25。CBETA, T02, no. 99, p. 178, a。

❷	中陰身	一、《證契大乘經》云：
		毘毘產言：世尊！眾生死已，受「中陰身」。
		⁴
		二、《大佛頂如來密因修證了義諸菩薩萬行首楞嚴經‧卷八》云：
		如「中陰身」自求父母。⁵
		三、《道地經》云：
		生意(意念)入中，便捨「中陰身」已。⁶
❸	中陰有	《正法念處經‧卷五十八》云：
		一切眾生，必歸終盡，命盡棄身，受「中陰有」，是名為死。⁷
❹	中有 (antarā-bhava)	一、《阿毘達磨俱舍論‧卷十》云：
		由佛世尊，以五種名，說「中有」故。何等為五？……四者「中有」，二趣中間所有蘊故。⁸
		二、《阿毘達磨俱舍釋論‧卷六》云：
		前「死有」後「生有」，於中間所得身，為至餘處，說此身名「中有」，在二道「中間」故。

---

⁴ 詳《證契大乘經》。CBETA, T16, no. 674, p. 655, a。

⁵ 詳《大佛頂如來密因修證了義諸菩薩萬行首楞嚴經》卷 8。CBETA, T19, no. 945, p. 142, b。

⁶ 詳《道地經》。CBETA, T15, no. 607, p. 233, c。

⁷ 詳《正法念處經》卷 58〈6 觀天品〉。CBETA, T17, no. 721, p. 343, a。

⁸ 詳《阿毘達磨俱舍論》卷 10〈3 分別世品〉。CBETA, T29, no. 1558, p. 55, b。

		9
❺	中蘊	一、《大寶積經・卷五十六》云： 無色界天，元無「中有」，以無色故。「中蘊」 有情，或有二手二足。*10* 二、《大寶積經・卷五十六》云： 其母腹，淨月期時至，「中蘊」現前。當知 爾時，名入母胎。此「中蘊」，形有其二種。 一者形色端正。二者容貌醜陋。*11*
❻	中止	《修行道地經・卷一》云： 爾時其人命已盡者。身根識滅，便受「中止」 (中陰身)。譬若如秤，隨其輕重，或上或下。 善惡如是。神離人身，住於「中止」(中陰身)。 *12*
❼	意成 意生 意成身 意生身 (manomaya) 意乘行 註：「中有」之身乃由	一、《阿毘達磨俱舍論・卷十》云： 由佛世尊，以五種名，說「中有」故。何等 為五？ 一者「意成」，從「意」生故，非精血等所有 外緣合所成故。*13* 二、《大乘阿毘達磨集論・卷三》 亦名「意生、健達縛」等，極住七日，或中

---

9 詳《阿毘達磨俱舍釋論》卷 6〈3 分別世間品〉。CBETA, T29, no. 1559, p. 201, b。
10 詳《大寶積經》卷 56。CBETA, T11, no. 310, p. 328, a。
11 詳《大寶積經》卷 56。CBETA, T11, no. 310, p. 328, a。
12 詳《修行道地經》卷 1〈5 五陰成敗品〉。CBETA, T15, no. 606, p. 186, b。
13 詳《阿毘達磨俱舍論》卷 10〈3 分別世品〉。CBETA, T29, no. 1558, p. 55, b。

	「意」而生，或說為「阿賴耶識」所生，並非指父母親之「精血和合」外緣所形成。	天。或時移轉。[14] 三、《阿毘達磨大毘婆沙論・卷七十》云： 若男若女，具淨尸羅修諸善法，彼命終已，得「意成身」，如白衣光或如明夜，極淨「天眼」乃能見之。[15] 四、《佛光大辭典》云： 此「中有身」即「識身」之存在，乃由「意」所生之「化生身」，非由精血等外緣所成，故又稱為「意生身」（manomayakaya），又作「意成身」。[16] 五、《毘婆沙論・卷十四》云： 「中陰」四種。一「中陰」。二「意乘行」。三「香陰」。四「求有」。[17] 六、《鞞婆沙論・卷十四》云： 「意生」者，化「中陰」，及色、無色界天始初人。此中「意生」故，「中陰」名「意乘行」。[18]
❽	**香陰**	一、《中阿含經・卷五十四》云：

---

[14] 詳《大乘阿毘達磨集論》卷 3〈1 諦品〉。CBETA, T31, no. 1605, p. 675, c。

[15] 詳《阿毘達磨大毘婆沙論》卷 70。CBETA, T27, no. 1545, p. 364, b27-c。

[16] 詳《佛光大辭典》p1017。

[17] 詳《鞞婆沙論》卷 14。CBETA, T28, no. 1547, p. 520, a。

[18] 詳《鞞婆沙論》卷 14。CBETA, T28, no. 1547, p. 520, a。

		父母聚集一處，母「滿精」堪耐，「香陰」已至。此三事合會，入於母胎。[19] 二、《毗婆沙論・卷十四》云： 「中陰」四種。一中陰、二意乘行、三「香陰」、四求有。[20]
❾	食香 (gandharva) 乾闥婆 健達縛 註：音譯為「乾闥婆」，專食香以資養其身體。	一、《阿毘達磨俱舍論・卷十》云： 由佛世尊，以五種名，說「中有」故。何等為五？ ……三者「食香」，身資香食，往生處故。[21] 二、《阿毘達磨俱舍釋論・卷六》云： 偈曰：此「食香」。釋曰：故名「乾闥婆」。若福德小，食臭氣。若福德大，食妙香。[22] 三、《阿毘達磨法蘊足論・卷十二》云： 此識云何？謂「健達縛」，廣說乃至與「羯刺藍」自體和合。[23]
❿	起 (abhinirvṛtti)	一、《阿毘達磨俱舍論・卷十》云： 由佛世尊，以五種名，說「中有」故。何等

---

[19] 詳《中阿含經》卷 54〈2 大品〉。CBETA, T01, no. 26, p. 769, b。

[20] 詳《鞞婆沙論》卷 14。CBETA, T28, no. 1547, p. 520, a。

[21] 詳《阿毘達磨俱舍論》卷 10〈3 分別世品〉。CBETA, T29, no. 1558, p. 55, b。

[22] 詳《阿毘達磨俱舍釋論》卷 6〈3 分別世間品〉。CBETA, T29, no. 1559, p. 203, a。

[23] 詳《阿毘達磨法蘊足論》卷 11〈21 緣起品〉。CBETA, T26, no. 1537, p. 508, a。

		為五？……五者名「起」，對向當生，暫時「起」故。如契經說：「有」壞自體「起」，「有」壞世間生，[24]「起」謂「中有」。[25] 二、《阿毘達磨俱舍釋論・卷六》云： 即於此中生，復從此後死墮。於此處「中陰」即「起」。[26] 三、《佛光大辭典》云： 「本有」壞後，於次生之間暫時而「起」，故又稱為「起」。[27]
	註：原本之身體毀壞後，在來生之間暫時而生「起」的過渡身，此稱為「中陰身」。	
⓫	求有	《毘婆沙論・卷十四》云： 「中陰」四種。一中陰、二意乘行、三香陰、四「求有」。[28]
⓬	求生 saṃbhavaiṣin 尋求生 註：「中陰身」會常希求、尋察來世可轉生之處，故又名	一、《阿毘達磨俱舍論・卷十》云： 由佛世尊，以五種名，說「中有」故。何等為五？……二者「求生」，常喜尋察「當生處」故。[29] 二、《阿毘達磨俱舍釋論・卷八》云：

---

[24] 關於「有壞自體起，有壞世間生」這兩句的解釋可參閱《俱舍論頌疏義鈔》卷2：「有壞自體起，有壞世間生者。有釋云『死有』壞，『中有』(之)自體起，『中有』壞，即『生有』(之)世間生。『中有』言自體(之生)『起』」。詳 CBETA, X53, no. 839, p. 165, a // Z 1:83, p. 442, b // R83, p. 883, b。

[25] 詳《阿毘達磨俱舍論》卷10〈3 分別世品〉。CBETA, T29, no. 1558, p. 55, b。

[26] 詳《阿毘達磨俱舍釋論》卷6〈3 分別世間品〉。CBETA, T29, no. 1559, p. 198, b。

[27] 詳《佛光大辭典》p1017。

[28] 詳《鞞婆沙論》卷14。CBETA, T28, no. 1547, p. 520, a。

[29] 詳《阿毘達磨俱舍論》卷10〈3 分別世品〉。CBETA, T29, no. 1558, p. 55, b。

	「求生、尋求生」。	中陰眾生……此眾生從「意」生故,故說「意生」……「尋求生」者,欲得生,未得故,處處「尋求生」。[30]
❸	**對有**	《阿毘達磨俱舍釋論・卷八》云: 偈曰:❶意生。❷尋求生。❸乾闥婆。❹中有。❺對有。釋曰:世尊以此五名說「中陰」眾生……「對有」者,對向生處「起」故……由此經言故,「對有」名「中陰」。[31]
❹	**微細身** (有時亦略稱為「細身」)	一、《佛光大辭典》云: 「微細身」略稱「細身」。指初生之身,即佛教所指之「中陰身」。此「微細身」生入胎中,由父母之赤白和合而增益其身。以其微細差別能生初身,故為常住之身。[32] 二、《阿毘達磨大毘婆沙論・卷七十》云: 「中有」,設許恒燒,如不可見,亦不可觸,以中有身「極微細」故。[33] 三、《阿毘達磨大毘婆沙論・卷七十》云: 中有「微細」,一切牆壁山崖樹等,皆不能礙。[34]

---

[30] 詳《阿毘達磨俱舍釋論》卷 8〈3 分別世間品〉。CBETA, T29, no. 1559, p. 212, b。

[31] 詳《阿毘達磨俱舍釋論》卷 8〈3 分別世間品〉。CBETA, T29, no. 1559, p. 212, b。

[32] 詳《佛光大辭典》p650。

[33] 詳《阿毘達磨大毘婆沙論》卷 70。CBETA, T27, no. 1545, p. 362, a。

[34] 詳《阿毘達磨大毘婆沙論》卷 70。CBETA, T27, no. 1545, p. 364, a。

		四、《阿毘達磨順正理論・卷二十四》云：中有身……「極微細」故，生得天眼尚不能觀，況餘能見？以說若有「極淨天眼」方能見故。[35]

從上述引用的經論來看，「中陰身」的異名大略有十四種以上，若再據《阿毘曇毘婆沙論》的說法，人死後的「中陰身」還可再細分為「本有、死有、中有、生有」四個時期，此總名為「四有」（catvāro bhavāḥ），如《阿毘達磨大毘婆沙論・卷六十》云：

　　如說「四有」，謂：❶本有。❷死有。❸中有。❹生有。[36]

在東晉・佛陀跋陀羅所譯的《達摩多羅禪經》中，則將「四有」名稱的後三種「死有、中有、生有」名為「死陰、中陰、生陰」，如經云：

　　生者從「死陰」，次起「中陰」。「中陰」次起「生陰」。[37]

「本有」的意思是指生命從出生到「接近」死亡的「全部生命過程」。如《阿毘達磨大毘婆沙論・卷三十七》所云：「如在『本有』，於諸善事，好行串習，彼於『死有』或『中有』中，亦復隨轉……如在『本有』，於不善事，好行串習，彼於『死有』或『中有』中，亦復隨轉」。[38]「本有」還可再

---

[35] 詳《阿毘達磨順正理論》卷 24。CBETA, T29, no. 1562, p. 477, b。

[36] 詳《阿毘達磨大毘婆沙論》卷 60。CBETA, T27, no. 1545, p. 309, b。另《阿毘曇毘婆沙論・卷三十二》亦云「如說有四有。❶前時有(即本有)。❷死有。❸中有。❹生有」。詳 CBETA, T28, no. 1546, p. 233, a。

[37] 詳《達摩多羅禪經》卷 2。CBETA, T15, no. 618, p. 323, a。另據《正法念處經》卷 34〈6 觀天品〉亦有「生陰」的名詞說法。如云：「入此窟中，受『中陰身』，近於『生陰』，見受生法」。詳 CBETA, T17, no. 721, p. 201, a。

[38] 詳《阿毘達磨大毘婆沙論》卷 37。CBETA, T27, no. 1545, p. 192, a。

細為分未出世的「胎內」（即指胎兒）與已出世的「胎外」（即指嬰兒、孩童、成人等）之別。胎內的「本有」指「胎內五位（結胎五位）」及「八位胎藏」（胎藏八位）之說。[39]胎外的「本有」則指「胎外五位」之說。

胎內「本有」是指胎兒在母胎中形成的八個時期，如《瑜伽師地論・卷二》[40]所云：

❶「羯羅藍位」(kalala)：譯作「凝滑」。指受胎後之七日間(7天)。

❷「遏部曇位」(arbuda)：譯作「皰、腫物」。指受胎後之二七日(14天)，此時其形如「瘡腫」。

❸「閉尸位」(peśī)：譯作「聚血」或「軟肉」。受胎後之三七日(21天)，其狀如聚血。

❹「鍵南位」(ghana)：譯作「凝厚」。受胎後之四七日(28天)，其形漸漸堅固，有身、意二根，然未具「眼、耳、鼻、舌」四根。

❺「鉢羅賒佉位」(praśākhā)：受胎後之五七日(35天)，肉團增長，始現四肢及身軀之相。

❻「髮毛爪位」：受胎後之六七日(42天)，已生毛髮指爪。

❼「根位」：受胎後之七七日(49天)，「眼、耳、鼻、舌」四根圓滿具備。

❽「形位」：受胎至八七日(56天)以後，形相完備。

若據《達摩多羅禪經》中所說胎內「本有」亦可分成「愛起身、慢起身、食起身、四大起身」四種身。如經云：

---

[39] 關於胎內分位之別，印度古來即有數說，《瑜伽師地論》分之為「八位」，「化地部、正量部」則謂「六位」，「數論外道」以「第五位」攝於「第四位」，而僅立「四位」之說。

[40] 據《瑜伽師地論》卷2所云：「復次此之胎藏八位差別。何等為八。謂羯羅藍位。遏部曇位。閉尸位。鍵南位。鉢羅賒佉位。髮毛爪位。根位形位」。詳 CBETA, T30, no. 1579, p. 284, c26-p. 285, a。

中陰眾生，見男女和合，無明增故，生顛倒想……爾時欲心迷醉，
是名「愛起身」。

見和合不淨，謂為己有，是名「慢起身」。

因母飲食而得增長，令身數起，是名「食起身」。

四大與「迦羅邏」俱生得報身，是名「四大起身」。[41]

胎內的「本有」若無福德善根的「因緣」具足，則將無法順利出生。
胎外「本有」的五位是「一嬰孩。二童子。三少年。四中年。五老年」[42]

「死有」指人在臨終「死亡之一剎那」。「生有」則指來生轉世之緣已
成熟，即將脫離「中有身」而投生於母胎之「最初一剎那」。[43]底下將「四
有」另做圖表解說：

❶本有 (pūrva-kāla-bhava)	指生命從出生到「接近」死亡的「全部生命過程」。包括「嬰孩、童子、少年、壯年、老年、壽命將盡」的全部過程。
❷死有(maraṇa-bhava)	人臨終「死亡之一剎那」。
❸中有(antarā-bhava)	即指「中陰身」，指「死有」與「生有」中間所受之身。
❹生有(upapatti-bhava)	指來生轉世之緣已成熟，即將脫離「中有身」而投生於母胎之「最初一剎那」。

---

[41] 詳《達摩多羅禪經》卷 2。CBETA, T15, no. 618, p. 323, a。

[42] 據《阿毘達磨俱舍論》卷 15〈4 分別業品〉所云：「胎外五者。一嬰孩。二童子。三少年。四中年。五老年」。詳 CBETA, T29, no. 1558, p. 82, a。

[43] 以上「本有」及「死有」的解釋乃據《阿毘達磨大毘婆沙論》卷 70 所云：「初一剎那『死有』蘊滅，『中有』蘊生。後一剎那『中有』蘊滅，『生有』蘊生。由此迅速，難可覺知」。詳 CBETA, T27, no. 1545, p. 364, c。

❶**本有**（出生後的新生命，直到接近壽終為止）➡❷**死有**（初死的一刹那）
➡❸**中有**（死後49天內的中陰身）➡❹**生有**（即將投生的一刹那）

　　若就此「四有」期間之長短而論，「生有」與「死有」是極其短暫的「一刹那」，就在生死之「一念間」，如《瑜伽論記》云：「中有身，然以迅速，難可覺知，故作是說。初『一刹那』死有蘊滅，中有蘊生。後『一刹那』中有蘊滅，生有蘊生。乃至廣說，變人為虎等者」。[44]而「本有」與「中有」的壽命時間則長短不定。

　　在近代流行的《西藏生死書》（亦名《西藏度亡經》或《中陰聞教得度》）中則將「中陰身」分成六個時期，即六個不同的名稱種類，如：「生處中陰、幻夢中陰、禪定中陰、臨終中陰、死後中陰、受生中陰」等。[45]這六種名稱還有很多異名，底下將《阿毘達磨大毘婆沙論》的「四有」與《西藏生死書》的「六中陰」做比對，如下所列：

	《西藏生死書》 之「六中陰」	《阿毘達磨大毘婆沙論》之「四中有」
1	**生處中陰** （異名：生後中陰、此生中陰、自然中陰）	❶**本有** （指生命從出生到「接近」死亡的「全部生命過

---

[44] 詳《瑜伽論記》卷1。CBETA, T42, no. 1828, p. 323, a。

[45] 這六種名稱可參考《西藏度亡經》「附編 各種偈文附錄 第三節 六種中陰境界根本警策偈」。蓮華生大士原著，徐進夫譯《西藏度亡經》。天華出版。1983年初版。1996年三版16刷。頁309~313。

		程」。包括「嬰孩、童子、少年、壯年、老年、壽命將盡」的全部過程）
2	**幻夢中陰** （異名：夢境中陰、夢裡中陰、睡夢中陰）	
3	**禪定中陰** （異名：靜慮中陰）	
4	**臨終中陰** （異名：中陰前期、死位中陰、死亡中陰、痛苦中陰）	❷**死有** （人臨終「死亡之一剎那」）
5	**死後中陰** （異名：中陰時期、實相中陰、法性中陰、光明中陰）	❸**中有** （即指「中陰身」，指「死有」與「生有」中間所受之身）
6	**受生中陰** （異名：中陰後期、輪迴中陰、投生中陰、生有中陰、流浪中陰、業力中陰）	❹**生有** （指來生轉世之緣已成熟，即將脫離「中有身」而投生於母胎之「最初一剎那」）

　　《西藏生死書》多了「幻夢中陰、禪定中陰」二個名相，「幻夢中陰」指人是處在「做夢和夢醒」之間的階段，實際上不管我們在夢中遭受什麼痛苦或享受什麼快樂，一切都是幻影。但由於無明的業力，我們無法認

識它的「實相」。我們的心總是執著在「恆常」的道理上，無法體驗「生老病死」如夢如幻的人生，此時就名為「幻夢中陰」，如果我們能「體悟幻夢」，甚至就能在「夢中」修習佛法。

「禪定中陰」是指從事「禪修」行門到最後結束禪修的時間，此稱為「禪定中陰」。在禪修剛開始時，我們的內心會散亂，攀緣外物而無法專注。如果能修到深徹寂靜的禪修階段，此時就稱為「禪定中陰」，在這種「禪定」下，心便可以達到不可思議的境界。

第二節　身形大小

　　「中陰身」的身形大小在經論中討論的非常多，如《佛說灌頂經》只
簡單的說「人道」的「中陰身」如「小兒」的身材。[46]在《正法念處經》中則
說如果有造做罪業的人，其「中陰身」在受苦報時，會覺得自己的身體好
像是壽命八萬四千歲的長命之人，但「中陰身」其實只有如「八歲小兒」
的身體而已，如經云：「彼惡業人，於『中有』中，受『中有』苦，彼見自
身，如長命時人，壽八萬四千年歲，年始『八歲小兒』之身」。[47]這種「中
陰身」的身形是指已在「受苦報」時的情形。在《阿毘達磨大毘婆沙論》
則說只要是「欲界」[48]的「中陰身」皆如「五、六歲小兒形量」。「色界」的「中
陰身」則如身前原本之「形量圓滿」。[49]菩薩界之「中陰身」則如「盛年」
時的形量，有「三十二相、八十隨好」而為嚴飾，具真金色，圓光為一尋。
[50]「無色界」無身，所以亦無「中陰身」。[51]

　　　《大寶積經》曾就「三界五道」眾生的「中陰」身形做了詳細的解說，
經云：

　　　　此「中蘊」形，有其二種。一者形色端正。二者容貌醜陋。

---

[46] 如《佛說灌頂經》卷 11 云：「命終之人，在中陰中，身如『小兒』，罪福未定，應
　　為修福」。詳 CBETA, T21, no. 1331, p. 529, c。
[47] 詳《正法念處經》卷 11〈3 地獄品〉。CBETA, T17, no. 721, p. 62, c。
[48] 「欲界」包括合「地獄、餓鬼、畜生、阿修羅、人、六欲天」之總稱。
[49] 據《阿毘達磨大毘婆沙論》卷 70 所云：「欲界『中有』，如五、六歲小兒形量。色
　　界中有，如『本有』時，形量圓滿」。詳 CBETA, T27, no. 1545, p. 361, b。
[50] 據《阿毘達磨大毘婆沙論》卷 70 所云：「菩薩中有，其量云何？答：如住『本有』，
　　盛年時量，三十二相莊嚴其身，八十隨好而為間飾。身真金色，圓光一尋」詳 CBETA,
　　T27, no. 1545, p. 361, b。
[51] 據《鞞婆沙論》卷 14：云：「無色界無有『中陰』」。詳 CBETA, T28, no. 1547, p.
　　519, a。另據《大寶積經》卷 56 亦云：「無色界天，元無『中有』，以無色故」。詳
　　CBETA, T11, no. 310, p. 328, a。

❶地獄中有，容貌醜陋，如燒杌木。

❷傍生中有，其色如烟。

❸餓鬼中有，其色如水。

❹人天中有，形如金色。

❺色界中有，形色鮮白。

❻無色界天，元無中有，以無色故。

「中蘊」有情，或有二手、二足、或四足、多足，或復無足。隨其先業應託生處，所感「中有」即如彼形。[52]

若以圖表重新示之，則如下所列：

三界「中陰身」名稱	形貌特色
❶地獄之中陰 (指從「地獄道」受苦離開後，準備投生另一道之間的「中陰」身)	容貌醜陋，如燒杌木。[53] (只有「主幹」而沒有旁枝的一種樹木)。
❷傍生之中陰 (指從「畜生道」受苦離開後，準備投生另一道之間的「中陰」身)	其色如煙。
❸餓鬼之中陰 (指從「餓鬼道」受苦離開後，準備投生另一道之間的「中陰」身)	其色如水。
❹人天之中陰 (指從「人、天道」享樂離開後，準備投生另一道之間的「中	形如金色。

---

[52] 詳《大寶積經》卷 56。CBETA, T11, no. 310, p. 328, a。

[53] 地獄的「中陰身」除了「容貌醜陋，如燒杌木」外，據《大莊嚴論經‧卷三》亦云：「地獄中陰身，皆如『融鐵』聚，熱惱燒然苦，不可得稱計」。詳 CBETA, T04, no. 201, p. 272, a。

陰」身	
❺色界之中陰 (指從「色界天」享樂離開後，準備投生另一道之間的「中陰」身)	形色鮮白。
❻無色界天	元無中有，以無色故。

「中陰身」的色相好壞與否跟前世善惡修行有很大的關係，如《大般涅槃經》中說人死後的「中陰身」如果六根皆具足圓滿，且與純淨的「醍醐」（maṇḍa）或「白毛布」一樣，這是由於前世曾造做「純善」所感招的果報；如果「中陰身」呈現出粗糙低劣的織布狀，這是由於前世造惡的果報，如經云：

> 或復說言「中陰身」(六)根具足明了，皆因往業如「淨醍醐」。善男子！我或時說弊惡眾生所受「中陰」，如世間中麁澁「甐褐」(古代一種較粗的毛織物品)。純善眾生所受「中陰」，如波羅奈所出白氈(毛布也)。[54]

在《菩薩地持經》亦將「中陰身」分成二類，一是屬於「惡色」的「夜黑闇」及「黑羊毛」型。二是屬於「好色」的「明月光」及「波羅㮈衣」型。如經云：

> 眾生臨死，名為死時，「黑闇」二種，如是像類乘「中陰」生，如「夜黑闇」，「黑羊毛」光，故名「惡色」。
> 「白淨」有二種，如是像類乘「中陰」生，如「明月光」，波羅㮈衣，故名「好色」。[55]

---

[54] 詳《大般涅槃經》卷34〈12 迦葉菩薩品〉。CBETA, T12, no. 374, p. 566, c。
[55] 詳《菩薩地持經》卷10〈5 建立品〉。CBETA, T30, no. 1581, p. 957, a。

除了《大寶積經》對二界五道「中陰身」的解說外，另有一部佛典名《中陰經》也介紹了「欝單越」(北俱盧州)的「中陰」眾生的面狀如「欲界」第五「樂變化天」的[56]「中陰身」可能是二手、二足、或四足、或多足……等不同形態，皆隨著他「前世」造做善惡業力來決定，[57]但最終會與「來生所託之處」而有相同的身形[58]。所以在《華嚴經海印道場懺儀》中說要「追薦」亡者的話一定要趁早，因為愈後面的「七」，則愈難「追薦」亡靈，如云：

> 第一七日中，緊切追薦，則後七七日中，易得度脫也。若第一七日中，若不緊切追薦，後七七日中，難救拔也。所以者何？
> 「上品修善」人，及「人道、欲界天、色界天」(之)「中有身」之壽命者，第「三七日」內，決受生去。彼時分別善惡道時，現「自性中有」，身位不定也。
> 前七日「中有身」，悉是「自體化」故，所以有情亦不定，正覺亦不定。猶如虛空，不解則輪迴有情，悟心則清淨正覺，故位不定也。
> 「中品修善」者，「人」及「非天」等，受「中有身」壽命者，「五七日」中，而受生去。

---

[56] 如《中陰經》〈1 如來五弘誓入中陰教化品〉云：「欝單曰人，面正方，中陰眾生面狀如『化自在天』」。詳 CBETA, T12, no. 385, p. 1059, b。

[57] 關於「中陰身」剛開始形成時；究竟是「六根」皆圓滿？還是按照他生前的「六根」狀態而亦有不圓滿狀態？這點在《阿毘達磨大毘婆沙論‧卷七十》有詳細解說，論云：「問：中有諸根為具？不具？答：一切『中有』皆具諸根，初受『異熟』必圓妙故。有作是說：『中有』諸根亦有不具，隨『本有』位所不具根，彼亦不具。如印印物，像現如印。如是『中有』趣『本有』故，如『本有』時，有根不具」。此中初說，於理為善」。詳 CBETA, T27, no. 1545, p. 361, c。《阿毘達磨大毘婆沙論》的結論是「中陰身」在剛開始形成時應是「六根皆圓滿」的義理較無缺失。

[58] 「中陰身」剛開始形成時大略是跟生前的「本人」一樣的，但漸漸的隨著個人生前的「業力」就會有所改變。大約在前 2 個七～3 個七之間是與「本人」生前一樣的，但在 4 個七以後就會開始出現與「將來要投生去處的形質」一樣的身形。

若「作不善」者，墮三惡趣，其「中有身」壽命，七七「四十九日」中，七番死時受報。[59]

有的「中陰身」將感召成為動物時，則最後幾個七就可能會出現「四足」的中陰身形態。若將感招成「蜈蚣」，則會有「多足」的中陰身形態，如《阿毘達磨大毘婆沙論》所云：「中有形狀，如當『本有』。謂彼當生地獄趣者，所有形狀即如地獄。乃至當生天趣中者，所有形狀即如彼天。『中有、本有』，(皆) 一業(同一種業力)引(所牽引)故」。[60]

《大寶積經》還將「五道眾生」中陰身的「頭」方向作出分類，如云：

❶若天中有：頭便向上。
❷人、傍生、鬼：橫行而去。
❸地獄中有：頭直向下。[61]

意思是說「天道」的「中陰身」，其頭一定是向上的，如《阿毘達磨大毘婆沙論》云：「諸天中有，足下頭上，如人以箭，仰射虛空，上昇而行，往於天趣諸天中」。[62]如果是「地獄道」的「中陰身」，其頭一定是向下的，如《阿毘達磨大毘婆沙論》云：「顛墜於地獄，足上頭歸下。由毀謗諸仙，樂寂修苦行」，[63]故只有「天道、地獄道」的頭才有一定「向上」或「向下」

---

[59] 詳《華嚴經海印道場懺儀》卷 35。CBETA, X74, no. 1470, p. 324, a // Z 2B:1, p. 323, c // R128, p. 646, a。

[60] 詳《阿毘達磨大毘婆沙論》卷 70。CBETA, T27, no. 1545, p. 361, c。

[61] 詳《大寶積經》卷 56。CBETA, T11, no. 310, p. 328, a。另外在《正法念處經》卷 57〈6 觀天品〉亦有相同的說法，如經云：「中陰身生，足上『頭下』，如印中陰，以惡業故，生地獄陰……欲墮畜生，足上『頭下』，如是中陰，如印所印，生畜生中」。詳 CBETA, T17, no. 721, p. 339, b。

[62] 詳《阿毘達磨大毘婆沙論》卷 70。CBETA, T27, no. 1545, p. 362, a。

[63] 詳《阿毘達磨大毘婆沙論》卷 70。CBETA, T27, no. 1545, p. 362, a。

的區別。另外「人、傍生、鬼」這三道中陰身的「頭」沒有一定呈現上或下，經文將之譯為「橫行」；「橫行」就是隨著他是人、或傍生、或鬼；而「頭」呈現出或上、或下的狀態，如《阿毘達磨大毘婆沙論》清楚的說：

> 餘三種業（指人、傍生、鬼），非極「上、下」故，彼「中有」，初皆「傍行」，後隨所往，行相不定……餘三「中有」，是處「中業」所得果故，隨行動時，「首」之與「足」等無「上、下」。雖彼所往，上下不定，而行動時，「頭足」必爾。[64]

　　例如魚、豬、牛……等都是無法抬頭看天空的動物，這三道的「中陰身」沒有一定是上或下而到處「橫行、遍行」的意思，《阿毘達磨大毘婆沙論》亦云：「餘趣中有皆悉『傍行』，如鳥飛空，往所生處。又如壁上畫作飛仙，舉身傍行，求當生處」。[65]在《阿毘達磨順正理論》中亦有類似的說法，云：「如人直身，從坐而起。人等三趣中有『橫行』，如鳥飛空，往餘洲處」。[66]

　　至於「中陰身」在即將轉世時的「身形大小」及「將轉世時間的長短」問題可從姚秦（東晉）‧竺佛念（約399～416年間譯出）所譯的《最勝問菩薩十住除垢斷結經‧卷九》中的「道智品」獲得詳細的資料，原文頗長，如下所舉：

❶人受天陰，形如一籾半，「尋往」不中留。

❷人受人陰，形如三肘半，極遲經七日，或六日。（或）「五、四、三、二、一」日。

❸人受畜生陰，極遲三日半。或「二、一半」日。

---

[64] 詳《阿毘達磨大毘婆沙論》卷70。CBETA, T27, no. 1545, p. 362, b。
[65] 詳《阿毘達磨大毘婆沙論》卷70。CBETA, T27, no. 1545, p. 362, a。
[66] 詳《阿毘達磨順正理論》卷24。CBETA, T29, no. 1562, p. 478, a。

❹人受餓鬼陰，極遲半食頃，或彈指之間。

❺人受地獄陰，形如三仞半，或有出者，不經「旬日」(十天)死；輒至彼。

❻菩薩摩訶薩皆逐「人」教化，為說妙道，心速悟者，不受眾形，(於)中間(即可)得道。

❼畜生受人陰，如二肘半，極遲經四日。(或)「三、二、一」日。

❽畜生受天陰，形如三仞半，極遲一日半、或一日、半日、彈指之頃。

❾畜生受餓鬼陰，形如七仞，或有出者，極遲經五日。或「四、三、二、一」日。

❿畜生受地獄陰，形如一仞半，極遲半食頃、或彈指之間。

⓫餓鬼受天陰，形如半仞，極遲經一日、或半日、食時、或彈指之間。

⓬餓鬼受人陰，形如二肘半，極遲四日半。或「三、二、一」日。

⓭餓鬼受畜生陰，形如四仞半，極遲十五日。(或十)「四、三、二、一」日。(或)十日。(或)「九、八、七、六、五、四、三、二、一」日。

⓮餓鬼受地獄陰，形如五仞半，極遲九十日。或有出者，(或)「八、七、六、五、四、三、二、一」(日)，亦復如是。

復次菩薩摩訶薩當復如是觀察：

①地獄眾生受彼天陰，形如四仞半，極遲經五月。(或)「四、三、二、一」月。

②若地獄陰受人中陰者，形如二肘半，極遲經三月。(或)「二、一」月。

③地獄受畜生陰，形如八肘半，極遲三月半。(或)「二、一」月亦如是。

④地獄受餓鬼陰，形如九仞，極遲經三日。[67]

經文中使用「仞」及「肘」字作為長度單位。「仞」有「七尺」與「八尺」兩種說法，據《一切經音義・卷二十》：「注曰『七尺』曰仞，今皆作刃」。[68]又《一切經音義・卷二十七》云：「一仞『七尺』」。[69]及《一切經音義・卷三十三》云：「仞也，孔注云『七尺』曰仞」。[70]另《一切經音義・卷五十二》則作：「『八尺』曰仞也」。[71]

「肘」的原意是指「上下臂相接處可以彎曲的部位」[72]。如下圖：

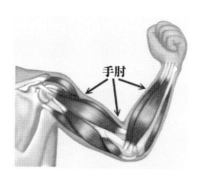

「肘」的長度若據「北周」（北朝）時代之闍那崛多（523-600）譯的《佛本行集經》云：「二尺一肘」，[73]亦即「一肘」等於「二尺」。若將「仞」與「肘」

---

[67] 以上經文詳《最勝問菩薩十住除垢斷結經》卷9〈24 道智品〉。CBETA, T10, no. 309, p. 1033, c-1034, a。

[68] 詳《一切經音義》卷20。CBETA, T54, no. 2128, p. 432, a。

[69] 詳《一切經音義》卷27。CBETA, T54, no. 2128, p. 491, b。

[70] 詳《一切經音義》卷33。CBETA, T54, no. 2128, p. 530, a。在《論語・子張》中有云：「夫子之牆數仞，不得其門而入者，不見宗廟之美，百官之富，得其門者或寡矣」。《何晏集解》引苞氏曰：『七尺曰仞也。』」又《儀禮・鄉射禮》云：「杠長三仞。鄭玄注：『七尺曰仞。』」以上詳《漢語大辭典・卷一》，頁1157。

[71] 詳《一切經音義》卷52。CBETA, T54, no. 2128, p. 652, b。

[72] 詳《漢語大辭典・卷六》，頁1171。

[73] 詳北周・闍那崛多譯《佛本行集經》卷12〈13 捔術爭婚品〉。CBETA, T03, no. 190,

二個長度單位換算成現代的「公分」（cm）制，在各個時代的使用上是完全相同的，今依「維基百科」的資料製表如下：[74]

---

[74] 在《漢語大詞典》的附錄有「中國列代度制演變測算簡表」，內亦有詳細的記載。或可參考趙仲邑先生編著的《古代漢語》，內列有《列代尺度變遷簡表》。

時代	單位換算	公制換算(公分 cm)
西晉	1 丈 = 10 尺 1 尺 = 10 寸 1 寸 = 10 分	1 丈 = 242 cm 1 尺 = 24.2 cm 1 寸 = 2.42 cm 1 分 = 0.242 cm
東晉 及 十六國	1 丈 = 10 尺 1 尺 = 10 寸 1 寸 = 10 分	1 丈 = 245 cm 1 尺 = 24.5 cm 1 寸 = 2.45 cm, 1 分 = 0.245 cm
南朝 與 北朝	1 丈 = 10 尺 1 尺 = 10 寸 1 寸 = 10 分	南朝 1 丈 = 245 cm 1 尺 = 24.5 cm 1 寸 = 2.45 cm 1 分 = 0.245 cm 北朝 1 丈 = 296 cm 1 尺 = 29.6 cm 1 寸 = 2.96 cm 1 分 = 0.296cm
隋	1 丈 = 10 尺 1 尺 = 10 寸 1 寸 = 10 分	1 丈 = 296 cm 1 尺 = 29.6 cm 1 寸 = 2.96 cm 1 分 = 0.296 cm

以上資料來源：維基百科

http://zh.wikipedia.org/wiki/%E5%BA%A6%E9%87%8F%E8%A1%A1

若以《最勝問菩薩十住除垢斷結經》翻譯年代的「東晉」為准,則從上述表格可換算出:

1 尺為 24.5 cm

7 尺為 1 仞＝172 cm

8 尺為 1 仞＝196 cm

1 仞平均為 172 cm～196 cm

若據「北周」(北朝) 時代譯的《佛本行集經》云:「二尺一肘」為准,則:

依「東晉」制:1 尺 ＝24.5 cm

　　　　　故 2 尺 ＝49 cm ＝1 肘

依「北朝」制:1 尺 ＝29.6 cm

　　　　　故 2 尺 ＝59.2 cm ＝1 肘

1 肘平均為 49 cm～59.2 cm [75]

底下將《最勝問菩薩十住除垢斷結經‧卷九》的經文重新製表歸納分類:

---

[75] 現代人對「1 肘」的定義落在 18～22 吋,即 45～56cm,此與本論文的推算是差不多的。可參考「聖經中的度量衡及幣制和現代有何不同?」一文。網址:
http://www.glorypress.com/devotional/BibleAppendix.asp?id=22

1 ―「人道」的「中陰身」將轉往「五道」的身形與轉世時間表―

「人道」的「中陰身」將轉往「五道」的情形	「中陰身」身形大小	「中陰身」轉世時間
❶天	一仞半 172～196cm	隨即前往，中間不停留，亦不須經時日等等。
❷人	三肘半 172～207cm	最遲需經七日。 或只需六日、五、四、三、二、一日。
❸畜生	無資料記載	最遲需經三日半。
❹餓鬼	無資料記載	最遲只需「半食頃」，或「彈指」之間。
❺地獄	三仞半 600～686cm	最遲不需經過「旬日」(約10天)。
附註：菩薩摩訶薩將會追逐上述將「轉世輪迴」的人而予以教化，為說「妙道」，心若能速「悟」者，則不受五道「眾形」之繫，於轉世的「中間」便可得道，脫離輪迴圈。[76]		

　　由上述表格可發現「人道」的「中陰身」將轉往「天道」或「人道」都維持著人類平均的身高（約 170 公分）。[77]只有要轉往「地獄道」才會高到「三仞半」（約 600～686cm）。

---

[76] 上述諸語引自《最勝問菩薩十住除垢斷結經》卷9〈24 道智品〉，已改為白話解說。原經云：「菩薩摩訶薩皆逐人教化為說妙道，心速悟者，不受眾形中間得道」。詳 CBETA, T10, no. 309, p. 1034, a。

[77] 可參考「維基百科」資料之「世界各地成年人平均身高」。網址如下：
http://zh.wikipedia.org/wiki/%E4%BA%BA%E9%A1%9E%E8%BA%AB%E9%AB%98

2 —「畜生道」的「中陰身」將轉往「五道」的身形與轉世時間表—

「畜生道」的「中陰身」將轉往「五道」的情形	「中陰身」身形大小	「中陰身」轉世時間
❶天	三仞半 600～686cm	最遲需經一日半。 或只需一日、半日、或「彈指」之間。
❷人	二肘半 123～148cm	最遲需經四日。 或只需三日、二日、一日。
❸畜生	無資料記載	無資料記載
❹餓鬼	七仞 1201～1372cm	最遲需經五日。 或只需四月、三月、二日、一日。
❺地獄	一仞半 172～196cm	最遲只需「半食頃」。 或「彈指」之間。

　　由上述表格可發現「畜生道」的「中陰身」將轉往「人道」的身高維持在「小兒」的身高（約 123～148cm）。但要轉往「餓鬼道」竟高達「七仞」（1201～1372cm）。轉往「天道」是次高為「三仞半」（600～686cm）。轉往「地獄道」則又回到正常人類身高「一仞半」（172～196cm）。

3 —「餓鬼道」的「中陰身」將轉往「五道」的身形與轉世時間表—

「餓鬼道」的「中陰身」將轉往「五道」的情形	「中陰身」身形大小	「中陰身」轉世時間
❶天	半仞 86～98cm	最遲需經一日。 或只需半日、一食間、或「彈指」之間。
❷人	二肘半 123～148cm	最遲需經四日半。 或只需三日、二日、一日。
❸畜生	四仞半 772～882cm	最遲需經十五日。 或只需十四日～一日。
❹餓鬼	無資料記載	無資料記載
❺地獄	五仞半 943～1078cm	最遲需經九十日。 或只需八十～一日。

　　由上述表格可發現「餓鬼道」的「中陰身」將轉往「人道」的身高維持在「小兒」的身高（約 123～148cm）。但要轉往「地獄道」高達「五仞半」（943～1078cm）。轉往「畜生道」是次高為「四仞半」（772～882cm）。最後要轉往「天道」反而又降到最低的身形，只有「半仞」（86～98cm）。

4 ―「地獄道」的「中陰身」將轉往「五道」的身形與轉世時間表―

「地獄道」的「中陰身」將轉往「五道」的情形	「中陰身」身形大小	「中陰身」轉世時間
❶天	四仞半 772～882cm	最遲需經五個月。 或只需四個月、三個月、二個月、一個月。
❷人	二肘半 123～148cm	最遲需經三個月。 或只需二個月、一個月。
❸畜生	八肘半 417～502cm	最遲需經三個半月。 或只需二個月、一個月。
❹餓鬼	九仞 1544～ 1764cm	最遲需經三日。
❺地獄	無資料記載	無資料記載

由上述表格可發現「地獄道」的「中陰身」將轉往「人道」的身高維持在「小兒」的身高（約 123～148cm）。但要轉往「餓鬼道」竟高達「九仞」（1544～1764cm）。轉往「天道」是次高為「四仞半」（772～882cm）。轉往「畜生道」也高達「八肘半」（417～502cm）。

從上面整理出的四個表格可發現一些有趣的「數據」。在前文中曾舉《佛說灌頂經》說「中陰身」只如「小兒」的身材，[78]而《阿毘達磨大毘婆沙論》則說「欲界」的「中陰身」如「五、六歲小兒形量」。[79]若據此一經一

---

[78] 如《佛說灌頂經》卷 11 云：「命終之人，在中陰中，身如『小兒』，罪福未定，應為修福」。詳 CBETA, T21, no. 1331, p. 529, c。

[79] 據《阿毘達磨大毘婆沙論》卷 70 所云：「欲界『中有』，如五、六歲小兒形量。色界中有，如『本有』時，形量圓滿」。詳 CBETA, T27, no. 1545, p. 361, b。

論的資料來看，符合這個情形的只有四種：

「餓鬼道」的「中陰身」將轉往「天道」時是「半肘」（86～98cm）[80]
「餓鬼道」的「中陰身」將轉往「人道」時是「二肘半」（123～148cm）
「畜生道」的「中陰身」將轉往「人道」時是「二肘半」（123～148cm）
「地獄道」的「中陰身」將轉往「人道」時是「二肘半」（123～148cm）

　　以上這四種情形都只有「三惡道」在轉往「天道」及「人道」才有可能只如「五、六歲小兒」的形量。其餘無論何道眾生，或將轉往何處，都不符合「五、六歲小兒」的條件。

　　還有另一個有趣的數據就是，「中陰身」在轉往「三惡道」都是身形最高大的，如下排序：

第一名是「地獄道」的「中陰身」將轉往**餓鬼道**，高達「九肘」
　　　　　（1544～1764cm）。
第二名是「畜生道」的「中陰身」將轉往**餓鬼道**，高達「七肘」
　　　　　（1201～1372cm）。
第三名是「餓鬼道」的「中陰身」將轉往**地獄道**，高達「五肘半」
　　　　　（943～1078cm）。

第四名是「餓鬼道」的「中陰身」將轉往**畜生道**，高「四肘半」
　　　　　（772～882cm）。
第四名是「地獄道」的「中陰身」將轉昇到「天道」，亦高「四肘半」
　　　　　（772～882cm）。

---

[80] 符合86～98cm身形的小兒，其標準值應是2.5～4歲的小兒。詳「兒童身高體重對照表」，網址如下：http://15569477.blog.hexun.com.tw/60159982_d.html

第五名是「人道」的「中陰身」將轉往「**地獄道**」，高「三仞半」
　　　（600～686cm）。
第五名是「畜生道」的「中陰身」將轉往「天道」，亦高「三仞半」
　　　（600～686cm）。
第六名是「地獄道」的「中陰身」將轉往「畜生道」，高「八肘半」
　　　（417～502cm）。

　　有關「中陰身」轉世的時間表來看，有的只需「彈指」間，或幾日、幾月間。比較有趣的是「地獄道」的「中陰身」轉世「昇級」到更高的一點的「天、人、畜生」都需要極長的時間；並以「月」計，如「昇級」到「天道」最遲需五個月不等。而「人道」的「中陰身」轉世昇級到「天道」則是「瞬間」的，隨即前往，沒有任何 lag；若墮落到「餓鬼道」則「彈指」就到；若墮落到「地獄道」則最少十天就會「成功抵達」。「餓鬼道」及「畜生道」的「中陰身」轉世昇級到「天道」最慢只要一天即可。而「畜生道」的「中陰身」若要墮落「地獄道」則「彈指」就會成功，意即我們周遭的「畜生、動物」們要墮「地獄」是極快速的。

第三節　食衣住行

（一）食

　　「中陰身」有三種飲食的方法，一是以「第六意識」作為「思食」。二是以接觸為主的「觸食」。三是以「阿賴耶識」作為「意食」。據《大般涅槃經》云：「中有三種食。一者思（第六意識）食。二者觸食。三者意（阿賴耶識）食」。[81]《修行道地經》亦云：「中止（中陰身）而有三食。一曰：觸軟（觸食）。二曰：心（阿賴耶識）食。三曰：意識（第六意識）」。[82]《一切經音義》則詳細解說：

　　「中陰」有三種食：

　　(一)言「思食」者：是業(業力)不死也。

　　二、「觸食」者：藉洽煖(暖)觸而命得存。

　　三、「意食」者：即「識食」，如卵生類，心常念母，故身不爛壞。[83]

　　「思食」的梵文作 manaḥ-saṃcetanākārāhāra，又譯作「意志食、意念食、業食、意思食、念食」，這是指「第六意識」之「思所欲」境界，由「第六意識」生出希望之念，[84]藉以滋長色身而讓諸根相續存活下去。如《起世經》云：「若有眾生，以『意』思惟，資潤諸根，增長身命，所謂魚鱉龜虵、蝦蟇伽羅瞿陀等，及餘眾生，以『意』思惟，潤益諸根，增長壽命者，此等皆用『思』為其食」。[85]《成實論》解釋說：「『意思食』者，或

---

[81] 詳《大般涅槃經》卷 29〈11 師子吼菩薩品〉。CBETA, T12, no. 374, p. 535, c。

[82] 詳《修行道地經》卷 1〈5 五陰成敗品〉。CBETA, T15, no. 606, p. 186, b。

[83] 詳《一切經音義》卷 26。CBETA, T54, no. 2128, p. 478, a。

[84] 如《翻譯名義集》卷 7 云：「言『思食』者，取『第六識』相應思於『可意境』；生希望故」。詳 CBETA, T54, no. 2131, p. 1172, c。

[85] 詳《起世經》卷 7〈8 三十三天品〉。CBETA, T01, no. 24, p. 345, c。

有人以『思願』活命」。[86] 又依《大乘義章》之說則為：「過去業思，是其命根，令命不斷，說為『思食』。若如是者，一切眾生所有壽命，皆由往『思』，不應言無，或當應以彼現在『思想』而活命者，說為『思食』」。[87] 例如魚、龜等動物會到陸地產諸卵後，再以細沙覆之，復還入水中，若魚、龜諸卵仍能「思母不忘」，便不致腐壞敗散；若魚、龜諸卵「不思母」，即便腐壞敗散，[88] 此原理亦同人類之「望梅止渴、精神食糧」等。「中陰身」是屬於有意識、有知覺的眾生，故仍有「思食」的作用。

「觸食」的梵文作 sparśākārāhāra，又譯作「細滑食、樂食、更樂食、溫食」，這是以「觸」為體，對所觸之境生起「喜樂之愛」，進而能長養色身。例如有人可以整天「觀戲劇、打電動」，雖終日不食亦不感饑餓；[89] 又如孔雀、鸚鵡等，產卵畢後則時時去「親附、覆育、溫暖」牠所生的卵，令卵能生出「樂觸」，卵受此溫熱就可得以資養長大，故又稱「溫食」。如《起世經》云：「何等眾生，以觸為食？諸比丘！一切眾生，受卵生者，所謂鵝鴈鴻鶴、雞鴨孔雀、鸚鵡鸜鵒、鳩鴿燕雀、雉鵲烏等，及餘種種雜類眾生，從卵生者，以彼從卵而得身故，一切皆以『觸』為其食」。[90]「中陰身」以「觸」為食可從臨終為亡者「作福」得知，如為亡者舉辦莊嚴法會，全體念佛念咒共修迴向於亡者，亡者之「中陰身」便可從莊嚴佛事法會之「觸」中而獲得「法喜充滿」的飽足感。這在《阿毘曇毘婆沙論》中有類似的說法，論云：

---

86 詳《成實論》卷2〈17 四諦品〉。CBETA, T32, no. 1646, p. 251, a。
87 詳《大乘義章》卷8。CBETA, T44, no. 1851, p. 620, b-c。
88 以上道理可參閱《諸經要集》卷12所云：「卵生眾生，在卵殼時，以思念母故，卵得不壞」。詳 CBETA, T54, no. 2123, p. 114, b2。
89 如《翻譯名義集》卷7：「『觸』能資身，故得食名。準《僧祇》：見『色』愛著，名食，豈非『觸食』義耶？設非『觸食』，何以觀戲劇等，終日不食而自飽耶？」詳 CBETA, T54, no. 2131, p. 1172, b。
90 詳《起世經》卷7〈8 三十三天品〉。CBETA, T01, no. 24, p. 345, c。

若諸親里，為其人故，修布施時。其鬼見已，於「所施物」及「福田
所」，生歡喜心。以此信樂心故，便得「勝身心」。[91]

　　意思是如果有親戚鄰里朋友為亡靈或鬼魂修布施功德時，這些亡靈
鬼魂見到所布施之物（即觸食），或見到正在修福德的莊嚴佛事（即觸食），可
得歡喜心，進而讓自己獲得更殊勝的身心果報。

　　「識食」的梵文作 vijñānākārāhāra，從廣義上來說，一切眾生皆需以
「識」為食，否則無法存活；從狹義上來脫，「無色界」及「地獄」之眾生
也一定要以「識」為主食，以「第八阿賴耶識」為主體來支持有情身命而
不敗壞，如《起世經》云：「何等眾生，以識為食？所謂『地獄』眾生，
及『無邊識處天』等，此諸眾生，皆用『識』持以為其食」。[92]「中陰身」為
有神識、有知覺的眾生，故當然是以「識」為食。

　　所有經論都說明「中陰身」具有此三種食，唯在《中陰經》則另說「北
欝單越」（北俱盧州）的「中陰」眾生是以「風」為食的。[93]但經論中提到「中陰
身」最多的還是以「香」為食，這種「香食」應該是屬於「觸食」的一種，
也就是「中陰身」以「接觸」香氣、香味為食，包括聞香木、聞水果香、
聞花香、聞菜香……等皆是。如《阿毘達磨俱舍論》云：「謂唯『香氣』，
由斯故得『健達縛』名」。[94]《鞞婆沙論》云：「問曰：中陰食為云何？……
答曰：以『香』為食」。[95]《鞞婆沙論》又云：「問曰：何以故說『香陰』？

---

[91] 詳《阿毘曇毘婆沙論》卷 7〈2 智品〉。CBETA, T28, no. 1546, p. 46, b。
[92] 詳《起世經》卷 7〈8 三十三天品〉。CBETA, T01, no. 24, p. 345, c。
[93] 詳《中陰經》〈1 如來五弘誓入中陰教化品〉云：「北欝單曰……中陰眾生，飲吸
　　於風」。詳 CBETA, T12, no. 385, p. 1059, b。
[94] 詳《阿毘達磨俱舍論》卷 9〈3 分別世品〉。CBETA, T29, no. 1558, p. 46, b。
[95] 詳《鞞婆沙論》卷 14。CBETA, T28, no. 1547, p. 518, c。

答曰：以『香』存命故，『中陰』名『香陰』。[96]《阿毘達磨大毘婆沙論》亦云：「問：何故『中有』名『健達縛』。答：以彼『食香』而存濟故」，[97]及《阿毘達磨俱舍釋論》云：「『乾闥婆』者，由『食香』故，以『香』益身行，向於道故」。[98]諸論還提到如果「中陰身」較有福德則可享用「妙香」，如「花果香、妙食香」之類；[99]如果沒有福德的「中陰身」則只能食用「臭氣」，如「廁所糞味、污泥氣」之類。[100]唐・義淨（635—713）大師譯的《佛說無常經》(亦名《三啟經》)中也說應該對亡者「燒香」及「散花香」，如經云：

> 勿復啼哭，及以餘人，皆悉至心為彼亡者「燒香、散花」。[101]

《佛說灌頂隨願往生十方淨土經》甚至說除了「燒香」，亦要「燃燈」，經云：

> 若人臨終、未終之日，當為「燒香、燃燈」續明。[102]

此即同於我們現代人在為亡者做「後事」時皆有「香、燈、蠟燭」的擺設。故「中陰身」的能量（或主食）來源除了「思食、觸食、識食」外，仍需依靠著「香、燭、花香、菜香、蠟燭、油燈……」等供品為重。但在供

---

[96] 詳《鞞婆沙論》卷 14。CBETA, T28, no. 1547, p. 520, a。

[97] 詳《阿毘達磨大毘婆沙論》卷 70。CBETA, T27, no. 1545, p. 363, a。

[98] 詳《阿毘達磨俱舍釋論》卷 8〈3 分別世間品〉。CBETA, T29, no. 1559, p. 212, b。

[99] 如《阿毘達磨俱舍釋論》卷 6〈3 分別世間品〉所云：「若福德小，食臭氣。若福德大，食妙香」。詳 CBETA, T29, no. 1559, p. 203, a。

[100] 如《鞞婆沙論》卷 14 所云：「以香為食。諸有德眾生，食『花果香、妙食香』。諸無德眾生，圍廁不淨，及污泥氣以為食」。詳 CBETA, T28, no. 1547, p. 518, c。

[101] 詳《佛說無常經》。CBETA, T17, no. 801, p. 746, c。另《優婆塞戒經》卷 5〈19 雜品〉亦提到應該用「香花」祭祀，經云：「若欲祀者，應用『香花、乳酪、酥藥』。為亡追福，則有三時，春時二月、夏時五月、秋時九月」。詳 CBETA, T24, no. 1488, p. 1059, c。

[102] 詳《佛說灌頂經》卷 11。CBETA, T21, no. 1331, p. 529, c。

奉亡者之「中陰身」時必須呼喚他的「名字」，[103]然後再為他作福德，「中陰身」便可獲得飲食及功德，如《佛說除恐災患經》云：

> 餓鬼報佛言：或有世間，父母親里，稱其「名字」，為作追福者，便小得食。不作福者，不得飲食。[104]

《佛說除恐災患經》的原意是指布施飲食給「餓鬼」，這與布施飲食給「中陰身」道理應是相同的，所以在布施飲食給亡者「中陰身」時應該要「立牌位」及呼喚他的「名字」。另《法苑珠林‧卷九十七》及《諸經要集‧卷十九》皆云：

> 問曰：何須幡上書其「姓名」？
> 答曰：幡招魂，置其乾地，以「魂」識其「名」，尋「名」入於闇室，亦投之於「魄」。[105]

可見「中陰身」雖無法被我們的「肉眼」所見，但他的六根能力都是正常的，可以聽見別人對他的呼喚。

（二）衣

「中陰身」究竟是否有「衣」穿著附身？這個問題在經論中並無固定說法，而且二界五道眾生的「中陰身」是否有衣附著？諸師的看法也不盡相同。如《雜阿毘曇心論》中就認為「中陰身」是「裸形」無衣的，論云：「問：『中陰』幾時住？答：七日或七七，乃至彼和合，或『裸形』食香，

---

[103] 指稱唸亡者的名號，即今日所謂「立亡者牌位」，而呼其名字也。
[104] 詳《佛說除恐災患經》。CBETA, T17, no. 744, p. 554, c。
[105] 詳《大正藏》第五十四冊頁 178 下。

諸根悉具足」。[106]按照常理來說「中陰身」應該是「裸形」的，也就是人在初死後變成「中陰身」，此時應該是「無衣」的，但「中陰身」可能仍然貪著生前所穿的衣服，所以此時若將死者生前的衣服蓋在亡者身上，就可以發生以「衣服」呼喚「靈魂」的作用。如《法苑珠林》及《諸經要集》中皆有引用外典的說法，如云：

> 問曰：……今時俗「亡」，何故以「衣」喚魂？不云喚魄？
> 答曰：魂是靈，魄是屍。故禮以初亡之時，以「己所著之衣」，將向屍魄之上。以「魂」外出故，將「衣」喚魂。魂識「己衣」，尋「衣」歸魄。[107]

另一個「中陰身」裸形資料可從 15 世紀的一位荷蘭畫家耶羅尼米斯博斯（Hieronymus Bosch 荷蘭語作：Jheronimus Bosch。1450～1516）得知。在他畫的「ascent of the blessed」（天恩的芳香，或譯作「上昇的祝福」）[108]的底端可看見剛死亡的人的「靈魂」（中陰身）旁圍繞著一些神靈（或護法神），很明顯的這些死者「中陰身」都是沒有穿衣的。如下圖所示：[109]

---

[106] 詳《雜阿毘曇心論》卷 10〈10 擇品〉。CBETA, T28, no. 1552, p. 958, c。

[107] 詳《法苑珠林》卷 97。CBETA, T53, no. 2122, p. 999, a。或參閱《諸經要集》卷 19。詳 CBETA, T54, no. 2123, p. 178, c。

[108] 亦有譯作「Near Death Ascent of the Blessed Life Hereafter Christian Christianity Heaven」之名。

[109] 此圖引自「維基百科」，檔名為「ascent of the blessed」。網址是：
http://zh.wikipedia.org/wiki/File:Ascent_of_the_Blessed.jpg

雖然「中陰身」是裸形的，但我們也聽過很多見到「亡者」的靈魂都是有穿衣的，那是因為「中陰身」本來就有「神通」，[110]仍然可以變幻出穿有衣服的「相貌」給有緣的親眷朋友們看見。

在《阿毘達磨大毘婆沙論》中另討論說明「二界」（欲界、色界）中陰身有衣無衣的情形，《阿毘達磨大毘婆沙論》認為「色界」的「中陰身」有「慚愧」心，既有慚愧就是代表著「**法身衣服**」，所以「色界」中陰身都是有衣附身的。而「欲界」中陰身大致都是「無衣」的，因為「欲界」中陰身沒有「慚愧心」，所以無衣附身。但若是「菩薩」及「白淨比丘尼」的中陰身，也一定有「**上妙衣服**」附身。如彼論云：

> 「色界」中有，一切有衣，以色界中「慚愧」增故，慚愧即是「法身衣服」。如彼法身具勝，「衣服」生身亦爾，故彼「中有」常與衣俱。
> 「欲界」中有，多分無衣，以欲界中多「無慚愧」。
> 唯除「菩薩」及「白淨苾芻尼」所受中有，恒有「上妙衣服」。[111]

《阿毘達磨大毘婆沙論》就「白淨比丘尼」的中陰身為何有衣解釋說：該比丘尼於過去常以衣服布施給「四方僧眾」，然後自己又發願世世常著衣服，所以在「中陰身」時便有衣服附身，如論云：

> 「白淨尼」以衣奉施「四方僧」已，便發願言：願我生生常著衣服，乃至「中有」，亦不露形。由彼願力所引發故，所生之處常豐衣服，

---

[110] 如《大寶積經》卷56云：「凡諸『中有』皆具神通，乘空而去，猶如『天眼』，遠觀生處(指來生可能轉世之生處)」。詳 CBETA, T11, no. 310, p. 328, a。「中陰身」雖有神通，但這種神通仍然是敵不過「業力」的。

[111] 詳《阿毘達磨大毘婆沙論》卷70。CBETA, T27, no. 1545, p. 362, b。或參見《諸經要集》卷12。詳 CBETA, T54, no. 2123, p. 115, b。

彼最後身所受「中有」,常有「衣服」。[112]

至於「菩薩」的中陰身是否一定有衣?論中有不同的意見,《阿毘達磨俱舍釋論》中說:「諸菩薩『中有』,衣著具足」。[113]《阿毘達磨大毘婆沙論》先是說菩薩有「上妙衣服」,但後面又引用其餘的論師說:「菩薩『中有』亦無有衣」。[114]理由是說菩薩具足圓滿的「慚愧增上」,這是其它「欲界、色界」的「中陰身」所不能及的,所以菩薩的中陰身「必不露形」,所以也不必有衣。如彼論云:

菩薩功德,慚愧增上,諸餘有情、色界「中有」所不及。故在「中有」位,必不露形。[115]

因為菩薩過去無數劫修種種殊勝的善行,皆為迴向無上菩提,利益眾生,由於這種願力所以菩薩的「中陰身」具足「相好」,也不露形,所以也不必有衣,這是菩薩特殊的願力所成。[116]

(三) 住

「中陰身」在「因緣」不成熟;仍未轉世投胎前是「住」那裡?關於這問

---

[112] 詳《阿毘達磨大毘婆沙論》卷 70。CBETA, T27, no. 1545, p. 362, b。或參見《法苑珠林》卷 72。詳 CBETA, T53, no. 2122, p. 832, a。

[113] 詳《阿毘達磨俱舍釋論》卷 6〈3 分別世間品〉。CBETA, T29, no. 1559, p. 202, c。

[114] 詳《阿毘達磨大毘婆沙論》卷 70。CBETA, T27, no. 1545, p. 362, b。

[115] 詳《阿毘達磨大毘婆沙論》卷 70。CBETA, T27, no. 1545, p. 362, c。

[116] 以上說法可參考《阿毘達磨大毘婆沙論》卷 70 云:「菩薩過去三無數劫所修種種殊勝善行,皆為迴向無上菩提,利益安樂諸有情故。由斯行願,於最後身,居諸有情最尊勝位。眾生遇者,無不蒙益。是故菩薩所受『中有』,雖具相好,而無有『衣』,願力有殊」。詳 CBETA, T27, no. 1545, p. 362, c。或參考《諸經要集》卷 12 所云:「菩薩過去三無數劫,所修種種殊勝善行,皆為迴向無上菩提……雖見『相好』,而無有『衣』,願力有殊」。詳 CBETA, T54, no. 2123, p. 115, b。

題要從「阿賴耶識」變現出「中陰身」開始談起。在《最勝問菩薩十住除垢斷結經》中有提到「四十四種」有關「阿賴耶識」的種種作用，如：第二十一種說「阿賴耶識」會「還現中陰」，也就是「阿賴耶識」會變現出「中陰身」。第二十二種是說「阿賴耶識」會見到「中陰身」將來所受的形體。第二十三種說「阿賴耶識」能與「中陰身」形體交往。第二十五、二十六種皆說「阿賴耶識」能看見「中陰眾生」的往來出入、生滅狀態。第二十七種說「阿賴耶識」能看見自己將來會受何種形體果報。第四十四種則說有一類的「中陰身」若將轉世到另一道去時，自己的「阿賴耶識」都不會錯亂。底下引用《最勝問菩薩十住除垢斷結經》內容云：

> 菩薩入神通定意無形三昧，往至彼間，說「四十四」識（阿賴耶識）著之行。云何四十四？……
>
> 二十一者、遷（宋本作「還」）現「中陰」。
>
> 二十二者、見「中陰」受形。
>
> 二十三者、與「中陰形」交往。
>
> 二十四者、知所從來。
>
> 二十五者、見彼「中陰眾生」往來。
>
> 二十六者、見「中陰形」生者滅者。
>
> 二十七者、自見受形，受地獄陰。
>
> ……
>
> 四十四者、有陰受「陰形」（中陰形質），神識不錯(不會錯亂)。[117]

「阿賴耶識」變現出「中陰身」的說法亦見於《大智度論》，論云：「若『識』不入胎，胎初則爛壞。『識』名『中陰』中五眾」[118]意思是說「阿賴耶

---

[117] 以上經文詳《最勝問菩薩十住除垢斷結經》卷9〈24 道智品〉。CBETA, T10, no. 309, p. 1033, b。

[118] 詳《大智度論》卷90〈80 實際品〉。CBETA, T25, no. 1509, p. 696, b。

識」可變現形成「中陰身」的「五眾」(五蘊)；差別在於「阿賴耶識」只有如來及第七、第八之「住地菩薩」才能通達，所有的「聲聞、辟支佛、凡夫、外道」皆不能知，如《大方廣佛華嚴經》云：「如是甚深『阿賴耶識』，行相微細，究竟邊際，唯諸如來、住地菩薩之所通達。愚法聲聞及辟支佛、凡夫、外道，悉不能知」。[119]但「中陰身」只要證得「極淨天眼」便可看見，這種理論在《阿毘達磨大毘婆沙論》[120]、《鞞婆沙論》[121]、《阿毘達磨俱舍論》[122]、《阿毘達磨順正理論》[123]都有詳細的解說。

　　回到剛剛的主題說「中陰身」在因緣不成熟、仍未轉世投胎前是「住」那裡？根據隋・闍那耶舍（Jñānagupta 523～600）譯《大乘同性經》、同本異譯的唐・地婆訶羅（Divākara 613～687）《證契大乘經》，及隋・闍那崛多（Jñānagupta 523～600）譯《大寶積經・卷第一百一十》、同本異譯的唐・地婆訶羅（Divākara 613～687）《大乘顯識經》，這四部經皆有提到相關問題；但佛並沒有明確回答「中陰身」是「住」在那裡。如《證契大乘經》云：

　　毘毘產(楞伽王)言：世尊！眾生死已，受「中陰身」，新身未受，云何而「住」？……佛言：如是楞迦主！非舊身「後識」滅已，而新身「初識」生。亦非新身「初識」生已，而舊身「後識」滅。生、滅同時，無

---

[119] 詳《大方廣佛華嚴經》卷9〈入不思議解脫境界普賢行願品〉。CBETA, T10, no. 293, p. 704, c。

[120] 如《阿毘達磨大毘婆沙論》卷70云：「諸生得眼，皆無能見『中有身』者。唯極清淨，修得『天眼』能見中有」。詳 CBETA, T27, no. 1545, p. 364, b。

[121] 如《鞞婆沙論》卷14云：「所生眼，見『中陰』耶？答曰：不也！……謂『極淨天眼』彼能見」。詳 CBETA, T28, no. 1547, p. 518, a。

[122] 如《阿毘達磨俱舍論》卷9〈3 分別世品〉云：「此『中有身』，同類相見。若有修得『極淨天眼』，亦能得見。諸生得眼，皆不能觀，以極細故」。詳 CBETA, T29, no. 1558, p. 46, a。

[123] 如《阿毘達磨順正理論》卷24云：「諸『中有』身，『極淨天眼』之所能見」。詳 CBETA, T29, no. 1562, p. 475, a。

先無後。[124]

　　《大智度論》內也有同樣的說明，如云：「如人死時，捨此『生陰』，入『中陰』中。是時，今世身滅，受『中陰身』，此無前後，滅時即生……『中陰身』無出無入，譬如然燈，生滅相續，不常不斷」。[125]也就是說「中陰身」在未轉世之前並沒有明確一定的「住所」，似乎是「隨緣」而住的。

　　《大寶積經》與同本異譯的《大乘顯識經》也一致的認為「阿賴耶識」在人死後便離開「身體」，接著變現出「中陰身」為一個過渡期，在未轉世到新的身體時，這個「中陰身」就如水中的「人影」，看起來也有人的「手足面目」種種形狀，但仍非是真正的「形色」，也就是「阿賴耶識」所變現出的「中陰身」並非是真實的，應該做如此「觀」。底下將《大寶積經》與同本異譯的《大乘顯識經》作詳細比對，如下所舉：

《大寶積經・卷第一百一十》 （此一卷「明本」之文也，今以「宋本、元本」對校之）	《大乘顯識經・卷下》
⑴復次大藥！ ❶汝問凡人初移「識」時，其「識」未至，彼時在「何處住」？ ❷其「性」當云何觀者？ ⑵大藥！譬如人影，在於水中，雖復現「色」，非人「正形色」，當如是觀。 ⑶大藥！彼人影，上下手足正	⑴大藥！如汝所問，「識」棄「故身」，「新身」未受，當爾之時，「識」作何相？ ⑵大藥！譬如人影，現於水中，「無質」可取，「手足、面目」及諸「形狀」，與人「不異」。 ⑶體質事業，影中皆「無」，無冷、

124 詳《證契大乘經》。CBETA, T16, no. 674, p. 655, a。
125 詳《大智度論》卷 12〈1 序品〉。CBETA, T25, no. 1509, p. 149, b。

等，成就「色」時，在於水中，亦不作如是念言： 「我有熱惱，我有寒凍，我身疲乏」，彼無如是心言。我是真體，如前在胎肉塊，而彼「影」，無有擾亂處。	無熱，及與諸「觸」，亦無疲乏。
㈣而彼人「身影」在水中之時，無有「聲」出，或「苦聲」或「樂聲」。	㈣肉段諸大，無「言聲、身聲、苦樂」之聲。
㈤大藥！此「神識」從「此身捨」已，未至「彼身」，有如是「形」，有如是「性」。	㈤「識」棄「故身」，「新身」未受，相亦如是。
㈥大藥！凡有「福」（之）「神識」，初欲取「天身」時作如是受。[126]	㈥大藥！是資（資助供養）「善業」，生諸天者。[127]

除了這四部經典的舉證外，在《阿毘曇毘婆沙論》中也就「中陰身」要「住」那裡的問題作出解釋說：

其人雖所求未得，便生「去」心。於其道路[128]，火不能燒，刀不能傷，毒不能害。必至彼「和合」，令彼生相續。[129]

《阿毘曇毘婆沙論》認為「中陰身」如果在「因緣」不具足，無法順利轉世投生，只好暫時離去。《阿毘曇毘婆沙論》也未提到此時的「中陰

---

[126] 以上經文詳見《大寶積經》卷 110。CBETA, T11, no. 310, p. 621, c。

[127] 以上經文詳見《大乘顯識經》卷 2。CBETA, T12, no. 347, p. 185, b。

[128] 此處並非是指在「路邊」的道路，而是指身處在「中陰身」的「路程」上。

[129] 詳《阿毘曇毘婆沙論》卷 36〈2 使揵度〉。CBETA, T28, no. 1546, p. 267, b。

身」要「住」在那裡？但在「中陰身」仍未轉世的「路程」上，「中陰身」仍具有火不能燒，刀不能傷，毒不能害的能力，一定要等到「眾緣和合」後才能順利轉世投生。

（四）行

據《正法念處經》載「中陰身」具有神通，因為身形非常「微細」，所以可以看見自己的身體，但其餘的人皆不能以「肉眼」得見「中陰身」，也沒有什麼物體可以障礙到「中陰身」之「行」，故能鑽越「須彌山」而無障礙。如經云：「自見自身，餘一切人皆所不見。四大微細，不見不對。鑽須彌山，能穿能過，而不妨礙，自身不障，須彌不障，何況餘山」？[130]在南朝陳・婆藪槃豆（vasubandhu）造，真諦譯的《阿毘達磨俱舍釋論》亦說「中陰身」具有五根，而且「須彌」等「金剛山」都不能礙住他。就像有人已將鐵塊燒到紅盡，仍然可見到蟲在鐵塊中，且毫髮無傷。[131]如《阿毘達磨俱舍釋論》云：

> 此有（中有；中陰身）具足五根，「金剛」等所不能礙，此義應然。曾聞破燒赤鐵塊，見蟲於中生，「中有」眾生，若應生此道中，從此道，一切方便。[132]

---

[130] 詳《正法念處經》卷11〈3 地獄品〉。CBETA, T17, no. 721, p. 62, c。

[131] 現在科學常發現殞石內常含有「奈米微生菌」，足見只要生物夠細夠小就不會被燒毀，相關報導可觀閱可參閱「發現澳洲隕石內含有核鹼基」新聞報導、「澳洲隕石中發現外太空基因物質」新聞報導，詳 2008 年 6 月 15 日中央社巴黎十三日法新電報導。網址是：http://www.epochtimes.com/b5/8/6/14/n2154327.htm 。及「俄科學家稱找到可證明外星生命存在的證據」新聞報導。網址是：
http://big5.xinhuanet.com/gate/big5/news.xinhuanet.com/tech/2010-03/31/content_13273489.htm

[132] 詳《阿毘達磨俱舍釋論》卷6〈3 分別世間品〉。CBETA, T29, no. 1559, p. 203, a。

另《阿毘曇毘婆沙論》也說：

「中有」，若牆壁、山林、屋舍、瓦石，所不能礙。[133]

又如《雜阿毘曇心論》亦說：

極微故，一切形障，所不能礙。[134]

　　所以很多亡者的親朋好友有時會「見」到亡者的「中陰身」穿牆而過，或進入自己家門，甚至「中陰身」要到無量世界去轉生，也是瞬間即可到達，中間並沒有什麼「須彌、金剛山」之類的東西能擋住「中陰身」的遊行。如《阿毘達磨俱舍論》中所說的：「此『中陰』游空而去，如人捨命，應至無量世界外受生，俄頃即到。「二乘」通力，未出一世界，「中陰」(依著自己的業力，亦)已至無量世界外」。[135]

　　雖然「中陰身」的「行」基本上是「無障礙」的，但前提是該眾生之「中陰身」必須沒有「業力甚大，能敵須彌」[136]的條件；否則「中陰身」在「行」方面的「神力」仍然是有限的。關於這部份內容將在「第五章中陰身的神通問題」再作詳述。

---

[133] 詳《阿毘曇毘婆沙論》卷 36〈2 使捷度〉。CBETA, T28, no. 1546, p. 268, c。
[134] 詳《雜阿毘曇心論》卷 10〈10 擇品〉。CBETA, T28, no. 1552, p. 958, b。
[135] 以上內容由《諸經要集》及《法苑珠林》所轉引。詳見《諸經要集》卷 19。CBETA, T54, no. 2123, p. 181, b。或參見《法苑珠林》卷 97。CBETA, T53, no. 2122, p. 1001, c。
[136] 經文引自《地藏菩薩本願經》卷 1〈5 地獄名號品〉云：「業力甚大，能敵須彌，能深巨海，能障聖道」。詳 CBETA, T13, no. 412, p. 782, a。

結 論

　　本章探討了「中陰身」的十四種名相解說、身形大小及食衣住行問題，在整理過程中發現《佛說灌頂經》認為「人道」的「中陰身」只有「小兒」身材[137]，或《阿毘達磨大毘婆沙論》說「欲界」的「中陰身」只有「五、六歲小兒形量」。[138]結果從《最勝問菩薩十住除垢斷結經》發現在「欲界」中只有「三惡道」眾生在即將轉往「天道」及「人道」的「身形大小」才符合這種情形，略分成四種：

「餓鬼道」的「中陰身」將轉往「天道」時是「半仞」（86～98cm）[139]
「餓鬼道」的「中陰身」將轉往「人道」時是「二肘半」（123～148cm）
「畜生道」的「中陰身」將轉往「人道」時是「二肘半」（123～148cm）
「地獄道」的「中陰身」將轉往「人道」時是「二肘半」（123～148cm）

　　除了「三惡道」外，其餘無論何道眾生，或將轉往何處，所有的「中陰身」都不符合《佛說灌頂經》中說的「人道中陰身」只有「小兒」身材。而大家最關心的「人道中陰身」將轉往「天道」或「人道」都維持著人類平均的身高（約 170 公分）。[140]只有要轉往「地獄道」才會高到「三仞半」（約 600～686cm）。

---

[137] 如《佛說灌頂經》卷 11 云：「命終之人，在中陰中，身如『小兒』，罪福未定，應為修福」。詳 CBETA, T21, no. 1331, p. 529, c。

[138] 據《阿毘達磨大毘婆沙論》卷 70 所云：「欲界『中有』，如五、六歲小兒形量。色界中有，如『本有』時，形量圓滿」。詳 CBETA, T27, no. 1545, p. 361, b。

[139] 符合 86～98cm 身形的小兒，其標準值應是 2.5～4 歲的小兒。詳「兒童身高體重對照表」，網址如下：http://15569477.blog.hexun.com.tw/60159982_d.html

[140] 可參考「維基百科」資料之「世界各地成年人平均身高」。網址如下：http://zh.wikipedia.org/wiki/%E4%BA%BA%E9%A1%9E%E8%BA%AB%E9%AB%98

還有另一個有趣的發現就是「中陰身」在轉往「三惡道」都是身形最高大的。如：

「地獄道」的「中陰身」將轉往「餓鬼道」，高達「九仞」（1544～1764cm）。
「畜生道」的「中陰身」將轉往「餓鬼道」，高達「七仞」（1201～1372cm）。
「餓鬼道」的「中陰身」將轉往「地獄道」，高達「五仞半」（943～1078cm）。
「餓鬼道」的「中陰身」將轉往「畜生道」，高「四仞半」（772～882cm）。

本章中提到「中陰身」以「思食、觸食、識食」為主食，但經論談到最多的都是以「香」為食，所以「中陰身」便有「香陰、食香、乾闥婆」[141]的異名。提到「中陰身」的「衣著」問題，結論是「欲界」眾生基本是「裸形無衣」的，「色界」眾生一定有衣著，而「菩薩」的「中陰身」本來就「不露形」，故可有衣著，也可無衣著。關於「中陰身」住在那裡的問題，則如《大寶積經・卷第一百一十》所說的：「中陰身」如水中的「人影」，看起來有人的「手足面目」種種形狀，但仍非是真實的「形色」，所以由「阿賴耶識」變現出的「中陰身」並非是真實的，應該做如此「觀」。至於「中陰身」的「行」基本上是無所障礙，因為身相「微細」，所以能穿越「須彌、金剛」等山；但也並非是無所限制，當「業力甚大，能敵須彌」時，「中陰身」的「行」仍然是會被障礙的！

---

[141] 如《鞞婆沙論》云：「問曰：何以故說『香陰』？答曰：以『香』存命故，『中陰』名『香陰』」。詳《鞞婆沙論》卷 14。CBETA, T28, no. 1547, p. 520, a。又如《阿毘達磨俱舍釋論》云：「偈曰：此『食香』。釋曰：故名『乾闥婆』。若福德小，食臭氣。若福德大，食妙香」。詳《阿毘達磨俱舍釋論》卷 6〈3 分別世間品〉。CBETA, T29, no. 1559, p. 203, a。

第四章　「中陰身」之壽命與轉世因果

本章發表於 2014 年 1 月 22 日(星期三)德霖技術學院「通識教育暨跨領域學術研討會」。當天與會學者為本文提供諸多寶貴意見，經筆者多次修潤後已完成定稿。

第一節　壽命無定數

　　關於「中陰身」壽命的規則，向來是無定數的，如「大善、大惡」這兩類眾生是沒有「中陰身」的。在經論中有很多例證，如《最勝問菩薩十住除垢斷結經》云：「如是，最勝！童真菩薩捨身受形，身根意識，初不錯亂，不受『中陰』而有留難。眾生神離住於『中陰』，隨其輕重殃禍之本，便有留難」。[1]《雜寶藏經》云：「有二邪行，如似拍毱，『速墮地獄』。云何為二？一者不供養父母。二者於父母所作諸不善。有二正行，如似拍毱，『速生天上』。云何為二？一者供養父母。二者於父母所作眾善行」。[2]《最勝問菩薩十住除垢斷結經》中說人如果要往生「天道」，則此人的「中陰身」將立刻「尋往」，而「不中留」。[3]《大寶積經》亦提到要往生「天道」，是「速疾」的立刻「移去」，如經云：「身攀緣『善業』，『速疾』如筒，出氣移去……見父母坐天榻上」。[4]另《大乘修行菩薩行門諸經要集》則云：「若於佛法中傾倒，直墮無間地獄」。[5]《鞞婆沙論》亦云：「若以『無間』生地獄者。是故無『中陰』」。[6]以上這二類「大正、大邪」者都將迅速「生天、墮大地」，故無「中陰身」。

　　至於「無色界」眾生也是沒有「中陰身」，[7]其餘二界五道都有「中陰身」。[8]壽命有說最少一日，有說最多七日，有說二十一日，或說最多四十九日，

---

[1] 參《最勝問菩薩十住除垢斷結經》卷 3〈8 童真品〉。詳 CBETA, T10, no. 309, p. 983, b。

[2] 參《雜寶藏經》。詳 CBETA, T04, no. 203, p. 449, a。

[3] 參《最勝問菩薩十住除垢斷結經》卷 9〈24 道智品〉。詳 CBETA, T10, no. 309, p. 1033, c。

[4] 參《大寶積經》卷 110。詳 CBETA, T11, no. 310, p. 621, a。

[5] 參《大乘修行菩薩行門諸經要集》卷 2。詳 CBETA, T17, no. 847, p. 950, c。

[6] 參《鞞婆沙論》，詳 CBETA, T28, no. 1547, p. 516, b。

[7] 此說參《鞞婆沙論》卷 14 云：「『無色界』中，無有來往，是故『無色』中，無有『中陰』」。詳 CBETA, T28, no. 1547, p. 518, c。

[8] 如《顯識論》云：「一『中有』(指死後 49 天內的中陰身)。二『生有』(指即將投生的一剎那)。

或說只要「眾緣」未具足，則壽命將無期限。底下分四小節作說明。

（一）最少一日，最多七日

在《修行道地經》中說「中陰身」最少住一日，最多不會超過七日，如經云：

> 在「中止」(中陰身)者，或住一日，極久七日。至父母會，隨其本行，或趣「三塗、人間、天上」。[9]

《修行道地經》說最多不能超過七日，此與《中陰經》裡面所說的「『北欝單越』(北俱盧州)壽命千歲，中陰眾生，壽命七日」是相同的，[10]但《中陰經》所說內容的是指「北俱盧州」，並非是「南贍部洲」的情形。《阿毘達磨大毘婆沙論》與《阿毘曇毘婆沙論》皆引用「說一切有部」的尊者世友(Vasumitra 天友；和須蜜)之說；認為「中陰身」只能住七日，因為「中陰身」是非常「羸劣」瘦弱的「微細身」，所以不堪久住。兩部論分別云：

> 「中有」極多，住經七日，彼身羸劣，不久住故。
> 「中有」眾生，壽命七日，不過一七。所以者何？彼身羸劣故。[11]

在《佛本行集經》中也有命終「七日」後便「往生」到「非想非非想處

三『業有』(指出生後的新生命，直到接近壽終為止)。四『死有』(指初死的一剎那)⋯⋯『欲、色』二界具『四有』。若『無色界』無『中有』」。詳 CBETA, T31, no. 1618, p. 881, a。

[9] 參《修行道地經》卷 1〈5 五陰成敗品〉。詳 CBETA, T15, no. 606, p. 186, b。

[10] 參《中陰經》卷 1〈1 如來五弘誓入中陰教化品〉。詳 CBETA, T12, no. 385, p. 1059, b。

[11] 以上兩行經文參見《阿毘達磨大毘婆沙論》卷 70。詳 CBETA, T27, no. 1545, p. 361, b。及《阿毘曇毘婆沙論》卷 36〈2 使揵度〉。詳 CBETA, T28, no. 1546, p. 267, b。

天」的例子。如經云：

> 迦羅摩(即優陀羅迦羅摩)子！其命終來，已經七日……當生何處？而世
> 尊心復生智，見優陀摩子命終，生於「非非想天」。[12]

（二）三七 21 日

在《佛說五王經》中則提到「中陰身」有「三七」21 日便得「受胎」的
情形，如經云：

> 人死之時，不知「精神」趣向何道？未得生處，並受「中陰」之形，
> 至「三七日」，父母和合，便來受胎。[13]

同樣的經文亦出現於《經律異相》[14]、《法苑珠林》[15]、《諸經要集》
[16]中。而《華嚴經海印道場懺儀》中也有說如果是「上品修善」的人，那
麼「中陰身」在「三七」21 日就會「決定生去」。「中品修善」的人要「五七」
35 天才能受生。作不善且會墮三惡道的人則要七七 49 日就會受生。如
云：

> 「上品修善」人，及「人道、欲界天、色界天」(之)「中有身」之壽命者，
> 第「三七日」內，決受生去……「中品修善」者，「人」及「非天」等，
> 受「中有身」壽命者，「五七日」中，而受生去。
> 若「作不善」者，墮三惡趣，其「中有身」壽命，七七「四十九日」中，

---

[12] 參《佛本行集經》卷 33〈36 梵天勸請品〉。詳 CBETA, T03, no. 190, p. 807, a。
[13] 參《佛說五王經》。詳 CBETA, T14, no. 523, p. 796, b。
[14] 參《經律異相》卷 27。詳 CBETA, T53, no. 2121, p. 148, a。
[15] 參《法苑珠林》卷 66。詳 CBETA, T53, no. 2122, p. 791, b。
[16] 參《諸經要集》卷 20。詳 CBETA, T54, no. 2123, p. 185, b。

七番死時受報。[17]

　　在《藥師七佛供養儀軌如意王經》中也提到可以在三七 21 日便「受生」的經文，如云：「死相現前，父母親屬，朋友知識，啼泣圍繞……而彼『神識』，或經『七日』，或『三七日』或『五七日』，或『七七日』，如從夢覺，復本精神」。[18]而《瑜伽師地論》中也有提到可以「三七日」便「受生」的內容，如云：「死者，其『識』棄捨心胸處故，殂落者，從死已後，或一『七日』，或復經於二、三『七日』」。[19]

（三）七七 49 日

　　「中陰身」壽命為 49 天是最普遍的觀點，如《阿毘達磨大毘婆沙論》與《阿毘曇毘婆沙論》兩部論皆引用尊者設摩達多(舍摩達多;奢摩達多，譯義為「靜與」)之說；認為「中陰身」壽命很多，一定可以住滿「七個七」，於四十九日後一定會轉世出去。兩部論分別云：

　　「中有」極多，住七七日，四十九日定結生故。
　　「中有」眾生，壽七七日。[20]

　　在《地藏菩薩本願經》也有相同的觀點，經云：「命終之後，眷屬小大為造福利……未知罪福，七七日內，如癡如聾……是命終人，未得受生，在七七日內，念念之間，望諸骨肉眷屬，與造福力救拔。過是日後

---

[17] 以上說法參《華嚴經海印道場懺儀》卷 35。詳 CBETA, X74, no. 1470, p. 324, a // Z 2B:1, p. 323, c // R128, p. 646, a。

[18] 參《藥師七佛供養儀軌如意王經》。詳 CBETA, T19, no. 927, p. 59, a。

[19] 參《瑜伽師地論》卷 84。詳 CBETA, T30, no. 1579, p. 769, b。

[20] 以上兩行經文參見《阿毘達磨大毘婆沙論》卷 70。詳 CBETA, T27, no. 1545, p. 361, b。及《阿毘曇毘婆沙論》卷 36〈2 使揵度〉。詳 CBETA, T28, no. 1546, p. 267, b。

(指49天)，隨業受報。」[21]《地藏菩薩本願經》還說：「若能更為身死之後，七七日內，廣造眾善，能使是諸眾生，永離惡趣，得生人天，受勝妙樂，現在眷屬，利益無量。」[22]在清·弘贊所輯的《六道集》中也說：「故人命終，即當七七日內，供養三寶，修諸福事。令『中陰』藉福託生人天，免墮三途」。[23]《六道集》中還解釋說為何49日一定要託生的理由，如云：

> 問：又常言七七之期。何耶？
> 答：人在胎時，七七日，形具五體。死時，極至「七七日」，必定託生也。」[24]

　　《六道集》認為胎兒在七七日已具有「五體」，[25]所以「同理」可推，死亡後「七七日」就會託生，這樣的「推理」說法雖然新奇，但在佛典《佛說觀無量壽佛經》也有「七七日」便往生佛國的經文，如云：「即便命終，乘寶蓮花，隨化佛後，生寶池中，經『七七日』，蓮花乃敷；當花敷時，大悲觀世音菩薩，及大勢至菩薩，放大光明，住其人前，為說甚深十二部經。」[26]

---

[21] 參《地藏菩薩本願經》卷2〈7 利益存亡品〉。詳 CBETA, T13, no. 412, p. 784, b。

[22] 參《地藏菩薩本願經》卷2〈7 利益存亡品〉。詳 CBETA, T13, no. 412, p. 784, a。

[23] 參《六道集》卷2。詳 CBETA, X88, no. 1645, p. 123, b // Z 2B:22, p. 339, a // R149, p. 677, a。

[24] 參清·弘贊輯《六道集》卷1。詳 CBETA, X88, no. 1645, p. 118, c // Z 2B:22, p. 334, b // R149, p. 667, b。

[25] 胎兒在「七七日」時已具有「五體」的經文例舉如下。如《正法念處經》卷70〈7 身念處品〉云：「如是『七七日』，名曰『肉團』，住在胎中屎尿之間」。詳 CBETA, T17, no. 721, p. 412, c。如《大寶積經》卷55云：「第『七七日』處母胎時，復感業風，名為『旋轉』，由此風力，『四相』出現，所謂『手足』掌縵之相，其相柔軟猶如聚沫」。詳 CBETA, T11, no. 310, p. 323, b。如《佛說胞胎經》卷1云：「佛告阿難：第『七七日』，其胎裏內，於母腹藏，自然化風，名曰『迴轉』，吹之令變，更成四應瑞，『兩手』曼、『兩臂』曼，稍稍自長，柔濡軟弱」。詳 CBETA, T11, no. 317, p. 887, b。

[26] 參《佛說觀無量壽佛經》卷1。詳 CBETA, T12, no. 365, p. 345, c。

　　《瑜伽師地論》與《阿毘達磨大毘婆沙論》、《阿毘曇毘婆沙論》的觀點略異。《瑜伽師地論》認為「中陰身」來生的「因緣」若不具足的話，最多只能住「七日」，若有「因緣」則不一定是住「七日」。但住到「第七日」仍然沒有獲得轉世「因緣」，那「中陰身」就會「死亡」；但又會重新再生，然後又繼續住「七日」的期限。若還是「因緣」不足，就再死一遍，如此一直重複到「七七」49 日後，決定會獲得轉世的「因緣」。如《瑜伽師地論》云：

> 又此「中有」，若未得「生緣」，「極七日」住。有得「生緣」即「不決定」。若「極七日」未得「生緣」，死而復生，「極七日」住。如是展轉，未得「生緣」，乃至「七七日」住，自此已後，決得生緣。[27]

　　隋・慧遠撰的《大乘義章》內容大致皆承襲《瑜伽師地論》之說，但後面內容有「新說」。《大乘義章》認為「中陰身」最長是 49 日，如果沒有獲得「生處」，就會「死亡」，然後重新再活一次，也就是再過一次 49 天期限的「中陰身」生活。如云：

> 「中有」長短，人說不同。
> 有人宣說：極短「一念」，極長「七日」。如此說者，「齊七日」來，必得生處；若「七日」來，不得生處，「前陰」滅已，更受「中陰」。
> 有人復說：中陰極長，壽七七日，七七日來，必得「生處」；若不得處，死而更生。[28]

　　「中陰身」過了七七 49 天仍沒有獲得「來生投生處」的原因，最主要

---

[27] 參《瑜伽師地論》卷 1。詳 CBETA, T30, no. 1579, p. 282, b。
[28] 參隋・慧遠撰《大乘義章》卷 8。詳 CBETA, T44, no. 1851, p. 619, a。

是「眾因緣」仍未具足造成，此時的「中陰身」壽命就會變得「無定數、無期限」了。

（四）依「眾緣」決定，壽命無期限

在《阿毘達磨大毘婆沙論》及《阿毘曇毘婆沙論》中另外引用某大德的言論說：「中陰身」壽命是「無定限」的，為何？因為來生的「因緣」若不具足的話，則「中陰身」就「久時住」，如《阿毘達磨大毘婆沙論》云：

> 彼「中有」乃至「生緣未和合」位，數死數生，無斷壞故。
> 大德說曰：此無定限！謂彼「生緣」速和合者，此「中有身」即少時住。若彼「生緣」多時未合，此「中有身」即多時住，乃至緣合方得結生。故「中有身」住無定限。[29]

《阿毘曇毘婆沙論》亦云：

> 尊者佛陀提婆(Buddhadeva，為「說一切有部」之學者，亦為「婆沙會」四大論師之一)說曰：「中有」壽命不定。所以者何？生處緣不定故，「中有」雖得和合，「生有」(指將投生於母胎之最初剎那，稱為「生有」)不和合故，(則中陰身)令久時住。[30]

兩部論都認為只要來生之「緣」不具足的話就會「住無定限」。這個「因緣」是錯綜複雜的，例如「中陰身」在夏天時將轉世為馬，但馬要在春天才有交配期，此時的「中陰身」已過 49 日仍未值遇春天交配期的馬，那就會一直「等待」下去。《阿毘達磨大毘婆沙論》舉了非常多這樣的例子，

---

[29] 參《阿毘達磨大毘婆沙論》卷 70。詳 CBETA, T27, no. 1545, p. 361, b。
[30] 參《阿毘曇毘婆沙論》卷 36〈2 使揵度〉。詳 CBETA, T28, no. 1546, p. 267, b。

如說「牛於夏時，欲心增盛，餘時不爾。狗於秋時，欲心增盛，餘時不爾。熊於冬時，欲心增盛，餘時不爾」。[31]

　　但如果一直「等待」不出好因緣的話，那就會轉成「相似類型」的眾生，比如馬在春天才有交配期，原本「中陰身」要投生馬類眾生，但始終「無緣」等到春天，只好投生「相似」的驢類眾生，因為驢類是四季都可交配的動物。又如要投生一般牛類眾生，然牛在夏天才有交配期，此時的「中陰身」可能轉投一年四季都有交配期的「野牛」去。又如要投生一般狗類眾生，然狗在秋天才有交配期，此時的「中陰身」可能轉投一年四季都有交配期的「狐狸」去。[32]雖然能投生到「相似類型」的眾生，但其原本應該受的「業報」是絲毫不差的，如《阿毘達磨大毘婆沙論》所云：「**雖彼形相與餘相似，而『眾同分』**[33]**如本不轉，以諸「中有」不可轉故**」。[34]也就是說「中陰身」原本應該受「一般牛類」的業報，但卻轉成相似的「野牛」；雖作「野牛」但仍不失原本「一般牛類」的業報，可能會被養牛人家所領養，然後就將這條「野牛」當作「一般牛類」來餵養呵護。

　　在《阿毘曇毘婆沙論》中對於轉成「相似類型」的理論有詳細的說明，例如與來生有緣的父親，人是在「西域」；而母親卻在「中國」，那「中陰身」要如何選擇呢？《阿毘曇毘婆沙論》將這種「特殊」狀況分成四類，論云：

---

[31] 參《阿毘達磨大毘婆沙論》卷 70。詳 CBETA, T27, no. 1545, p. 361, a。

[32] 以上所舉的例子可參考《阿毘達磨大毘婆沙論》卷 70。詳 CBETA, T27, no. 1545, p. 361, b。及參考《阿毘曇毘婆沙論》卷 36〈2 使捷度〉。詳 CBETA, T28, no. 1546, p. 267, b。

[33] 「眾同分」梵文作 nikāya-sa-bhāga。原意是指眾生的「共性」或「共因」，即眾多有情眾生所具有的「同類之性」，或指有情眾生皆能獲得「同等類似的果報之因」。

[34] 參《阿毘達磨大毘婆沙論》卷 70。詳 CBETA, T27, no. 1545, p. 361, b。

應觀此眾生：

❶或於母作業可移轉，於父作業不可移轉。

❷或於父作業可移轉，於母作業不可移轉。

❸或於父母作業，俱不可移轉。

❹或於父母作業，俱可移轉。[35]

　　屬於第一種「於母親業緣可移轉」的情形，「中陰身」如果是「威儀具足，淨修梵行，身持五戒」的「極善男子」，[36]那就可將業緣轉移到別的「母胎」去投生。

　　屬於第二種「於父親業緣可移轉」的情形，「中陰身」如果是「威儀具足，淨修梵行，身持五戒」的「極善女人」，[37]那就可將業緣轉移到別的「父親」去投生。

　　屬於第三種「於父母親業緣都不可移轉」的情形，只要未來將轉世受身的父母親「未死」的一天，就會一直「等待」下去；等到「因緣和合」的那天就一定會順利投生。[38]但「中陰身」不可能永遠不投生轉世，這在《法句譬喻經》中佛有明確的宣講，如經所云：

　　佛告大王：人有四事，不可得離。何謂為四？

　　一者、在「中陰」中，不得「不受生」。

---

[35] 參《阿毘曇毘婆沙論》卷36〈2 使揵度〉。詳 CBETA, T28, no. 1546, p. 267, a。

[36] 以上經文出處參《阿毘曇毘婆沙論》卷36〈2 使揵度〉。詳 CBETA, T28, no. 1546, p. 267, a。

[37] 以上經文出處參《阿毘曇毘婆沙論》卷36〈2 使揵度〉。詳 CBETA, T28, no. 1546, p. 267, a。

[38] 如《阿毘曇毘婆沙論》卷36〈2 使揵度〉云：「其人雖所求未得，便生去心……必至彼『和合』，令彼生相續」。詳 CBETA, T28, no. 1546, p. 267, a。

二者、已生，不得不受老。

三者、已老，不得不受病。

四者、已病，不得不受死。[39]

　　透過上述四小節的經論解析可得「中陰身」壽命是無定的，有最少的一日、七日，或二十一日、或標準值的四十九日。如果「因緣」仍不具足，就會超過四十九日，甚至會投生轉世成「相似類型」的眾生去。但「中陰身」永遠不轉世則是不可能的，就如《法句譬喻經》中所說的--人在「中陰身」中，不得「不受生」--這是人道不可逃離的事！

---

[39] 參《法句譬喻經》〈1 無常品〉。詳 CBETA, T04, no. 211, p. 577, a。

第二節　轉世特殊的因緣觀

　　「中陰身」雖有自己的業力因緣，但在轉世過程仍有「無常」的狀況發生，有可能投生「昇級」，也可能往下「降級」，如《最勝問菩薩十住除垢斷結經》中舉例說：原本是「空無邊處天」的中陰，卻改投生至「識無邊處天」的中陰。原本是「識無邊處天」的中陰，卻改投生至「無所有處天」的中陰。原本是「無所有處天」的中陰，卻改投生至「四無色天」的中陰。原本是「四無色天」的中陰，卻改降級投生至「欲界六天」的中陰；或降至色界最頂「色究竟天」的中陰。原本是色界最頂「色究竟天」的中陰，卻改投生至一般的「色界天」或昇級至「無色界天」的中陰。《最勝問菩薩十住除垢斷結經》原文如下：

> 佛復告最勝：菩薩摩訶薩復當思惟「虛空」神識中陰。
> 或從「空識」生「識陰」。
> 或從「識陰」受「不用處陰」。
> 或從「不用處陰」受「無色天陰」。
> 從「無色天陰」受「六天陰」，乃至「一究竟天」。
> 從「一究竟天」，復受「色、無色」天陰。[40]

　　《最勝問菩薩十住除垢斷結經》中還將六道眾生的「中陰身」；在轉世過程中發生「昇級」或「降級」的「無常」狀況作詳細的分析，主要都是與個人的「善惡禍福」有關，經文分成三種類型。

(一)、天道的「中陰身」本應受某道「中陰」，忽轉至他道「中陰」的特殊情　　　形。

---

[40] 參《最勝問菩薩十住除垢斷結經》卷9〈24 道智品〉。詳 CBETA, T10, no. 309, p. 1033, c。

(二)、人道的「中陰身」本應受某道「中陰」，忽轉至他道「中陰」的特殊情形。

(三)、六道的「中陰身」忽然轉至他道「中陰」，然後直取「滅度」的特殊情形。

這三種類型先引用經文，再重製成圖表作詳細解說。

(一)天道的「中陰身」本應受某道「中陰」，忽轉至他道「中陰」的特殊情形

如《最勝問菩薩十住除垢斷結經》云：

或時天陰應受人陰，中間未至還受天陰，斯等利根經不涉苦。
或時天陰應受人陰，忽然便在生畜生陰，斯等之類福盡行至。
或時天陰應受畜生陰，忽然便在生人中陰，斯等之類不毀戒度。
或時天陰應受餓鬼陰，忽然便在生畜生陰，斯等之類奉修頂忍。
或時天陰應受地獄陰，忽然便在餓鬼陰中，斯等之類報果以熟生人道中。[41]

製表解說如下：

---

[41] 參《最勝問菩薩十住除垢斷結經》卷 9〈24 道智品〉。詳 CBETA, T10, no. 309, p. 1034, a。

原本應投生之中陰身	忽然改投生另一道	昇降[42]	善惡禍福因緣
❶人道中陰	天道中陰	昇↑	表示此「天道中陰」有「利根」，原本要投生為「人道」，後來仍能轉投於「天道」，故能不受人道的「苦報」。
❷人道中陰	畜生中陰	降↓	表示此「天道中陰」的「福德」已享盡。原本能獲「人道」，但現只能降至「畜生道」。
❸畜生中陰	人道中陰	昇↑	表示此「天道中陰」往昔曾有「不毀戒律」及「六度諸行」的善行。原本要墮「地獄」，現能轉投於「人道」。
❹餓鬼中陰	畜生中陰	昇↑	表示此「天道中陰」往昔曾奉修「頂、忍」[43]的

---

[42] 在一般大乘佛典之理論中，「畜生道」之業報是勝於「餓鬼道」業報的，因為「餓鬼」通常是帶火而行，頸小腹大，恆患飢渴，受苦甚重。就算遇有清流水滴，猶如猛火一般的痛苦；而「畜生道」中，並無「餓鬼」所受的苦報，故「畜生道」一向是勝於「餓鬼道」的。如《增壹阿含經》卷13〈23 地主品〉云：「貪不善根、恚不善根、癡不善根。若比丘有此三不善根者，墮三惡趣。云何為三？所謂『地獄、餓鬼、畜生』」。詳 CBETA, T02, no. 125, p. 614, b。《佛說佛地經》亦將五趣的「昇降」做明確的排例，「地獄」最差，「天道」最高，經文云：「如世界中，『五趣』可得，所謂『地獄、餓鬼、畜生、人趣、天趣』」。詳 CBETA, T16, no. 680, p. 722, a。

[43] 「頂、忍」是指在「見道」以前所修的「四善根」之第二及第三位。第二是「頂位」，指在動搖不安定之善根中，能生出最上善根之「絕頂位」，此為一種「不進則退」之境界；若能修至此「頂位」，即使退墮地獄，亦不至於斷善根。第三是「忍位」，指修行已達不再動搖善根之位，也不再墮落惡趣，除此，「忍位」尚有「上、中、下」三品之別。

			四加行。原本要墮「餓鬼」，現能轉投於「畜生道」。
❺地獄中陰	餓鬼中陰	昇↑	表示此「天道中陰」往昔善行的業報成熟，本應墮「地獄」，後改投生「餓鬼道」；但報盡後，將會轉生至「人道」。

(二)人道的「中陰身」本應受某道「中陰」，忽轉至他道「中陰」的特殊情形

如《最勝問菩薩十住除垢斷結經》云：

或有人陰受餓鬼中陰眾生，忽然便在天中陰，斯等之類定意不亂故。

或有應受三惡道中陰，忽然便受人天中陰，斯等之類有智通慧意廣博故。

或有應受一究竟中陰，忽然便在光音中陰，斯等之類心專一故。

或有應受遍淨中陰，忽然乃在有想無想中陰，斯等之類有智意不達故。
[44]

製表解說如下：

---

[44] 參《最勝問菩薩十住除垢斷結經》卷 9〈24 道智品〉。詳 CBETA, T10, no. 309, p. 1034, a。

原本應投生之中陰身	忽然改投生另一道	昇降	善惡禍福因緣
❶餓鬼中陰	天道中陰	昇↑	表示此「人道中陰」往昔曾修學禪定、能正意、正念不亂。原本要墮「餓鬼」，現能轉投於「天道」。
❷三惡道中陰	人天中陰	昇↑	表示此「人道中陰」往昔曾修學智慧，深思謀慮，見聞廣博。原本要墮「三惡道」，現能轉投於「人道」或「天道」。
❸色究竟天中陰 （色究竟天為色界最頂之天）	光音天中陰 （光音天為色界二禪的第三天）	降↓	表示此「人道中陰」往昔修行內心非常「專一」。原本可以昇到最高的「色究竟天」，現卻降至「光音天」。
❹遍淨天中陰 （遍淨天為色界之三禪第三天）	「有想天」與「無想天」中陰 （在二十八層天中，除色界「無想天」與無色界「非想非非想處天」，其餘皆稱為「有想天」）。	昇↑	表示此「人道中陰」往昔修行有「智謀、權謀」，但尚未完全通達。原本可投生「遍淨天」，現有可能昇至「無想天」或「有想天」。

(三)六道的「中陰身」忽然轉至他道「中陰」，然後直取「滅度」的特殊情形

如《最勝問菩薩十住除垢斷結經》云：

佛告最勝：菩薩摩訶薩以無退轉智，遍觀五道中陰，有受形、不受形者。

❶ 或有處在人陰，忽然便在天陰形，於天陰形即取滅度，竟不受天身人身。

❷ 或有處在天中陰，忽然便在人中陰形，便取滅度，不受天身人身。

❸ 或有處在畜生中陰，於畜生中陰，忽然便在人中陰，於人中陰，便取滅度，不受畜生人形。

❹ 或有處在畜生中陰，於畜生中陰，忽然便在天中陰，於天中陰，便取滅度，不受畜生天身。

❺ 或有處在餓鬼中陰，於餓鬼中陰，忽然便在人中陰，於人道中陰，便取滅度，不受餓鬼身人身。

❻ 或有處在餓鬼中陰，於餓鬼中陰，忽然便在天中陰，於天中陰，便取滅度，不受餓鬼天身。

❼ 或有處在地獄中陰，於地獄中陰，忽然便在人中陰，於人中陰，便取滅度，不受地獄人形。

❽ 或有處在地獄中陰，忽然便在天中陰，於天中陰，便取滅度，不受地獄天形。

是謂菩薩摩訶薩以不退轉智，遍觀三千大千世界，有受形者、不受形者，有罪、有福，皆悉知之。[45]

---

[45] 參《最勝問菩薩十住除垢斷結經》卷9〈24 道智品〉。詳 CBETA, T10, no. 309, p. 1034, b。

製表解說如下：

原本所處的中陰身	忽然轉成另一道	直接取「滅度」的情形	不再受轉世身的情形
❶人道中陰	天道中陰	有	不再受「天身、人身」
❷天道中陰	人道中陰	有	不再受「天身、人身」
❸畜生中陰	人道中陰	有	不再受「畜生形、人身」
❹畜生中陰	天道中陰	有	不再受「畜生形、天身」
❺餓鬼中陰	人道中陰	有	不再受「餓鬼身、人身」
❻餓鬼中陰	天道中陰	有	不再受「餓鬼身、天身」
❼地獄中陰	人道中陰	有	不再受「地獄身、人形」
❽地獄中陰	天道中陰	有	不再受「地獄身、天形」

在《最勝問菩薩十住除垢斷結經》中列舉了八條有關五道眾生會轉投到「人、天」，然後就在「人、天」的「中陰身」狀態下直接「滅度」，從此不再輪迴轉世。這究竟是什麼特殊的「因緣」才能讓「中陰身」直取「滅度」呢？[46]原來是諸佛菩薩皆有度化「中陰」眾生直取「涅槃」的大願力，

---

[46] 在《阿毘達磨大毘婆沙論》則認為「色界」眾生皆能從「中陰身」而至「涅槃」，但「欲界」眾生的「中陰身」絕對不能獲「涅槃」；除非「欲界」的「中陰身」要轉投至

如《中陰經》上說：「如來捨身壽命，現取滅度，入於『中陰』教化眾生。」[47]以這種度化眾生的方式就名為「中陰救度」。[48]《最勝問菩薩十住除垢斷結經》中還說當時聽此法座有「九萬眾生」及「十一那術天人，及諸天龍鬼神」皆向佛祈求；希望世尊在未來世能使「人道、天道」的「中陰身」眾生直接證入「無為」，讓原本是「人道、天道」的「中陰身」眾生當下就轉生成為「佛土境界」，大眾皆能同時得道，甚至直接成佛，如經云：

> 唯願世尊，使將來世生「人、天」中陰，「佛土境界」即於彼處受「無為證」，同日同時，共一國土……爾時世尊告阿難曰：汝今見此九萬眾生，十一那術天人，於此命終，皆當往生微塵空界「中陰」，已生「中陰」；各各以次「成佛」，皆同一號，號「無色」如來……純以「菩薩」以為翼從。[49]

從經中可發現諸佛世尊是以度化「中陰身」眾生直接「成佛」為終極

「色界」的「中陰身」，如此才能從「中陰身」而得「般涅槃」。如《阿毘達磨大毘婆沙論》云：「『欲界』是『不定界』，非修地，非離染地，多諸過失，災橫留難。住『本有』時，尚難得果，況住『中有』微劣身耶？『色界』不爾故，住中有能『般涅槃』……唯『色界』有『中般涅槃』，『欲界』則無……『欲界』中有必不能起聖道現前，以劣弱故……『欲界』中有必未具修九品對治，故彼中有『不般涅槃』」。以上參見《阿毘達磨大毘婆沙論》卷174。詳 CBETA, T27, no. 1545, p. 876, c。

[47] 參《中陰經》卷1〈1 如來五弘誓入中陰教化品〉。詳 CBETA, T12, no. 385, p. 1058, c。

[48] 「中陰救度」其實就是《西藏生死書》的另一譯名，諸如名為❶《中有聞教得度密法》。1945年本。這本是1945年的趙洪鑄的譯本，但現有的譯本又改為《中陰聞教救度大法》，故舊的《中有聞教得度密法》改以1945年本稱之。❷《中陰教授：死亡與轉生之道》（Bardo Teachings：The Way of Death and Rebirth）此書作者是羅德喇嘛。譯者為林慧卿。台北圓明出版社。1996年出版。❸《中有大聞解脫》。2000年出版。作者是蓮花生大士。譯者為許明銀。佛哲書舍有限公司。2000年出版。❹《白話本西藏中陰度亡經：中陰聽聞救度教誡即得大解脫秘法》。作者為蓮華生大師。譯者為蔡東照。曼尼文化。2003年出版。

[49] 參《最勝問菩薩十住除垢斷結經》卷9〈24 道智品〉。詳 CBETA, T10, no. 309, p. 1036, a。

目標，甚至如果「中陰身」已投生進入「胎中」，只要在此眾生「未出世」之前，仍具有逆轉勝「起死回生」的「因緣」。在《法句譬喻經》內就有這麼一個例子，往昔有位「天帝釋」[50]在命終時自知己將轉世為「驢」，此「天帝釋」很有善根，心中一直默念著唯有佛陀才能救濟轉化這個「畜生劫」，於是「天帝釋」奔馳到佛處所，見了佛陀馬上頂禮，而且非常虔誠的念誦著「三皈依文」，就在「天帝釋」頂禮佛陀未起身之際，就忽然命盡，然後轉投到母驢胎去。當時這位母驢竟然自己解開繩子，然後亂走而破壞了主人的「磚瓦陶器」，當時主人大怒立刻鞭打這隻母驢，結果傷到母驢的胎兒而死亡，此時「天帝釋」的「中陰身」就立刻返回天宮，重新復原成「五德」[51]具足的「天帝釋」，最後在聽完佛陀的偈頌後就證得初果「須陀洹」。[52]

　　在《十住斷結經》中還說佛陀有非常不可思議的「權變神力」，不只是「胎中」能度化眾生成佛，也可以在「夢中、睡中」度化眾生成道。或以種種神變方式入「地界、水界、火界、風界、空界、識界」等六類眾生

---

[50] 「天帝釋」梵名作 Śakra Devānām-indra。音譯為「釋迦提桓因陀羅」。略稱「釋提桓因、釋迦提婆」。又譯作「天帝釋、天主」，也有「因陀羅、憍尸迦、娑婆婆、千眼」等異稱。

[51] 「五德」其實就是指天人原本擁有的五種「威德」，但這五種「威德」在天人即將臨終時就會變成「五衰」，即所謂的「天人五衰」。如《佛本行集經》卷 35〈38 耶輸陀因緣品〉云：「時忉利天有一『天子』，『五衰』相現，不久定當墮落世間。五衰相何？一者彼天頭上妙花，忽然萎黃；二者彼天，自身腋下，汗汁流出；三者彼天，所著衣裳，垢膩不淨；四者彼天，身體威光，自然變改；五者彼天，常所居停，微妙寶床，忽然不樂，東西移徙」。詳 CBETA, T03, no. 190, p. 815, b。

[52] 以上故事內容可參閱《法句譬喻經》卷 1〈1 無常品〉云：「昔者天帝釋五德離身，自知命盡當下生世間，在陶作家受驢胞胎……自念三界之中，濟人苦厄唯有佛耳，於是奔馳往到佛所。時佛在耆闍崛山石室中，坐禪入普濟三昧。天帝見佛，稽首作禮伏地，至心『三自歸命』佛法聖眾，未起之間其命忽出，便至陶家驢母腹中作子。時驢自解走瓦坏間破壞坏器，其主打之，尋時傷胎，其神即還入故身中，五德還備復為天帝……爾時世尊以偈頌曰……帝釋聞偈，知無常之要，達罪福之變，解興衰之本，遵寂滅之行，歡喜奉受得須陀洹道」。詳 CBETA, T04, no. 211, p. 575, b-c。

而度化眾生，並讓眾生得入「無餘涅槃」。如經云：

> 佛名「妙識」如來……眾生受「化睡」乃得「悟」……是時彼佛於「睡眠」中，與諸眾生「神識」說法……爾時夢中「受化之識」應成道迹，便於「夢中」，「識」受成道，頻來「不還」（指三果阿那含，命終將生「五不還天」），至「無著道」（指四果阿羅漢），亦復如是……眾生根源，受悟不同。諸佛權化……「地界眾生」不可稱計，如來入彼而教化之，皆使眾生於「無餘泥洹界」而「般泥洹」……「空界眾生」不可稱計，如來入彼而教化之，皆使眾生於「無餘泥洹」而「般泥洹」……「夢中受教」而取「滅度」……如來權化神變無方……分別微識，化諸眾生，各使得度。[53]

雖然我們尚無緣在「夢中、睡中」獲得如來的「說法」救度，但藏傳佛教就有「睡夢瑜伽」[54]和「中有引導」的這種修法名稱，中國古代禪師們也有「醒睡一如」或「正睡著無夢時，做得了主」[55]的禪修境界，如宋‧高

---

[53] 以上經文參《最勝問菩薩十住除垢斷結經》卷 10〈26 夢中成道品〉。詳 CBETA, T10, no. 309, p. 1040, b。

[54] 「睡夢瑜伽」的觀點可參考《大樂光明》云：「有成就的瑜伽行者，能在『睡時』比『醒時』感覺到更顯著的光明。因為醒時只能經驗到『子光明』，而『睡時』卻有機會將『子母光明』融合為一」。詳張澄基譯《大樂光明 Kelsang Gyatso》。臺北：法爾，1993 出版。頁 139-142。又《大樂光明》亦云：「在最微細的俱生光明心現起的前一個階段，即接近成就心現起時，行者的『微細心識』已完全停止而成為『無意識』的狀態，就像陷入極度深沉的熟睡、昏厥或死亡一樣」。詳張澄基譯《大樂光明 Kelsang Gyatso》。臺北：法爾，1993 出版。頁 88-93。又如達賴喇嘛《藏傳佛教世界》云：「死時的光明應該又較『睡時』所現出的光明更明朗、更透徹。因為四大等粗細之氣已完全融化於『中脈』之中，不再干擾或障蔽『俱生』的光明心」。詳達賴《藏傳佛教世界》，陳琴富譯。臺北：立續文化，2000 出版。頁 139-142。

[55] 「正睡著無夢時，做得了主」可參考《永覺元賢禪師廣錄》卷 29 所云：「睡夢無夢時，須是識得『真主』落處。識得『真主』落處，則不管睡時、不睡時、夢時、不夢時，皆『大寂滅海』，高峰『枕子落地』」。詳 CBETA, X72, no. 1437, p. 568, b // Z 2:30, p. 385, a5-7 // R125, p. 769, a。亦可參閱《禪關策進》云：「我這一覺，主人公畢竟在甚麼處？……一日睡覺，正疑此事。忽同宿道友，推『枕子』，落地作聲，

峰 原妙禪師(1238～1295)和宋・雪巖 祖欽禪師（？～1287）等人。[56]底下舉
一位宋代的持定禪師(1240～1303)，他就是能利用自己睡覺時，卻仍能帶
著「索」和著「泥」一起來雪中共眠，可見持定禪師早已溶入大地的「法性
光明」中；已得「睡夢瑜伽、睡夢三昧」的境界。[57]如《繼燈錄》載云：

> 雪巖禪師巡堂次。師(持定禪師)以「楮(紙)被」裹身而睡。
>
> 巖召至方丈厲聲曰：我巡堂你打睡，若道得即放過汝，若道不得趂
> 汝下山。
>
> (持定禪師)師隨口答曰：鐵牛無力懶耕田，帶索和泥就雪眠，大地白
> 雲都蓋覆，德山無處下金。
>
> 巖曰：好個鐵牛也，因以為號。(從此叫鐵生 持定禪師)
>
> 後住靈雲唱雪巖之道，大德壬寅冬書長偈示眾，其末曰：塵世非久，
> 日消月磨。桃源一脉，三十年後，流出一枝無孔笛，吹起太平歌，
> 明春將示寂。
>
> 侍僧求別眾語，師曰：吾別久矣，恬然坐逝。[58]

　　除了佛陀能入「中陰身」救度眾生外，在《十住斷結經》中也舉了「颰
陀和菩薩、寶迹童真治地菩薩」可以用「神足通」而入眾生的「母胎」，然
後度化該眾生的「神識」，令彼開悟，最終直接讓眾生「滅度」。[59]如經中

蕃然打破疑團」。詳 CBETA, T48, no. 2024, p. 1101, a。

[56] 二人對話參見《宗寶道獨禪師語錄》卷 2 云：「雪巖問高峯云：日間浩浩地，作得
主麼？峯云：作得主。夜間睡夢時，作得主麼？峯云：作得主。正睡著，無夢、無
想、無見、無聞。主在什麼處？峯直得無言可措」。詳 CBETA, X72, no. 1443, p. 741,
a // Z 2:31, p. 57, d13-16 // R126, p. 114, b。

[57] 《大方等無想經》卷 2〈2 三昧健度〉中舉了 496 個「三昧」，其中就有「眠三昧」
與「夢三昧」這二個名詞。詳 CBETA, T12, no. 387, p. 1087, a。

[58] 參《繼燈錄》卷 4。詳 CBETA, X86, no. 1605, p. 530, b // Z 2B:20, p. 385, d13 // R147,
p. 770, b。

[59] 「滅度」原為梵語 nirvāṇa 之義。指命終「證果」，滅盡煩惱諸障，度諸苦報。也有
「涅槃、圓寂、遷化」之意思。

舉出「颰陀和」[60]菩薩等八位菩薩皆有這種「神力」，云：

> 諸有「神識」，應趣生門（指母體子宮），受胞胎形。要以「神足」遊空往
> 來，「接識」（將該眾生的神識接走）留住，化而「滅度」，不受四大。今此座
> 上<u>颰陀和</u>等八菩薩是。[61]

另一位能「胎中度化」的菩薩是「寶迹童真治地菩薩」，此菩薩也是以
「神足通」入母胎中度化眾生的「神識」，而且還能讓母親不會發現此事；
然後此菩薩就在「胎中」拔濟這位眾生的「神識」，令彼開悟，最終直接讓
該眾生獲得「涅槃」。如《十住斷結經》內所云：

> 諸有「識神」以處「母胎」，願以「神足」，「入胎」教化，令彼母人，不
> 知我之所在。即於「胎中」拔濟無為，得至「泥洹」。今此座上<u>寶迹童
> 真治地菩薩</u>是。[62]

菩薩除了能入眾生的「母胎」中救度眾生而得「涅槃」外，自己也可
於「母胎」中成就「無上道」，這在《菩薩從兜術天降神母胎說廣普經》中
有說明，如經云：「菩薩入空處三昧，觀此三千大千世界眾生之類『心識』，
修淨法，離縛著……即於『胎中』成無上道……觀此三千大千世界識神所

---

[60] 「颰陀和」菩薩又名「賢林、賢護、賢力」菩薩。梵名作 Bhadra pāla。據《翻梵語》
　　卷2云：「『颰陀和』菩薩，應云『跋陀婆那』，譯曰『賢林』」。詳 CBETA, T54,
　　no. 2130, p. 992, a。《翻梵語》卷2又云：「『颰陀和梨』，亦云『颰陀羅婆梨』，
　　譯曰『賢護』」。詳 CBETA, T54, no. 2130, p. 1000, a。又《翻梵語》卷7亦云：「『颰
　　陀愆』等，應云『颰陀婆羅』，譯曰『賢力』」。詳 CBETA, T54, no. 2130, p. 1028,
　　c。

[61] 參《最勝問菩薩十住除垢斷結經》卷10〈26 夢中成道品〉。詳 CBETA, T10, no. 309,
　　p. 1040, a。

[62] 參《最勝問菩薩十住除垢斷結經》卷10〈26 夢中成道品〉。詳 CBETA, T10, no. 309,
　　p. 1040, b。

趣，天道、人道、餓鬼道、畜生道、地獄道，易度、難度皆悉知之，即於『胎中』成『無上道』」。[63]

　　由上文所舉的經論可知眾生「中陰身」獲救的方式千變萬化，可在「特殊因緣」下而改投生到另一道去，也可被諸佛菩薩於「中陰身」中救度而直成「涅槃」，甚至已經「入胎」仍能「起死回生」而被救度；連在「夢中、睡中」皆有諸佛菩薩在教化眾生的不可思議「妙門」。

---

[63] 經文內容很長，以上只是略舉，請參閱《菩薩從兜術天降神母胎說廣普經》卷1〈3 聖諦品〉。詳 CBETA, T12, no. 384, p. 1020, c。

第五章 「中陰身」的神通力問題

本章與前第四章同為發表於 2014 年 1 月 22 日(星期三)德霖技術學院「通識教育暨跨領域學術研討會」。當天與會學者為本文提供諸多寶貴意見，經筆者多次修潤後已完成定稿。

第一節　相見與相礙

前文已敘「中陰身」為「極微細」所成，故需證得「極淨天眼」的人才能看見，這個說法是所有經論上都是一致的。如《大般涅槃經》云：「我說『中陰』五陰非肉眼見，『天眼』所見」。[1]《阿毘達磨大毘婆沙論》云：「諸生得眼，皆無能見『中有身』者。唯極清淨，修得『天眼』能見中有」。[2]《鞞婆沙論》云：「所生眼，見『中陰』耶？答曰：不也！……謂『極淨天眼』彼能見」。[3]《阿毘達磨俱舍論》云：「此『中有身』，同類相見。若有修得『極淨天眼』，亦能得見。諸生得眼，皆不能觀，以極細故」。[4]《阿毘達磨順正理論》云：「諸『中有』身，『極淨天眼』之所能見」。[5]

在《最勝問菩薩十住除垢斷結經》中，世尊是使用「神力」而讓「八部大眾」皆能親覩「中陰形質」，後來在座諸大會眾生聽聞如來法教後得「法眼淨」，亦皆能得見「中陰形質」如經云：

> 爾時世尊告諸會者：善哉！善哉！快問斯義，吾今與汝現其「神足」(神通具足)，使八部之眾得觀「中陰形質」……爾時座上眾生，亦復見彼五道「中陰形質」，又聞如來與說道教，即於彼形諸塵垢盡，得「法眼淨」……亦復見彼「中陰形質」……[6]

「中陰身」雖為「極微細」形質，除了能變幻出有形的「色身」給有緣的

---

[1] 參《大般涅槃經》卷 29〈11 師子吼菩薩品〉。詳 CBETA, T12, no. 374, p. 535, c。

[2] 參《阿毘達磨大毘婆沙論》卷 70。詳 CBETA, T27, no. 1545, p. 364, b。

[3] 參《鞞婆沙論》卷 14。詳 CBETA, T28, no. 1547, p. 518, a。

[4] 參《阿毘達磨俱舍論》卷 9〈3 分別世品〉。詳 CBETA, T29, no. 1558, p. 46, a。

[5] 參《阿毘達磨順正理論》卷 24。詳 CBETA, T29, no. 1562, p. 475, a。

[6] 參《最勝問菩薩十住除垢斷結經》卷 9〈24 道智品〉。詳 CBETA, T10, no. 309, p. 1034, c。

親眷朋友們看見外，「中陰身」彼此也能互相看得見，但層次上仍有點不同，如《阿毘達磨大毘婆沙論》有詳細的分析說：

問：「中有」為能互相見不？

答：能互相見。

問：誰能見誰？

答：有作是說：地獄「中有」；唯見地獄「中有」。乃至天「中有」；唯見天「中有」。

有餘師說：地獄「中有」；唯見地獄「中有」。傍生「中有」見二「中有」。鬼界「中有」見三「中有」。人「中有」見四「中有」。天「中有」見五「中有」。

復有說者：地獄「中有」見五「中有」，乃至天「中有」亦見五「中有」。[7]

重新製表解說歸納如下：

---

[7] 參《阿毘達磨大毘婆沙論》卷 70。詳 CBETA, T27, no. 1545, p. 364, b。

中陰身種類	第一說 可見中陰身範圍	第二說 ✓ 可見中陰身範圍	第三說 可見中陰身範圍
地獄	地獄	地獄	天、人、餓鬼、畜生、地獄
畜生	畜生	畜生、餓鬼	天、人、餓鬼、畜生、地獄
餓鬼	餓鬼	餓鬼、畜生、地獄	天、人、餓鬼、畜生、地獄
人	人	人、餓鬼、畜生、地獄	天、人、餓鬼、畜生、地獄
天	天	**天、人、餓鬼、畜生、地獄**	天、人、餓鬼、畜生、地獄

　　按照以上的分析，無論那一種說法，「同道、同類」的「中陰身」一定是可以彼此互相看見，在《阿毘達磨俱舍釋論》也持相同的看法，如云：「若同生道中陰，定互相見」。[8]至於可看見其餘「中陰身」範圍的說法，筆者認為「第二說」義理較圓滿，也就是愈高層次的「中陰身」能見到低層次的「中陰身」；而愈低層次的「中陰身」則愈不能看見高層次的「中陰身」[9]。觀於此論點；在《阿毘達磨大毘婆沙論》也有這樣一段話：

　　「四大王眾」天眼，除自上處「中有」，(能)見下「中有」。乃至「他化

---

[8] 參《阿毘達磨俱舍釋論》卷6〈3 分別世間品〉。詳 CBETA, T29, no. 1559, p. 202, c29-p. 203, a。

[9] 在《阿毘達磨大毘婆沙論》卷70中也曾引用「其餘論師」的看法而說：「地獄、傍生、鬼、人趣眼不見『中有』。唯『天趣眼』能見『中有』」。也就是說除了「天道」的「天眼」能見到其餘四道的「中陰身」外，其餘較低層次的「四道」眾生並不能見到任何「中陰身」的意思。詳 CBETA, T27, no. 1545, p. 364, b。

自在」天眼，除自上處「中有」，(能)見下「中有」。「初靜慮」天眼，除自上處「中有」，(能)見下「中有」。乃至「第四靜慮」天眼，除自上處「中有」，(能)見下「中有」。[10]

這道理就如同人類在觀察貓狗一生的「生老病死」般的清楚，但貓狗卻無法體會、也無法觀察到人類一生的「生老病死」詳細狀況。近年網路上流行一部由「泰國佛教協會」製作的《劫後陰間新聞》(東南亞大海嘯) 3D 動畫影片，[11]這影片內容是位泰國僧人於「禪定」中看到的地獄景象，以動畫方式講解地獄的實況，影片在 11：46～12：18 中有將「中陰身」能否互相看見的問題分成「三類」，字幕內容如下：

❶身心很悲傷和混濁的「中陰身」，會使他看不到「內心清淨者」的「中陰身」。

❷心情中等的「中陰身」不混濁、也不清淨，但可看到其他人的「中陰身」，但是看不到他們的「身光」。

❸另外一種，他們的心都是「清淨」的，所以可使雙方「互相能看見」對方，看到對方的身體時，也可以看到其「身光」。

從上述內容可知，屬於混濁及悲傷「較低層次」的「中陰身」；是無法看見內心清淨「較高層次」的「中陰身」。屬於不混濁、不悲傷、不夠清淨的「中等層次」中陰身；可以看見別人的「中陰身」，但無法看見對方的「身光」。屬於完全清淨「較高層次」的「中陰身」，可以與對方「互相看見」，也可以看見對方的「身光」。

---

[10] 參《阿毘達磨大毘婆沙論》卷 70。詳 CBETA, T27, no. 1545, p. 364, b。

[11] 影片名稱是「劫後陰間新聞。東南亞大海嘯」（泰國佛教協會發行）。詳網址 http://www.youtube.com/watch?v=nmVNw4HEks8。

在《阿毘達磨大毘婆沙論》中對於「中陰身」彼此之間是否會互相「妨礙、障礙」的情形；也存在不同的歧見。有說「中陰身」彼此會互相妨礙，有說不會相礙。有說低劣眾生的「中陰身」形質較為「麁重」，所以對高級的「中陰身」來說會造成妨礙。這好比說如果整個馬路上都是充滿粗重肥胖的眾生，當然會造成「路況」上的妨礙與阻塞；而高級眾生的「中陰身」形質較「細輕」，所以對低劣的「中陰身」來說不會造成妨礙，就如整個馬路上如果都是細瘦的眾生，當然不會造成「路況」的妨礙與阻塞，底下引用《阿毘達磨大毘婆沙論》所說：

> 問：「中有」微細，一切牆壁山崖樹等，皆不能礙。此、彼「中有」為相礙耶？
>
> 答：有作是說：此、彼「中有」亦不相礙，以「極微細」相觸身時，不覺知故。復有說者：此、彼「中有」亦互相礙，以相遇時，此、彼展轉有語言故……
>
> 問：此、彼「中有」皆相礙耶？
>
> 答：自類相礙，非於餘類。謂地獄「中有」；但礙地獄「中有」。乃至天「中有」；但礙天「中有」。
>
> 有作是說：劣礙於勝，以「麁重」故。勝不礙劣，以「細輕」故。謂：地獄「中有」礙五「中有」。傍生「中有」礙四「中有」。鬼界「中有」礙三「中有」。人「中有」礙二「中有」。天「中有」唯礙天「中有」。[12]

重新製表解說歸納如下：

---

[12] 參《阿毘達磨大毘婆沙論》卷 70。詳 CBETA, T27, no. 1545, p. 364, a。

中陰身種類	第一說 互相妨礙範圍	第二說 互相妨礙範圍	第三說 ✓ 互相妨礙範圍
地獄	完全不會 (因為皆為極微細形質,故相觸時,皆無覺知,亦無任何妨礙。底下皆同此理)	地獄 (只有自己同類的「中陰身」才會彼此妨礙,所以對其餘四道眾生的「中陰身」皆無妨礙)	天、人、餓鬼、畜生、**地獄** (低劣眾生的「中陰身」形質較「麁重」,所以對高級的「中陰身」來說會造成妨礙。 高級眾生的「中陰身」形質較「細輕」,所以對低劣眾生的「中陰身」來說,並不會造成任何妨礙)
畜生	完全不會	畜生	天、人、餓鬼、**畜生**
餓鬼	完全不會	餓鬼	天、人、**餓鬼**
人	完全不會	人	天、人
天	完全不會	天	天

按照以上的分析,筆者認為「第三說」義理較圓滿,愈高層次眾生的「中陰身」形質較「細輕」,除了對同類「中陰身」會造成妨礙以外;對較對低劣的「中陰身」並不會有任何妨礙。而較低劣眾生的「中陰身」形質較「麁重」,除了對同類「中陰身」會造成妨礙外,也會對高級眾生的「中陰身」造成妨礙。

第二節　神通力問題

　　「中陰身」一向具有「天眼」等神力，但這個「天眼」並非是無限的，而是只能「看見」自己來生將「轉生之地」及與自己「同類」的「中陰身」，若不是自己來生轉生之處，那「中陰身」所具的「天眼」能力便不能見的。如《瑜伽師地論》所云：

> 又「中有」眼猶如「天眼」，無有障礙，唯至生處(將來轉生之處)，所趣無礙(若非是自己來生轉生之處，則天眼能力便有限而不能多見也)。如得「神通」，亦唯至生處(指中有的神通力只能到達或只能看見來生所去的地方)。又由此眼，見己「同類」中有有情，及見自身當所生處。[13]

　　如果「中陰身」自己具有「大神力」的話，那前文所舉諸佛菩薩皆發願度化眾生之「中陰身」事不就白費功夫了。《阿毘達磨大毘婆沙論》中清楚的說「業力勝神境通」，[14]也就是「神境通力」的「行勢」[15]雖然非常的迅速，但仍然難以改變「中陰身」應受的「業力」。「中陰身」也不像《西藏度亡經》所說的那麼神通廣大，彷彿十方、三界、六道都可以隨意即現，自由往返。果真「中陰身」有此能力的話，那豈不已修到「神通自在」的解脫境界了？「神通不敵業力」在所有經論中都是一致的看法，例如「神足通」第一的目犍連亦曾被「執杖梵志」持瓦石所打殺，目犍連雖具「神足通」第一，然以「業力」故，仍不得脫逃此事，這就是「神通不敵業力」

---

[13] 參《瑜伽師地論》卷1。詳 CBETA, T30, no. 1579, p. 282, a。

[14] 參見《阿毘達磨大毘婆沙論》卷70云：「問：『神境通力』與『中有』位諸有所行，何者為疾？答：有作是言：『中有』行疾，所以者何？經說『業力』勝『神通』故」。詳 CBETA, T27, no. 1545, p. 364, a。

[15] 「行勢」指「所行的勢力」，同「能力、影響力」之意。

的事證。¹⁶《大明三藏法數》更據《諸經要集》¹⁷而論說「中陰身」有「五力不可到」的理論，如云：

「五力不可到」(出《諸經要集・卷十九》)

❶「定力」者，即諸佛大定之力也。謂諸眾生「中陰」識神徃於他界受生之時，以由「業力」所持，「速疾」而去，即生彼處。雖諸佛「大定之力」，亦不能遮其不生，故云「不可到」。

❷「通力」者，即諸佛神通之力也。謂諸眾生「中陰」識神徃於他界受生之時，以由「業力」所持，「速疾」而去，即生彼處。雖諸佛「神通之力」，亦不能遮其不生，故云「不可到」。

❸「大願力」者，即諸佛大誓願之力也。謂諸眾生「中陰」識神徃於他界受生之時，以由「業力」所持，「速疾」而去，即生彼處。雖諸佛「大願之力」亦不能遮其不生，故云「不可到」。

❹「法威德力」者，即佛法威德之力也。謂諸眾生「中陰」識神徃於他界受生之時，以由「業力」所持，「速疾」而去，即生彼處。雖諸佛「威德之力」亦不能遮其不生，故云「不可到」。

❺「借識力」者，即二禪已上，無有「尋、伺」語言，若欲說法應用，則假「初禪」之識而為己用也。謂諸眾生「中陰」識神徃於他界受生之時，以由「業力」所持，「速疾」而去，即生彼處。雖「借識」

---

¹⁶ 此故事詳載於《增壹阿含經》卷18〈26 四意斷品〉：「是時，尊者大目揵連到時，著衣持鉢……是時，彼梵志便共圍捉，各以瓦石打殺而便捨去，身體無處不遍，骨肉爛盡，酷痛苦惱，不可稱計。是時，大目揵連而作是念：此諸梵志圍我取打，骨肉爛盡，捨我而去。我今身體無處不痛，極患疼痛，又無氣力可還至圍，我今可以『神足』還至精舍……是時，尊者大目揵連語舍利弗言：此『執杖梵志』圍我取打，骨肉爛盡，身體疼痛，實不可堪，我今欲取般涅槃，故來辭汝。時舍利弗言：世尊弟子之中，『神足』第一，有『大威力』，何故不以『神足』而避乎？目連報言：我本所『造行』，極為深重，要索受報，終不可避，非是空中而受此報。然我今日身極患疼痛，故來辭汝，取般涅槃」。詳 CBETA, T02, no. 125, p. 639, b。

¹⁷ 請參閱《諸經要集》卷 19。詳 CBETA, T54, no. 2123, p. 181, a。

之力亦不能遮其不生，故云「不可到」。[18]

　　諸佛如來雖擁有「定力、通力、大願力、法威德力」，但如果是眾生的「業力」或「宿世業報」所持，仍然是不可阻止其「中陰身」轉世投生。前文雖舉《最勝問菩薩十住除垢斷結經》及《十住斷結經》說明諸佛菩薩可以入眾生之「中陰身」中度化眾生，甚至讓「中陰身」獲證「涅槃」，但前提是該眾生之「中陰身」必須沒有「業力甚大，能敵須彌」[19]的條件，否則其「中陰身」亦無法獲救的。如《阿毘達磨俱舍論》說：

> (中陰身)縱(縱然是)佛神力，亦不能遮(障礙;阻止)，令不往生，得住餘道，以「業力定」故。[20]

　　南朝陳‧<u>婆藪槃豆</u>（vasubandhu）造，<u>真諦</u>譯的《阿毘達磨俱舍釋論》亦解釋說：「若人應生他方，修得通慧人所不能及，佛世尊亦不能『遮迴』，由『業力』最強故」。[21]由上述經論可知「業力」不敵「神力」是一致的說法，但「中陰身」若有「好因緣、有善根福德」遇到佛菩薩，在非「定業」的前提下，仍然有「因緣」可以轉投他方，或直取「滅度」的機會。

　　在《大般涅槃經》上，佛曾說眾生的「決定業力」其實很少；「不決定業力」的情形是最多的，如云：「一切眾生『不定業』多，『決定業』少」。

---

[18] 參《大明三藏法數(第 14 卷-第 35 卷)》卷 18。詳 CBETA, P182, no. 1615, p. 181, a6。

[19] 經文引自《地藏菩薩本願經》卷 1〈5 地獄名號品〉云：「業力甚大，能敵須彌，能深巨海，能障聖道」。詳 CBETA, T13, no. 412, p. 782, a。

[20] 以上內容由《諸經要集》及《法苑珠林》所轉引。詳見《諸經要集》卷 19。詳 CBETA, T54, no. 2123, p. 181, b。或參見《法苑珠林》卷 97。詳 CBETA, T53, no. 2122, p. 1001, c。

[21] 參《阿毘達磨俱舍釋論》卷 6〈3 分別世間品〉。詳 CBETA, T29, no. 1559, p. 203, a。

[22]經中將善業多與善業少分成兩類眾生，如云：「一者、不定作定報。現報作生報。輕報作重報。應人中受在地獄受。二者、定作不定。應生受者迴為現受。重報作輕。應地獄受人中輕受」。[23]整理成現代白話的意思就是說：

一者(善業少者)：
①原本是「不定業」，改作「定業」報。
②原本是「現世報」，改作「來生報」。
③原本是「輕報」，改作「重報」。
④原本應在「人中」受業報，改在「地獄」受業報。

二者(善業多者)：
①原本是「定業」，可轉作「不定業」之報。
②原本應「來生受報」者，可回轉為「現世受報」。例如原本應該來生到地獄受苦，回轉成這世受業報，如病痛、災難……等，所以這世雖遭種種痛苦，但卻能免去來生的「地獄苦報」。
③原本是「重報」，可轉作「輕報」。
④原本應在「地獄」受業報，改轉在「人中」而輕受。

所以「中陰身」身前的「善業多」的話，則可將「重業」轉成「輕受」，甚至得遇佛菩薩加被，可轉投較殊勝之處，或直取「滅度」的機會。但「善業少」者只能隨「業力」而輪轉，甚至原本該受的「輕報」，也可能改作「重報」。

---

[22] 參《大般涅槃經》卷31〈11 師子吼菩薩品〉。詳 CBETA, T12, no. 374, p. 551, c。
[23] 參《大般涅槃經》卷31〈11 師子吼菩薩品〉。詳 CBETA, T12, no. 374, p. 551, c。

結論

　　第四章到第五章分別探討了「中陰身」的「壽命、轉世、相見相礙、神通力」等諸多問題，但結論都是「沒有定法」，因為眾生的業力有時「果報」已決定，但「時間」的因緣還沒決定，有的「今世」就會受報，有的要「來生」受報，甚至要「後後生」才會受報，所以《大般涅槃經》上說「一切諸業，不名決定」。[24]「中陰身」壽命有最少一日或七日，或二十一日，最多及平均是四十九日，但只要「緣」未具足，則壽命將會是無期限的。至於「中陰身」的「轉世」也是「無定」，有些眾生會因「特殊因緣」而「降級」或「昇級」轉世。例如出自日本藝人高橋克実主演的「來世不動產」主題影片，其中就有一段有關「中陰」身「降級」的情節，內容說：

> 按照您的總分預算來講，雖說不至於完全做不成「人類」，不過就算做成「人類」，也沒有什麼好「戶型」的「人類」可選了。而且要做「人類」的審查，是很嚴格的！與其如此這樣；反而不如選擇其他條件而且不錯的「戶型」，反而可獲得更多的幸福呢……我真心推薦「蟬」的「戶型」。與其勉強托生為等級較低的人(因為總分數太低)，不如先進入「蟬」的軀體，等到蟬的合約期滿，再重新尋找滿意的「人類」戶型。[25]

　　雖然「來世不動產」是戲劇性娛樂影片，不具學術性，但內容頗具令人深省的價值。關於「中陰身」的「昇級」也可從經典中發現諸佛世尊皆以度化「中陰身」眾生直接「成佛」為終極目標，甚至只要眾生在「未出世」

---

[24] 參《大般涅槃經》卷 31〈11 師子吼菩薩品〉。詳 CBETA, T12, no. 374, p. 550, b。
[25] 內容出自日本藝人高橋克実主演的「來世不動產」主題內容--影片字幕錄自「世界奇妙物語 2012 年秋季特別篇」(Yonimo Kimyouna Monogatari 2012)第 31:58～38:39。影片網址如下：http://www.youtube.com/watch?v=Lv1IGa5aMXE 。

之前，仍具有逆轉勝「起死回生」的可能。

　　「中陰身」為「極微細」所造，亦需證「天眼」的才能看見，但這也不是「定法」，因為「中陰身」也常常變幻出有形的「色身」給有緣的親眷朋友們看見，甚至「中陰身」彼此也能互見，只是層次上有點不同。筆者認為《阿毘達磨大毘婆沙論》中的「第二說」義理較圓滿可信，也就是層次愈高的「中陰身」能見到低層次的「中陰身」；而層次愈低的「中陰身」則愈不能看見高層次的「中陰身」，此說也同於「泰國佛教協會」製作的《劫後陰間新聞》（東南亞大海嘯）3D動畫影片內容。

　　「中陰身」雖具有「神力」及「天眼通」，但這只限與自己「有緣」的親眷才具有的「神力」。美國著名心理學家雷蒙德·穆迪(Raymond A. Moody 1944~)博士研究過150個瀕死體驗者的案例，他的《生命之後的生命》(Life After Life)被翻成數國語言流通；所發行的影片：生命不息，死後的世界--雷蒙穆迪教授編(Near Death Experience：Life after Life-Raymond A Moody)。其中也說到「中陰身」與自己「有緣的親人」相處時才會具有「他心通、神足通」及「天眼」的，如云：

　　我的靈魂可以到「念頭所及的每一處地方」，可是我卻還能跟著「我自己生前的身體」，也就是說：我的靈魂並沒有離開這個「放我身體的」地方，就能到另一個地方去……這次我動個念頭，想去看我妹妹，我立刻發現自己就出現她「馬里蘭洛克維爾」的家中。我看到妹妹她準備要去買日用品，她穿著「膚色套裝、綠襯衫」，她在房子裡到處找，找她放錯鑰匙的地方，和找她的「採購單」。最終她走出前門，坐上她藍色的「雪佛蘭」車子，我覺得我沒必要陪妹妹她去「雜貨店」，所以我就讓她一個人去。

　　我想去看另一個妹妹，她住的地方離我有幾公里遠，這個妹妹也出門

去了，我知道她也要去「雜貨店」買東西…在這次「瀕死經驗」之後的兩個禮拜，我跟我妹妹聯絡，我跟妹妹提起「我死亡那些日子」發生的事情，她驚訝的說：「姊姊妳怎麼知道？我沒看到妳在那裏啊」！[26]

在佛典《五苦章句經》中，佛說眾生與眾生間想要「轉世」成為「父子、夫婦、兄弟、家室(家眷)、知識(朋友)、奴婢(主僕)」需要五個不同的「因緣」才行，如經云：

❶ 何謂「怨家」？「父子、夫婦、兄弟、宗親、知識、奴婢」相遇相殺，是謂「怨家」。

❷ 何謂「債主」？父母致(招致)財，子(小孩)散用之，是謂「債主」。

❸ 何謂「償債」？子(小孩)主致(招致)財，供給父母，是謂「償債」。

❹ 何謂「本願」？先世(前世)發意(曾發善意)，欲(互)為「家室」(家眷)，善心歡喜，厚(極;甚)相(互相)敬(恭敬)從(從命)，是謂「本願」。

❺ 何謂「真友」？先世(前世)宿命，以「道法因緣」共相承事，後相經過(交往經歷)，生(彼此生來)則(即)明法(明曉於法要)，精進(互勉精進修行)志和(志同道合)，是謂「真友」。[27]

由此看來，「中陰身」的「因果」與「轉世」有著非常複雜的「三世觀、因緣觀」，每位眾生都必須要「父、母、子，三福業等(均等;相同)，方得入胎」。[28]

---

[26] 詳見《生命不息，死後的世界》--雷蒙 穆迪教授編(Near Death Experience：Life after Life-Raymond A Moody)影片 19:05～20:37。

[27] 參《五苦章句經》卷 1。詳 CBETA, T17, no. 741, p. 545, c。

[28] 此說引自《阿毘達磨大毘婆沙論》卷 70。詳 CBETA, T27, no. 1545, p. 363, c。

第六章　「中陰身」其餘問題探討

　　本章為「中陰身」的其餘問題探討，主要是以「經典」的分析整理做說明，不再以學術論文的型式撰寫。內容有「中陰身」的「昇天」與墮「地獄」的實況，及《正法念處經》十七種「中陰身」的介紹。在佛典中介紹最多的是「人道」的「中陰身」，至於「他方世界」及「非人道」的「中陰身」在《正法念處經》中則有詳細的介紹，此內容一般人很少知道，故本章將在此做詳細的整理分析。為方便讀者閱讀，在艱澀經文旁邊也加了適當的白話解釋及注音。

第一節　「中陰身」昇天的實況轉播

　　有關「中陰身」昇天的詳細內容主要見於隋‧<u>闍那崛多</u>譯《大寶積經‧卷第一百一十‧賢護長者會第三十九之二》，同本異譯的經典有唐‧<u>地婆訶羅</u>(<u>日照</u>)譯《大乘顯識經‧卷下》。底下就將這二本經典做詳細的對比。

✖️㊀㊁㊂㊃㊄㊅㊆㊇㊈㊉的符號，在「原始經文」中是沒有的，這只是方便「分段」，供左右兩邊詳細的參照使用。

✖️❶❷❸、①②③這些編號，在「原始經文」中也是沒有的，這是為了「歸納細目條文」而作的標示。

隋‧<u>闍那崛多</u>譯《大寶積經‧卷第一百一十‧賢護長者會第三十九之二》 (此一卷者，《大乘顯識經‧卷下》之文也，「麗本」以為本會之文故，與三本大異，對校甚難，今以「宋本、元本」對校)[1]	唐‧<u>地婆訶羅</u>(<u>日照</u>)譯《大乘顯識經‧卷下》
㊀[2]彼人命終之時，彼念見種種相，或見微妙「輦輿」(用人力所拉的車轎子)，或見微妙「園林」，其園林內有種種樹木，新生蓊欝可愛，或有妙池，或見種種成就諸事。	㊀[3]復見高勝妙相「天宮」種種莊嚴，花果卉木，藤蔓蒙覆，光明赫麗，如新鍊金，眾寶鈿飾。

---

[1] 以上諸文參見《大寶積經》卷110。詳 CBETA, T11, no. 310, p. 613, a。

[2] 以下諸文參見《大寶積經》卷109。詳 CBETA, T11, no. 310, p. 613, a11-21。

[3] 以下諸文參見《大乘顯識經》卷2。詳 CBETA, T12, no. 347, p. 182, b14-21。

㈡彼見如是等諸相，心生歡喜，生歡喜已，安隱如法，取(而)命終。	㈡彼見此已，心大歡喜，因大喜愛，「識」便託之。
㈢而彼人「神識」，猶如「乘馬」，應當如是觀：言乘馬者，譬如有人在戰場內，身著好牢鎧甲，善持馬，控轡ㄆ(駕取馬的韁繩)速疾驌(側身抬起一條腿跨上；騎)騎。	㈢此善業人，捨身受身，安樂無苦，如乘馬者，棄一(放棄故身)乘一(而乘新身)。譬如壯士，武略備具，見敵兵至，著堅甲冑，乘策「驥駿」(駿馬；千里馬)，所去無畏。
㈣如是此「識」，著攀緣「鎧甲、善果報」，速疾乘「出」入「息」，捨「諸界、諸入」等，捨已，取後生諸「梵天」，乃至「阿迦膩吒」(色究竟天)等天微妙之處。	㈣「識」資(憑藉；依靠)善根，棄「出」入「息」，捨界入身，遷受勝樂，亦復如是，自「梵身天」，爰至「有頂」(有頂天，色究竟天)，生於其中。

《大寶積經・卷第一百一十》(此一卷「明本」之文也，今以「宋本、元本」對校之)	唐・地婆訶羅(日照)譯《大乘顯識經・卷下》
[4]爾時大藥復問佛言：世尊！凡有眾生，從眾生界，捨身命終之後，云何受「諸天之身」？云何復受「諸趣之身」？ 佛告大藥言：大藥！汝諦聽，我當為汝解說此事。	[5]大藥復白佛言：世尊！眾生捨身，云何生諸「天」中？乃至云何生於「地獄」等中？ 佛言：大藥！

---

4 以下諸文參見《大寶積經》卷 109。詳 CBETA, T11, no. 310, p. 620, b21-p. 621, a2。
5 以下諸文參見《大乘顯識經》卷 2。詳 CBETA, T12, no. 347, p. 184, c4-26。

壹大藥！凡有眾生，捨眾生體，命終之後，以行「福業」之事以受身，還捨彼身。

貳其(此修福業眾生之)「識」捨「人身」，見得「天身見」(天眼)，彼既得「天眼」已，即見「六欲」諸天，又見六欲「天宮」。

參而見彼(此修福業眾生之)「人身」破(破滅)時，復見天上「園林、歡喜林、壞亂林」等。

肆彼處有高座，「天衣」覆上，處處「臺殿」，微妙「樹林」。

伍處處有「端正玉女」聚。

柒而彼(此修福業眾生之)「識」見常有「華」，莊嚴諸事，心「喜見」者。
陸(「端正玉女」們皆著)種種「瓔珞」，耳璫(耳飾)「臂釧」(手鐲)。

捌而彼(此修福業眾生)見座上有「天

壹眾生臨終之時，「福業」資(資助供養)者，棄「本之視」(原本肉眼之視)，得「天妙視」(天眼)。

貳以「天妙視」(天眼)，(可)見(欲界天之)「六欲天」，爰及(以及)「六趣」(六道情形→因已有「天眼」，故皆見也)。

參(此修福業眾生)見(己)身搖動，見天宮殿。及「歡喜園、雜花園」等。

肆(此修福業眾生)又見諸天處(處處皆有)「蓮花殿」。

伍「麗妓」(美麗的天女)侍遶(圍遶服侍)，笑謔(嬉笑戲謔)嬉戲。

陸(麗妓們皆)眾花飾耳，服「憍奢」(憍麗奢華)耶。臂印「環釧」(手鐲)，種種莊嚴。
柒花常開敷，眾具備設。

捌(此修福業眾生)見天「天女」，心便

童子」，其「玉女」及「天子」二人歡喜共見，而彼「天童子」生已，復更見「生天之童女」(天童女)。	「染戀」，歡喜適意。
㊋彼「天童子」見「童女」(天童女)已，即生「欲心」，生「欲心」已，即得歡喜，得歡喜已，即得遍體，心意歡喜，心意歡喜已。	
(此修福業眾生) ❶彼於爾時，即變身色，面色猶如「蓮華」。	(此修福業眾生) ❶姿顏舒悅，面若「蓮花」。
❷其人命終之時，即得「不顛倒」。	❷「視」(眼睛)不錯亂。
❸見鼻不「喎ᵇ 緱ˢ 」(喎，嘴歪也。緱，量詞也)。	❸鼻不「虧曲」。
❹口氣不臭。	❹口氣「不臭」。
❺彼人耳目似「青蓮華色」。	❺目色(眼色)明鮮(明亮鮮白)，如青蓮葉(蓮華)。
❻身分支(肢)節更不「離解」。	❻身諸節(肢節)際，無有苦痛。
❼彼亦不「流血」。	❼「眼、耳、鼻、口」又無「血」出。
❽亦不生「糞尿」。	❽不失「大小便利」。
❾身諸毛孔，亦不揩ᵇ (摩擦)折(斷折)。	❾不毛驚孔(身驚而毛髮諸孔豎立)現。
❿諸甲(指甲)無復「青色」。	❿掌(手掌)不「死黃」(黃色的壞死相)。
⓫手無「黃色」。	⓫甲(指甲)不「青黑」。
⓬手脚不動，亦不申縮，而取命	⓬手足不亂，亦不卷(捲)縮，好相

終。	顯現。
大藥！彼人(此修福業眾生)命終之時，預(預先現)有「天相」，所謂：	(此修福業眾生命終之時)
①現前見「輦輿」(用人力所拉之轎車)。	①見虛空中，有「高大(宮)殿」。
②彼「輦輿」有千數「柱」莊嚴。	②彩「柱」百千，彫綵麗(奇巧華麗)列布(分列布置)。
③懸諸「鈴網」。	③垂諸「鈴網」。
④其鈴出好微妙「音聲」。	④和風吹拂，「清音」悅美。
⑤有種種微妙「香華」而散其上，又出好妙「香氣」。	⑤種種「香花」莊嚴寶殿。
⑥復有種種「瓔珞」，莊嚴其上。	
⑦復有無量諸天「童子」。	⑦諸天「童子」，眾寶嚴身，遊戲殿內。
⑧彼(此修福業眾生)見如是已，生大歡喜心。	⑧(此修福業眾生)見已歡喜。
⑨彼生歡喜心已，於身生「相二齒」(因微笑，故現上下二齒相)，白淨猶「君陀華」(kunda 軍那花、君陀花、裙那花、白茉莉花，開白色花，甚鮮白)。	⑨微笑齒現，如「君圖花」(kunda 軍那花、君陀花、裙那花、白茉莉花，開白色花，甚鮮白)。
(於是此修福業眾生)	(於是此修福業眾生)
❶顯現其兩目，不甚「大開」，不甚「大閉」。	❶目不「張開」，亦不「合閉」。
❷其聲微妙哀美。	❷語音和潤。

❸二足下，猶如「蓮華色」。	
❹而彼死屍，命終之後，身心「不冷、不熱」。	❹身不「極冷」，亦不「極熱」。
❺彼亡人有眷屬，不甚悲戀。	❺親屬圍遶，亦不憂苦。
❻而彼人欲「依法」取命終之時，其時正「日初出」。	❻「日初」出時，當捨其壽。
❼諸方無有「黑闇」，(故)了了覩見「衆色」諸方。	❼所見「明白」，無諸黑闇。
❽復有善妙「香氣」遍滿而來。	❽異香芬馥㲩，四方而至。
❾其人臨欲終時，兩目「不閉」，其所見諸方，無有「迷惑」。	
㊀(此修福業眾生)若見「如來像」，即得信心，發清淨意。	㊀(此修福業眾生)見佛尊儀(儀表容貌)，歡喜敬重。
㊁復見心「所喜愛」(所喜愛親人)，諸眷屬(則亦)以「歡喜心」抱其身，猶如人死已(即速)還活，亦如「遠行人」歸(歸鄉)。	㊁見已(通「己」)「親愛」(親眷愛人)歡喜，(生死之)「離辭」猶如「暫行」，便即「旋返」。
㊂(此修福業眾生便)慰喻諸眷屬，作如是言：	㊂(此修福業眾生便)安慰親知(親戚朋友)，不令憂惱：
㊃諸眷屬等，莫憂、莫愁，一切諸有「生」者，皆有如是「別離法」也。	㊃有流(生死之流)法爾(本於自然，法爾如是)，生必當死，勿以「分別」(離別)，而生苦惱。

第二節　「中陰身」墮地獄的實況轉播

《大寶積經・卷第一百一十》 (此一卷「明本」之文也，今以「宋本、元本」對校之)	唐・地婆訶羅(日照)譯《大乘顯識經・卷下》
㊀[6]爾時大藥菩薩復白佛言：世尊！此「神識」欲取「地獄」，生云何受？	㊀[7]大藥白佛言：云何「識」生地獄？
㊁佛告大藥：汝今諦聽，如「無福」眾生，欲取地獄生者，我為汝說！	㊁佛言：大藥！行「惡業」者，入於地獄，汝當諦聽！
㊂大藥！凡有眾生若造「不善業」，以彼「業」攀緣所攝，而彼眾生此處欲捨其身，捨身之時，生如是念：	㊂大藥！此中眾生，積「不善根」，命終之時，作如是念：
㊃我即是彼人，從此地獄捨身，此是我父母，而彼人捨身之時，一等成就色身，如本性有；成就彼人，如本身體，即見身分。	㊃我今於此身死，棄捨父母「親知」(親戚朋友)所愛，甚大憂苦。
㊄而彼人初捨身，被「憂愁」所流，即見種種地獄。彼「神識」初	㊄見諸「地獄」，及見己身，應合入者，見「足」在上，「頭倒」向下。

---

[6] 以下諸文參見《大寶積經》卷 109。詳 CBETA, T11, no. 310, p. 621, c11-26。

[7] 以下諸文參見《大乘顯識經》卷 2。詳 CBETA, T12, no. 347, p. 185, b8-17。

捨身已，在彼地獄，即成就有業，即見彼地獄。	
⑥或有他方見如「血灑」，而彼即心生「染著相」，生「染著相」已，即成「地獄身」。而彼「神識」猶如「下濕」臭爛地，因故生「蟲身」。譬如屏臭「穢爛」故生蟲。譬如「酪」內臭壞，有諸蟲生。	⑥又見一處，地純是「血」，見此「血」已，心有「味著」，緣「味」著心，便生「地獄」。腐敗「惡水」，臭穢因力，「識」託其中。譬如「糞穢」臭處，臭「酪」、臭「酒」。諸臭因力，「蟲」生其中。
⑦大藥！眾生欲生地獄，亦復如是。	⑦入地獄者，託「臭物」生，亦復如是。

《大寶積經·卷第一百一十》 (此一卷「明本」之文也，今以「宋本、元本」對校之)	唐·地婆訶羅(日照)譯《大乘顯識經·卷下》
①[8]爾時大藥復白佛言：世尊！彼諸眾生食時有何等食？	①[9]大藥白佛言：地獄眾生，以何為食？
②佛報大藥菩薩言：大藥！彼眾生輩，在地獄遊歷時，遙見「赤色」，或鎔銅、或鎔鍮 石(一種黃色有光澤的礦石，即黃銅礦或自然銅，鍮石似金而非金也)，見已，各相唱言：	②佛言：大藥！地獄眾生，食無少「樂」，惶懼馳走，遙見「鎔銅赤汁」，意謂是「血」，眾奔趣之，又有聲呼：

---

[8] 以下諸文參見《大寶積經》卷 109。詳 CBETA, T11, no. 310, p. 622, a9-b9。
[9] 以下諸文參見《大乘顯識經》卷 2。詳 CBETA, T12, no. 347, p. 185, b23-c20。

㊂嗚呼！仁者！誰欲得食？近來相共食此。聞是聲已，聚一處，向鎔銅所，會堂而住已。求食故，張口欲食，而彼鎔銅及以「鍮石」鍮ㄊ 石（一種黃色有光澤的礦石，即黃銅礦或自然銅，鍮石似金而非金也），熾盛放光，作如是聲：多吒！多吒！入其口，然（燃）其全身。

㊃大藥！彼諸眾生以為食故，受如是苦事。復次大藥！彼地獄中眾生於彼時，其「神識」唯在「骸骨」內，而彼等「神識」不離「骸骨」，「神識」不離「骸骨」故，不取「命終」。

㊄雖然而彼等眾生猶尚「飢惱」，彼處亦無「食事」，於彼處有「微妙園林」，彼等眼見種種華果，種種樹木，蓊ㄨ 欝ㄩ 青色，亦見微妙廣大地方，柔軟青草所覆。

㊅彼等見如是「園林」地方微妙，各各歡喜微笑，各各起念，各各相喚，汝等人輩，如是園林微妙，可

㊂諸有飢者，可速來食！便走向彼，至已而住，以手承「口」，獄卒以「熱銅汁」寫ㄒㄧㄝˇ（傾瀉）手掬ㄐㄩ（兩手相合捧物）中，逼之令飲，「銅汁」入腹，骨節爆裂，舉身火起。

㊃大藥！地獄眾生所食之物，唯增「苦痛」，無少安樂，地獄眾生「苦痛」如是，「識」不捨之，亦不毀壞。身如骨聚，「識」止不離，非「業報盡」，苦身不捨。

㊄飢渴苦逼，便見「園林」，花果敷榮，廣博翠茂。

㊅見已喜笑，互相謂言：此園翠茂，清風涼美。

受快樂，又有「涼冷微風」。	
(柒)彼等聞見此事已，速來聚集，即共入彼「園林」之內，入已，少時受樂，於彼樹上所有「華果」及諸「葉」等悉皆成「鐵」。	(柒)眾急入園，須臾暫樂。
(捌)彼眾生等即被彼鐵「枝葉、華果」擘ㄅㄛˋ裂其身，彼地獄眾生被「枝葉、華果」，猶如「竹根」，擘裂身時。	(捌)樹葉花果，咸成「刀劍」，斬截罪者。 或中破身，分為兩段。
(玖)口大叫喚，處處馳走。如是之時，其後有諸「閻羅王」人，手執「利鈇ㄈㄨ（鍘刀，斬人的刑具）」。	(玖)或大叫呼，四面馳走。獄卒群起，執「金剛棒」。
(拾)或執「大鐵杖」，其目可畏，牙齒極利，頭髮火然(燃)，其炎(焰)高大，全身燒然，手執種種器杖。	(拾)或執「鐵棒、鐵斧、鐵杖」，齧ㄋㄧㄝˋ脣瞋怒，身出火焰，斫ㄓㄨㄛˊ（用刀斧等砍或削）棒罪者，遮不令出。
❶罪人隨業所生，彼人順後「趁逐」，口唱是言：人等住住莫走，汝等「自業」所作，此「園林」何故苦走，不在此受「斯業」也。	❶斯皆己業(自己所造之業)，見如是事。獄卒隨「罪者」後，語罪者云：汝何處去？汝可住此，勿復東西，欲何逃竄。今此園者，汝業莊嚴，可得離不？
❷<u>大藥</u>！彼諸眾生，在於地獄，	❷如是，<u>大藥</u>！地獄眾生受種

受如是苦惱，當如是觀。復次<u>大藥</u>！其地獄人，過七日後，具足受「地獄苦」，猶如蜂採華造蜜，所以者何？

❸種種諸有因，故成「神識」，始受取「地獄諸苦」，而彼「神識」初「捨身」不自由，被諸苦所逼，心中不樂。初見「大黑闇」至彼處，猶如有人，被賊所逼牽挽_{扌爭}（牽拉），心作如是念：

❹嗚呼！我今何故捨微妙「閻浮提」，棄所愛「諸親侶」，向「地獄」速疾而行？今不見「天上」之路。

❺其於彼時，猶如「蠶蟲」被絲所纏，速疾求受生處，彼不自由，被業所纏縛，不能得住。

<u>大藥</u>！其地獄眾生，有如是因緣，有受如是等諸苦惱之事。

種苦，「七日」而死，還生地獄。以業力故，如遊蜂採花，還歸本處。

❸罪業眾生，應入地獄。初死之時，見「死使」來，繫項（頸）驅逼（驅使逼迫），身心大苦，入大黑闇。如被劫賊，執捉將去，作如是言：

❹訶！訶！禍哉！苦哉！我今棄「閻浮提」種種愛好、親屬知友，入於「地獄」。我今不見「天路」，但見苦事。

❺如蠶作絲，自纏取死。我自作罪，為業纏縛，羂索繫項（頸），牽曳驅逼，將入地獄。

<u>賢護</u>！罪業眾生，生地獄者，苦相如是。

第三節 《正法念處經》十七種「中陰身」的介紹

　　《正法念處經》卷 34 的「觀天品」中詳細介紹了十七種的「中陰身」情形，底下的經文皆整理自 CBETA, T17, no. 721, p. 197, c8-9~p. 201, b5-6，不再以學術論文的型式撰寫。為方便讀者閱讀，在艱澀經文旁邊也加了適當的白話解釋及注音。(1)(2)(3)(4)......這些編號，在「原始經文」中也是沒有的，這是為了「歸納細目條文」而作的標示。

《正法念處經・卷三十四》

復次諸天子！有「十七種」(之)「中陰有」法，汝當係念行寂滅道。若天若人念此道者，終不畏於「閻羅使者」之所加害。何等「十七」(之)「中陰有」耶？

第一種中陰身的介紹

➔人命終時將生於「天界」的情形介紹

(1)所謂死時，見於色相。若人中死，生於「天上」，則見「樂相」。

(2)見「中陰有」，猶如「白疊」，垂垂欲墮，細軟白淨。見已歡喜，顏色怡悅。

(3)臨命終時，復見「園林」，甚可愛樂。「蓮花池水」，亦皆可愛，河亦可愛，林亦可愛。

(4)次第聞諸「歌舞戲笑」，次聞「諸香」。一切愛樂，無量種物，和合細觸，如是次第，即生「天上」。

(5)以「善業」故，現得天樂。得此樂已，含笑怡悅，顏色清淨。親族兄弟，悲啼號泣，以善相故。不聞不見，心亦不念。

(6)以善業故，臨命終時，於「中陰有」，「大樂成就」。初生樂處，「天身」

相似，「天眾」相似。如是之相，「生處」相似，如印所印。亦如一切「天眾」色相，亦如「欲界六天」受樂，亦如「遊行境界」相似。「觸」亦相似，「天色」相似。

(7)又住「中陰」，見諸天中「生處」勝故，即生心取，愛境界故，即受「天身」，是則名曰初(最初)「中陰有」。

第二種中陰身的介紹

➔ 「南贍部洲」人命終生於「北俱盧洲」的情形介紹

(1)若「閻浮提人」中命終，生「欝單越」(北俱盧洲 Uttara-kuru，舊稱「北欝單越」)。則見「細軟赤疊」可愛之色。見之愛樂，即生貪心。以手捉持，舉手攬之，如攬虛空，親族謂之「兩手摸空」。

(2)復有風吹。若此病人，冬寒之時，「暖風」來吹。若暑熱時，「涼風」來吹，除其「欝蒸」，令心喜樂。以心緣故，不聞「哀泣悲啼之聲」。

(3)若其業動，其心亦動，聞其「悲啼哭泣之聲」，「業風」吹令生於異處。是故親族兄弟，臨命終時，悲泣啼哭，甚為障礙。若不妨礙，生「欝單越」(北俱盧洲)。

(4)中間次第，有「善相」出，見「青蓮花池」、「鵝、鴨、鴛鴦」，充滿池中，周遍具足。其人見之，即走往趣。如是中間，生於「善心」。命終即見「青蓮花池」，入中遊戲。

(5)若於「欝單越」(北俱盧洲)，欲入母胎，從「花池」出。行於「陸地」，見於父母「染欲和合」，因於「不淨」。以「顛倒見」，見其父身，乃是「雄鵝」，母為「雌鵝」。

(6)若男子生，自見其身，作「雄鵝身」。若女人生，自見其身，作「雌鵝身」。

(7)若男子生，於父生「礙」，於母「愛」染，生「欝單越」(北俱盧洲)。是名第二「中陰有」也。

第三種中陰身的介紹

➔ 「南贍部洲」人命終生於「西牛貨洲」的情形介紹

(1)若「閻浮提」(南贍部洲 Jambu-dvīpa，舊稱「南閻浮提」)人中死，生「瞿陀尼」(西牛貨洲 Apara-godānīya，舊稱「西瞿耶尼」)，則有相現。

(2)若臨終時，見有「屋宅」，盡作「黃色」，猶如「金色」，遍覆如雲。見虛空中有「黃疊相」，舉手攬之。親族兄弟，說言病人「兩手攬空」。

(3)是人爾時「善有」將盡，見身如「牛」，見諸牛群，如夢所見。若男子受生，見其父母「染愛和合」，而行不淨。

(4)自見「人」身，多有「宅舍」。見其父相，猶如「特牛」，除去其父，與「母」和合。「瞿陀尼」(西牛貨洲)人，男子生者，有如是相。

(5)若女人生「瞿陀尼界」(西牛貨洲)，自見其身，猶若「乳牛」。作如是念：何故「特牛」？與彼和合，不與我對。如是念已，受「女人身」，是名「瞿陀尼國」(西牛貨洲)女人受生。是名第三「中陰有」也。

第四種中陰身的介紹

➔ 「閻浮提」人命終生於「東勝身洲」的情形介紹

(1)若「閻浮提」人命終，生於「弗婆提界」(東勝身洲 Pūrva-videha)，則有相現。見「青疊相」，一切皆「青」，遍覆虛空。見其「屋宅」，悉如虛空，恐「青疊」墮，以手遮之。親族兄弟，說言「遮空」，命終生於「弗婆提國」(東勝身洲)。

(2)見「中陰身」，猶如「馬」形。自見其父，猶如「馼（雄也）馬」，母如「騲（母也）馬」。父母交會，愛染和合。

(3)若男子受生，作如是念：我當與此「騲（母也）馬」和合。若女人受生，自見己身，如「騲（母也）馬」形，作如是念：如是「馼（雄也）馬」，何故不與我共「和合」？作是念已，即受「女身」。是名第四「中陰有」也。

第五種中陰身的介紹

➔「北俱盧洲」人「下品」往生「天界」的情形介紹

(1)若「欝單越」(北俱盧洲 Uttara-kuru，舊稱「北欝單越」)人，臨命終時，見上行相。

諸天子！若「大」業大心，心業自在，生於「天上」。

(2)臨命終時，以手攬「空」，如一夢心，夢中所見種種「好花」。見之歡喜，又聞「第一上妙之香」，「第一妙色」皆悉具足。第一莊嚴，青黃赤白。第一香氣，在其手中。

(3)是人見「花」，生於貪心。作如是念：今見此樹，我當「昇」之。作是念已，臨終生於「中陰有」中。見「蓮花樹」，青黃赤白，有無量種。

(4)復作是念：我當「昇」樹，作是念已。即上大樹，乃是昇於「須彌寶山」。

(5)昇此山已，見天世界花果莊嚴，作如是念：我當遊行如是之處，我今至此「花果之林」，處處具足，是名「欝單越」(北俱盧洲)人「下品」受生，是名第五「中陰有」也。

第六種中陰身的介紹

➔「北俱盧洲」人「中品」往生「天界」的情形介紹

(1)若「欝單越」(北俱盧洲)人，以「中」業故，臨命終時，欲生「天上」，則有相現。臨命終時，見「蓮花池」，甚可愛樂。眾峯莊嚴，一切皆香。

「昇」此蓮花，昇已須臾。乘空而飛，猶如夢中，生於「天」上。

(2)見「妙蓮花」，可愛勝妙，最為第一。作如是念：我今當至「勝蓮花池」攝此「蓮花」，是名「欝單越」(北俱盧洲)人「中品」受生，是名第六「中陰有」也。

第七種中陰身的介紹

➔「北俱盧洲」人「上品」往生「天界」的情形介紹

(1)「欝單越」(北俱盧洲)人以「勝」業故，生「三十三天」，「善法堂」等三十三

處。從「鬱單越」(北俱盧洲)，臨命終時，見「勝妙堂」，莊嚴殊妙。其人爾時即「昇」勝殿，實非昇殿，乃昇「虛空」，至「天世界」。

(2)見其宮殿，「心念」即往生此殿中，以為天子，是名「鬱單越」(北俱盧洲)人，命終之後生於天上，受「上品」生，是名第七「中陰有」也。

第八種中陰身的介紹

➔ 「北俱盧洲」人往生「天界」的情形介紹

(1)若「鬱單越」(北俱盧洲)人臨命終時，則有相現。諸天子！其人見於「園林行列遊戲」之處，香潔可愛。聞之悅樂，不多苦惱。無苦惱故，其心不濁。以「清淨心」，捨其壽命，受「中陰身」。

(2)見「天宮殿」，作如是念：我當「昇」此宮殿遊戲。作是念已，即昇宮殿。見諸「天眾」遊空而行，或走或住山峯之中，或身相觸。處處遊戲，住於「中陰」。

(3)自見其身「昇」於天上，猶如夢中見「三十三天」，勝妙可愛。一切「五欲」，皆悉具足。作如是念：我今當至如是之處。作是念已，即生天上。取因緣有，如是有分，有「上、中、下」。

(4)生天上已，見於種種殊勝園林，悕望欲得。從「鬱單越」(北俱盧洲)死，生此天中。如是一切「鬱單越」(北俱盧洲)人，生此天已。餘業意生，樂於欲樂，貪五欲境，歌舞遊戲。受愛欲樂，憙遊「山峯」，多受欲樂，愛一切欲。何以故？

(5)由前習故，愛習增長。如是諸天子！是名「鬱單越」(北俱盧洲)人命終生「天」，生此天處，熏習遊戲，及死時相。是名第八「中陰有」也。

第九種中陰身的介紹

➔ 「西牛貨洲」人往生「天界」的情形介紹

(1)若「瞿陀尼」(西牛貨洲 Apara-godānīya，舊稱「西瞿耶尼」)人命終生「天」，有二

種業：何等為二？一者「餘業」，二者「生業」，生於天上。其人云何，「中陰」受生？

(2)臨命終時，則有「相」生。現報將盡，或「中陰有」，則有「相」生，動亂如夢。諸天子！「瞿陀尼」(西牛貨洲)人。臨命終時，以「善業」故，垂捨命時，「氣」不咽濁，「脈」不斷壞。諸根清淨，于時次第見「大池水」，如「毘琉璃」。入池欲渡，其水調適。不冷不熱，洋洋而流浮至彼岸。如是如是，近「受生處」。

(3)既至彼岸，見諸天女，第一端正。種種莊嚴，戲笑歌舞。其人見已，「欲心」親近。前「抱」女人，即時生「天」，受天快樂。如夢中陰(有如「幻夢」的「中陰」)即時滅壞，無量「亂心」，生已即「覺」。見眾妙色，受「勝妙身」。是名第九「中陰有」也。

(4)「瞿陀尼」(西牛貨洲)人，生有三品「上、中、下」業。同一光明，等一「中陰」，等同一見，同一生行，一切相似。不如「欝單越」(北俱盧洲)人三種受生差別相也。

第十種中陰身的介紹

→ 「東勝身洲」人往生「天界」的情形介紹

(1)若「弗婆提」(東勝身洲)人，臨命終時，見於死相。見自業相，或見他業，或見「殿堂」，殊勝幢幡，欄楯莊嚴。於「中陰有」，心生「歡喜」，周遍遊戲，欲近「受生」。

(2)於殿堂外，見業「相似」，見眾「婇女」與諸「丈夫」歌頌娛樂。第一莊嚴，歌舞戲笑。於「中陰有」，作如是念：我當出殿見諸「婇女」及諸「丈夫」，共其遊戲歌舞戲笑。何以故？

(3)以諸「婇女」與諸「丈夫」第一遊戲歌舞戲笑。念已即出，入遊戲眾。爾時其人，自知我入，猶如睡覺，即生「天上」，是名第十「中陰有」也。

(4)是名「四天下」(指四大部州)「中陰有」也。如是光明「中陰有」生，我「微

細知」，餘不能了。諸餘外道，莫能知者。雖世間法，無人能見。

第十一種中陰身的介紹

➔ 「餓鬼道」眾生往生「天界」的情形介紹

(1)諸餓鬼等，以「不善業」，生餓鬼中。惡業既盡，受餘善業。本於餘道，所作善業可愛之業，猶如父母。欲生「天中」，則有相現，云何盡有而心相現？

(2)諸天子，若「餓鬼」中死，欲生「天上」。於餓鬼中，飢渴燒身。嫉妒破壞，常貪飲食，常念「漿水」，但念「飲食」，餘無所知。

(3)命欲終時，不復起念，本念皆滅，其身無熱，柔軟清涼。身有「長毛」，遍身「惡蟲」，皆悉墮落。面色清淨，涼風觸身。臨至命終，悉無「飢渴」，諸根淨潔。鵰 ⿰鳥 、鷲 ⿰鳥 、烏、鵄 (同鴟⿰蟲 鳥)，諸惡禽獸，常啄其眼。

(4)至臨終時，皆悉不近。見「飲食河」，盈溢充滿，入「中陰有」。以前習故，雖見「飲食」，不飲不食，唯以「目視」。如人夢中見食，不飲不食，或如夢食，雖食「不飽」。

(5)如是雖見，而未飽滿，唯生歡喜。見「天」可愛，如覺見色，心即生念，走往趣之，悕望欲往至於「彼處」。念已即趣，生於天上，是名十一「中陰有」也。

第十二種中陰身的介紹

➔ 「畜生道」眾生往生「天界」的情形介紹

(1)希有之業，以愚癡故，受「畜生」身。無量種類多癡因緣，業成熟故，餘業受於無量百千億生死之身。

(2)業成就故，墮於「地獄、餓鬼、畜生」，於無量劫所作之業輪轉世間，不可窮盡，不可思量。無始邪曲，不作利益，惱害眾生，輪轉無窮。

於畜生中，無量種類，無量種食，無量諸道，無量種身，無量種地。有無量種諸心種子，造無量業，或教他不信，作諸惡業。

(3)受報既盡，猶如滴於大海之水，令海枯竭。業海生滴，畜生業盡。以餘善業，畜生中死。生「二天」處，或生「四天王天」，或生「三十三天」。

(4)於「畜生」惡道苦報欲盡，將得脫身。則有相現，其相所緣，有無量種，不可具說。「畜生」中死，生於「天上」，甚為希有，非謂「餓鬼、地獄」中也。

(5)何以故？以癡心故，多作惡業，墮「畜生」中。於一世中，所作惡業，百千億生，受之不盡。或於一劫，至百千劫，生死流轉。從生至生，業鎖所繫。流轉世間，受畜生身。

(6)是故寧墮「地獄、餓鬼」，不受愚癡「畜生」之身。以是因緣，「畜生」之中，命終生「天」，甚為難有，非地獄也。

(7)如是畜生，苦處臨終，見「光明」現。以餘善業，癡心薄少，本智少增，智心漸利。臨命終時，見「光明」相，若見「山谷」，見諸「樹林」，種種「流水」，種種「河池」，及見「飲食」。

(8)若憶念見「世間智」故，見有樂處。或在「山中」，或在「林間」，或「憶飲食」，或見「樂處」，即走往趣。如夢所見，走往趣之，如是如是。近「受生處」，即受「天身」。

(9)如從夢覺，見眾色相。於百千億「受生之處」，悉皆未曾見如是色。見已歡喜，發希有心。此何等物？云何有此？何因有此？以「不習」故，諸識鈍故，是故生於希有之心：我當至此，盡攝此物。

(10)餘善業故，起如是心。以此因緣，生如是意。生此念時，即生天上。是名第十二「中陰有」也。第一難有、第一希有、第一難知。戲弄之中，業最第一。種種業處，心大幻師，遊戲諸道生死之處，戲弄眾生。

補充說明：

第十二種「中陰身」的內容主要是說「畜生道」要往生「天道」是最難最難

的，但筆者認為「**法無定法**」，故不必以《正法念處經》的觀點為一定的「准則」，下面舉 13 部經典證明「畜生道」也能順利往生「天道」的說法。

1 姚秦・鳩摩羅什譯《眾經撰雜譬喻・卷下・比丘道略集》[10]

(此為鳥亦可生天界的例子之一，但此鳥是自動聽經修行，而且達一心不亂的程度)

(1)昔有沙門，坐在樹下誦經。鳥來在樹上聽經，專心聽經，不左顧右視。為獵師所射殺。

(2)鳥臨死時，其心「不亂」，「魂神」即生天上，自念生所從來根源。

《生經・卷五》[11]

(此為狗轉生人道的例子，並無轉至天上之說)

(1)昔有沙門，晝夜誦經，有「狗」伏床下，一心聽經，不復念「食」。如是積年，命盡，得「人形」，生舍衛國中，作「女人」。

(2)長大見「沙門」分衛，便走自持「飯」與，歡喜如是。後便追沙門去，作「比丘尼」，精進得應「真道」也。

2 元魏・慧覺譯《賢愚經・卷第十二》[12]

(此為鸚鵡亦可生天界的例子之一，但此鳥乃因阿難授「四諦法」而往生解脫也)

(1)如是我聞，一時佛在舍衛國祇樹給孤獨園。爾時長者須達，敬信佛法，為僧「檀越」(施與僧眾衣食的布施者)。一切所須，悉皆供給。時諸比丘，隨其所須，日日往來，說法教誨。

(2)須達家內，有二鸚鵡，一名律提，二名賒律提。稟性黠慧，能知人語。諸比丘往來，每先告語家內聞知。拂整敷具，歡喜迎逆。是時阿難往到其家，見鳥聰黠，愛之在心，而語之言：欲教汝法。二鳥歡

---

[10] 參《眾經撰雜譬喻》卷 2。詳 CBETA, T04, no. 208, p. 541, b。

[11] 參《生經》卷 5。詳 CBETA, T03, no. 154, p. 108, b。

[12] 參《賢愚經》卷 12〈51 二鸚鵡聞四諦品〉。詳 CBETA, T04, no. 202, p. 436, c。

喜，授「四諦法」，教令誦習，而說偈言……

(3)有二鸚鵡，弟子昨日教誦四諦，其夜命終……生「四王天」…………於彼命終……當生第二「忉利天」上……於彼命終……當生第三「焰摩天」上……於彼命終……當生第四「兜率天」上……於彼命終……當生第五「不驕樂天」……於彼命終……

(4)當生第六「化應聲天」……六天壽盡，當生何處？佛告阿難：當下閻浮提，生於「人」中，出家學道。緣前鳥時誦持「四諦」，心自開解，成「辟支佛」。一名曇摩，二名修曇摩。

(5)佛告阿難：一切諸佛及眾賢聖、天人品類。受福多少，皆由於法種其「善因」，致使其後，各獲妙果。

3《賢愚經・卷六》[13]

(此爲牛亦可生天界的例子)

(1)弟子阿難，住在佛後，大眾圍遶……諸牛見佛乘空而過，身放金色普照世界。諸牛至心，仰視世尊，心存篤敬，住隴不行……

(2)佛以悲心，知其可度，即下為說種種妙法……時「牛」命終，盡生「天上」。

4《賢愚經・卷十三》[14]

(此爲狗亦可生天界的例子)

(1)眾人見已，乃專聽法，得道者眾。尊者本來有一「狗」子，日日於耳，竊為說法，其狗命終，生「第六天」，與「魔波旬」共坐一床。

(2)魔王思惟，此「天」大德，乃與我等。為從何沒，而來生此？尋觀察之，知從「狗身」。

---

[13] 參《賢愚經》卷 6〈30 月光王頭施品〉。詳 CBETA, T04, no. 202, p. 396, b。

[14] 參《賢愚經》卷 13〈60 優波鞠提品〉。詳 CBETA, T04, no. 202, p. 443, a。

5 《佛說因緣僧護經·卷一》[15]

(此為龍亦可生天界的例子)

(1)爾時世尊復告僧護：汝於海中所見龍王，受此「龍身」，牙甲鱗角，其
　狀可畏，臭穢難近。

(2)以「畜生道」障出家法，亦障「修禪」，無「八解脫」。雖得長壽，不能得
　免「金翅鳥王」之所食噉。

(3)命終之後，生「兜率天」。天中命盡，得受「人身」。彌勒出世，作「大
　長者」，財富巨億，為大「檀越」，供養供給「彌勒世尊」及諸比丘，四
　事具足。

(4)是諸長者，有五百人，同時出家，得羅漢果，功高名遠，眾所知識。

6 《眾經撰雜譬喻·卷一》[16]

(此為蛇亦可生天界的例子)

(1)昔有沙門行草間，有大蛇言：和尚道人！道人驚，左右視之。

(2)蛇言：道人！莫恐莫怖，願為我說經，令我脫此罪身？

(3)蛇曰：道人！聞有阿耆達王不？

(4)答曰：聞！

(5)蛇曰：我是也！

(6)道人言：阿耆達王立「佛塔寺」供養功德巍巍，當生「天上」，何緣乃爾
　也？

(7)蛇言：我臨命終時，邊人持扇，墮我面上，令我瞋恚，受是「蛇身」。

(8)道人即為說經，一心樂聽，不食七日，命過「生天」。

7 《大寶積經·卷八十四》

(此為牛亦可生天界的例子)

---

[15] 參《佛說因緣僧護經》卷 1。詳 CBETA, T17, no. 749, p. 571, c。

[16] 參《眾經撰雜譬喻》卷 1。詳 CBETA, T04, no. 208, p. 535, b。

(1)時「旃陀羅」繫牛其舍，方入欲殺，牛見驚怖，掣繩奔走，往於「勝生如來」林所。

(2)時「旃陀羅」持刀隨逐，彼牛惶怖墜於深坑，其命將終楚痛號吼。

(3)時旃陀羅見是牛已，更增「忿怒」，便入坑中，持刀欲殺。

(4)未下之頃，爾時「勝生如來」，於彼林中，無量百千大眾圍遶，廣為分別「緣起法門」，所謂無明緣行，行緣識，識緣名色，名色緣六入，六入緣觸，觸緣受，受緣愛，愛緣取，取緣有，有緣生，生緣老死憂悲苦惱，如是因緣……

(5)彼牛得聞如來所說「緣起法句」，其聲微妙，心生喜悅，命終之後生「兜率天」，得見「彌勒」，成就正信。

8《大寶積經・卷一〇八》[17]

(此為馬亦可生天界的例子)

(1)以何緣故，如來及僧，在於婆羅門毘蘭若聚落，三月之中食「馬麥」耶？

(2)善男子……此「五百馬」於先世中，已學菩薩乘，已曾供養過去諸佛，近「惡知識」，作惡業緣，惡業緣故，墮「畜生」中。

(3)「五百馬」中有一「大馬」，名曰日藏，是大菩薩，是日藏菩薩，於過去世在人道中，已曾勸是五百小馬，發菩提心，為欲度此五百馬，故現生馬中。由大馬威德故，令五百馬自識「宿命」，本所失心，而令還得……

(4)爾時「大馬」為五百馬，以「馬音聲」而為說法，亦教悔過，今當禮佛及比丘僧。說此事已復作是言：汝等當以所食半分，供養於僧。

(5)爾時「五百馬」悔過已，於佛及僧生淨信心。過三月已，其後不久是五百馬命終，生於「兜術天」上……

(6)如來以方便力，受三月食馬麥非是業報，是名如來方便。

---

[17] 參《大寶積經》卷108。詳 CBETA, T11, no. 310, p. 606, b。

9《慧上菩薩問大善權經·卷二》[18]

(此爲馬亦可生天界的例子)

(1)何故如來三月食麥？……彼時又有五百馬師，有菩薩名日藏，本立願生其中，普化斯等，令發道意……

(2)馬師及馬皆自悔過，見佛衆僧，竟三月已，五百馬命終，生「兜術天」，為天所敬，如應說法，得立不退轉地，當成無上正真之道……

(3)如來以斯諸學比丘及化菩薩，隨時示現，非罪殃也，是亦如來善權方便。

10《佛說大方廣善巧方便經·卷四》[19]

(此爲馬亦可生天界的例子)

(1)又復何緣，如來昔曾於三月中食「馬麥」耶？……又復此五百馬，往昔曾於日藏菩薩所發大誓願，以其宿世大願力故，今復值遇日藏菩薩，以菩提法方便教化令得度脫……

(2)時五百馬以宿善根力故，見佛及苾芻衆食是「馬麥」，即時禮佛及諸苾芻。彼五百馬過三月已，皆悉命終生「兜率天」。

11《金光明最勝王經·卷九》[20]

(此爲魚亦可生天界的例子)

(1)若有衆生臨命終時，得聞「寶髻如來」名者，即生天上。

(2)我今當為是「十千魚」演說甚深「十二緣起」，亦當稱說「寶髻佛名」……

(3)爾時其地卒大震動，時「十千魚」同日命終，既命終已，生「忉利天」。

---

[18] 參《慧上菩薩問大善權經》卷 2。詳 CBETA, T12, no. 345, p. 165, a。

[19] 參《佛說大方廣善巧方便經》卷 4。詳 CBETA, T12, no. 346, p. 177, b。

[20] 參《金光明最勝王經》卷 9〈25 長者子流水品〉。詳 CBETA, T16, no. 665, p. 449, c。

12《師子月佛本生經・卷一》[21]

(此為獼猴亦可生天界的例子)

(1)爾時,「獼猴」白羅漢言:我願作佛,隨大德語,從於今日乃至成佛,終不殺生。

是時,羅漢聞「獼猴」語,身心歡喜,即授「五戒」……

(2)「獼猴」答言:我能奉持。次受「不盜、不邪婬、不妄語、不飲酒」,亦如上法。

(3)既受戒已,時阿羅漢告言:汝當發願,汝是「畜生」,現身障道,但勤精進求阿耨多羅三藐三菩提。

(4)爾時,「獼猴」發願已竟,踊躍歡喜,走上高山,緣樹「舞戲」,「墜地」而死。由阿羅漢受「五戒」故,破「畜生業」,命終即生「兜率天」上,值遇「一生補處菩薩」(彌勒菩薩),菩薩為說「無上道心」。

*13*西晉・竺法護譯《佛說龍施菩薩本起經》[22]

(此為蛇亦可生天界的例子)

(1)過去世時有一般遮旬在叢樹下,精進行道心無所著,常愍十方人及蠕動之類……得五神通以自娛樂……

(2)時有毒蛇,見般遮旬晝夜誦經,心大歡悅,前詣般遮旬所稽首作禮,取草用掃,含水灑地,供事道人不敢懈慢。常在左側,聽經不離……

(3)爾時毒蛇自說「瑕惡」,身意靜然,但還自責,今此危身,不足貪惜,不顧軀命,此無所著。

(4)便從樹上,自投於下,未及至地,墮樹岐間,身絕兩分,便即命過,生「兜術天」。

(5)得見「光明」,即自思惟,便識「宿命」:我在世時,身為「毒蛇」,奉侍

21 參《師子月佛本生經》卷 1。詳 CBETA, T03, no. 176, p. 444, b。
22 參《佛說龍施菩薩本起經》卷 1。詳 CBETA, T14, no. 558, p. 910, b。

「道人」，行正遠邪，精進不懈，伏惡心魔，視其身命，譬如土沙，知命非常，自投樹下，於彼壽終，來生此上(天上)。

(6)便於天上從諸「玉女」及與「天子」，各持「香華」散「毒蛇」上，便自說言：今此蛇身，雖為毒惡，於我大厚，終不為薄，精進行法，心無所著，絕其壽命，得上為天。

(7)今故來下，欲報其恩，便復行詣般遮旬所，稽首作禮，供養華香，嗟歎功德，皆共稱譽。

(8)今此道人，無有等侶，行大慈悲，無有親疎，教授一切，令離三塗。本為毒蛇，視如赤子，憂念一切，此功德大，欲報其恩，何時能達。適說是已，便還去，上「兜術天」。

第十三種中陰身的介紹

➡ 「地獄道」眾生往生「天界」的情形介紹

(1)墮「地獄」眾生，希有難得，生於天上。餘業因緣，善因緣故，如業成熟，第一清涼，第一利益。先墮地獄，善為出緣。從於無量苦惱之中，既得脫已，生受無量快樂之地。

(2)地獄眾生者，所謂「活地獄、黑繩地獄、眾合地獄、叫喚地獄、大叫喚地獄、焦熱大地獄」等。及眾隔處，受大苦處，第一可怖毛豎之處。焰火熾然，周匝圍遶。

(3)是地獄人，以業盡故，將欲得脫。從此「地獄」，臨命終時，則有相現。

(4)云何「中陰有」生於天上？業因緣故，捨於大苦，受第一樂。諸天子！地獄之人，惡業盡故。

(5)命欲終時，若諸獄卒，擲置鑊中，猶如水沫，滅已不生。若以棒打，隨打即死，不復更生。

　　若置鐵函，置已即死，不復更生。

　　若置灰河，入已消融，不復更生。

　　若鐵棒打，隨打即死，滅已不生。

　　若鐵嘴鳥，鐵鳥食噉，食已不生。

　　若師子虎狼種種惡獸，取之食噉，食已不生。

(6)是地獄人，惡業既盡。命終之後，不復見於閻羅獄卒。何以故？以彼非是「眾生數」故，如油炷盡，則無有燈。業盡亦爾，不復見於「閻羅獄卒」。

(7)如閻浮提，日光既現，則無闇冥。惡業盡時，閻羅獄卒，亦復如是。惡口惡眼，如眾生相，可畏之色，皆悉磨滅。如破畫壁，畫亦隨滅，惡業畫壁，亦復如是。不復見於「閻羅獄卒」可畏之色。

(8)以如來說：「閻羅獄卒」非「眾生數」，故是名地獄。眾生得脫「地獄」，生於「天上」……

(9)復說地獄「中陰有」相。本所不見，忽於虛空中見有第一歌舞戲笑。香風觸身，受第一樂。眾妙音聲，謂樂器音，種種音聲，聞如是等。風吹樂音，聞可愛香，見妙色相，園林花池，聞眾妙音。自見身相，忽生妙色，威德第一，見身香潔，花鬘莊嚴，一切無礙。

(10)見諸虛空，清淨無垢，星宿滿空。聞河流聲，鵝鴨鴛鴦，出種種音，皆悉聞知。如是「中陰」，聞當生處，有諸音樂，琴瑟箜篌，種種樂音。先於無量百千億歲，未曾得生。

(11)如是歡喜，遍生善相，如自見身，在於兄弟親族知識。念念之中，生大歡喜，欲近「生有」(指將投生於母胎之最初剎那，稱爲「生有」)，或生「三十三天」，或生「四天王天」。

(12)至此天已，見眾園林，及聞香氣，七寶蓮花，天子端正。作如是念：我今當至如是之處。念已即生，如是有分，取因緣有。如是眾生，惡業既盡，從地獄出，於不可說大苦惱處，命終生於大樂之處。是名十三「中陰有」也。

第十四種中陰身的介紹

➔ 從「人界」往生至「人界」的情形

(1)若「人中」死，還生「人中」，有何等相？云何悕望？其人死時，若生「人中」，則有相現，云何悕望？

(2)若生「人中」，於臨終時，見如是相。見「大石山」，猶如影相，在其身上。爾時其人，作如是念：此山或當墮我身上，是故動手欲遮此山。兄弟親里見之，謂為「觸於虛空」。

(3)既見此已，又見此山，猶如「白氎毛」(毛布也)。即「昇」此氎，乃見「赤氎毛」。次第臨終，復見「光明」。以少習故，臨終迷亂，見一切「色」，如夢所見。

(4)以心「迷」故，見其「父母」，「愛欲」和合。見之生「念」，而起顛倒。

(5)若男子生，自見其身，與母交會，謂父妨礙。若女人生，自見其身，與父交會，謂母妨礙。

(6)當於爾時，「中陰」則壞，「生陰」(之)「識」起，次第緣生。如印所印，印壞文成。是名「人中」命終還生「人中」。是名十四「中陰有」也。

第十五種中陰身的介紹

➔ 從「天界」往生至「天界」的情形

(1)「天中」命終，還生「天上」，則無苦惱。如餘天子命終之時，愛別離苦，墮於地獄餓鬼畜生。如此天子，不失己身莊嚴之具，亦無餘天「坐其本處」，不見種種苦惱之相。所坐之處，無餘天生。

(2)此天命終，生於「勝天」。若四天處，命終之後，生三十三天。可愛勝相，聞眾歌音。先所未聞，見五欲境，皆悉勝妙。

(3)次第命終，見「中陰有」第一天女。種種音聲，手執蓮花，色相殊勝，河池流水，園林勝妙。昔所未覩，如夢所見，是「中陰有」見如是事。

(4)若近「生有」(指將投生於母胎之最初剎那，稱為「生有」)，如從眠覺，見於正色，見「五欲功德境界」具足。本所未見，嗚呼歎言：如是希有，昔所未見，我當往至如是之處。念已，即往生於「天中」。是名第十五「中陰有」相續道也。

第十六種中陰身的介紹

➡ 從「天上」退生至「天下」的情形

(1)若從「上天」，退生「下天」(非指人間)。見眾「蓮花、園林、流池」，皆亦不如。既見此已，飢渴苦惱，渴仰欲得，即往彼生。

(2)如是雖同生天，二種「陰有」(中陰有)，二種相生。是名第十六「中陰有」相續道也。

第十七種中陰身的介紹

➡ 「東勝身洲」人與「西牛貨洲」人互相往生情形

(1)若「弗婆提」(東勝身洲)人，生「瞿陀尼」(西牛貨洲)，有何等相？「瞿陀尼」(西牛貨洲)人，生「弗婆提」(東勝身洲)，復有何相？

(2)諸天子！如是二天下人，彼此「互生」，皆以一相。臨命終時，見「黑闇窟」。於此窟中，有「赤電光」，下垂如幡，或赤或白。其人見之，以手攬捉。

(3)是人爾時，「現陰」即滅。以手接幡，次第緣幡。入此窟中，受「中陰身」，近於「生陰」。見受生法，亦如前說。

(4)或見二牛，或見二馬，愛染交會，即生欲心。既生欲心，即受「生陰」。如是諸天子。是名第十七「中陰有」也。

(5)汝等當知，既知此法，勿得放逸。何以故？放逸之人，不得脫於「生老病死」。於世間法，不得利益。如是放逸，永無安樂。

(6)若欲脫苦，當自勉力，捨於「放逸」。若天若人，有智慧者，應捨「放逸」。

本書參考文獻

（底下 1~21 皆從 CBETA 電子佛典集成 April 2011 中所檢索）

1.　《大般涅槃經》。

2.　《大寶積經》。

3.　《阿毘達磨大毘婆沙論》。

4.　《佛說輪轉五道罪福報應經》。

5.　《佛說罵意經》。

6.　《正法念處經》。

7.　《守護國界主陀羅尼經》。

8.　《大乘瑜伽金剛性海曼殊室利千臂千鉢大教王經》。

9.　《證契大乘經》

10.　《道地經》

11.　《正法念處經》

12.　《阿毘達磨俱舍釋論》

13.　《大寶積經》

14.　《大乘阿毘達磨集論》

15.　《阿毘達磨大毘婆沙論》

16.　《鞞婆沙論》

17.　《瑜伽師地論》

18.　《阿毘達磨俱舍論》

19.　《大般涅槃經》

20.　《菩薩地持經》

21.　《中陰經》

22.　《一切經音義》

23.　《佛說灌頂經》

24.　《翻譯名義集》

25.　《阿毘曇毘婆沙論》

26.《佛說灌頂經》

27.《阿毘達磨順正理論》

28.《大乘顯識經》

1. 達瓦桑杜英譯藏，徐進夫藏譯漢《西藏度亡經》，天華出版公司，1983 年。

2. 逢塵主編：《天堂印象──100 個死後還生者的口述故事》，外文出版社，1999 年 1 月。

3. JeanRithie 著，徐和平譯：《打開生死之門》，陝西旅遊出版社，1998 年 10 月。

4. 達瓦桑杜英譯藏，徐進夫藏譯漢《西藏度亡經》，天華出版公司，1983 年。

5. Raymond A. Moody 著，賈長安譯：《Life after life》(來生)，台北：方智出版社，1991 年 4 月初版(原文書乃於 1975 年出版)。

6. 張蓮菩提重譯華言：《中陰救度密法》，臺北：大乘精舍印經會，1998 年 5 月。

7. Evelyn Elsaesser Valarino著，李傳龍、李雅寧 譯：《柳暗花明又一生：瀕死經驗的跨領域對談》。台北：遠流出版，2000年5月1日初版。（原書於1997年出版）

8. 陳士濱主編：《2009 第三屆文學與社會研討會論文集》，台中：華格那企業有限公司，2009 年 10 月初版。

9. 林耕新：「您相信瀕死經驗嗎？瀕死經驗初報」。台灣精神醫學會四十週年慶祝大會暨學術研討會論文摘要集，2001年。

10.《西藏度亡經》。蓮華生大士原著，徐進夫譯。天華出版。1983 年初版。1996 年三版 16 刷。

11. 國瀕死研究學會網站。詳http://www.iands.org。

果濱其餘著作一覽表

一、《大佛頂首楞嚴王神咒・分類整理》(國語)。1996 年 8 月。大乘精舍印經會發行。➔ 書籍編號 C-202。

二、《生死關初篇》。1996 年 9 月。大乘精舍印經會發行。
➔ 書籍編號 C-207。

三、《雞蛋葷素說》。1998 年。大乘精舍印經會發行。
➔ ISBN：957-8389-12-4。

四、《生死關全集》。1998 年。和裕出版社發行。
➔ ISBN：957-8921-51-9。

五、《大悲神咒集解(附千句大悲咒文)》。2002 年 9 月。臺南噶瑪噶居法輪中心貢噶寺發行。新鳴遠出版有限公司製作。
➔ ISBN：957-28070-0-5。

六、《唐密三大咒修持法要全集》。2006 年 8 月。新鳴遠出版有限公司發行。➔ ISBN：978-957-8206-28-1。

七、2007 年 8 月出版的《穢跡金剛法全集》。新鳴遠出版有限公司發行。
➔ ISBN：978-957-8206-31-1。

八、《楞嚴經聖賢錄》(上下冊)。2007 年 8 月及 2012 年 8 月。萬卷樓圖書股份有限公司發行。
➔ ISBN：978-957-739-601-3(上冊)。ISBN 978-957-739-765-2(下冊)。

九、《《楞嚴經》傳譯及其真偽辯證之研究》。2009 年 8 月。萬卷樓圖書股份有限公司發行。➔ ISBN：978-957-739-659-4。

十、《果濱學術論文集(一)》。2010 年 9 月。萬卷樓圖書股份有限公司發行。➔ ISBN：978-957-739-688-4。

十一、《淨土聖賢錄・五編(合訂版)》。2011 年 7 月初版。萬卷樓圖書股份有限公司發行。➔ ISBN：978-957-739-714-0。

十二、《漢譯《法華經》三種譯本比對暨研究(全彩版)》。2013 年 9 月初

版。萬卷樓圖書股份有限公司發行。➔ISBN：978-957-739-816-1。

十三、《漢傳佛典「中陰身」之研究》。2014 年 2 月初版。萬卷樓圖書股份有限公司發行。➔ISBN：978-957-739-851-2。

十四、《《華嚴經》與哲學科學會通之研究》。2014 年 2 月初版。萬卷樓圖書股份有限公司發行。➔ISBN：978-957-739-852-9。

十五、《《楞嚴經》大勢至菩薩「念佛圓通章」釋疑之研究》。2014 年 2 月初版。萬卷樓圖書股份有限公司發行。

➔ISBN：978-957-739-857-4。

※ 大乘精舍印經會。地址：臺北市漢口街一段 132 號 6 樓。電話：(02)23145010、23118580

※ 和裕出版社。地址：臺南市海佃路二段 636 巷 5 號。電話：(06)2454023

※ 萬卷樓圖書股份有限公司。地址：臺北市羅斯福路二段 41 號 6 樓之 3。電話：(02)23216565・23952992

果濱佛學專長

一、漢傳佛典生老病學。二、漢傳佛典死亡學。三、悉曇梵咒學。四、楞伽學。五、維摩學。六、般若學(《金剛經》+《大般若經》+《文殊師利所說般若波羅蜜經》)。七、十方淨土學。八、佛典兩性哲學。九、佛典宇宙天文學。

十、中觀學。十一、唯識學(唯識三十頌+《成唯識論》)。十二、楞嚴學。

十三、唯識腦科學。十四、敦博本六祖壇經學。十五、佛典與科學。

十六、法華學。十七、佛典人文思想。十八、《唯識双密學》(《解深密經+密嚴經》)。十九、佛典數位教材電腦。二十、華嚴經科學。

國家圖書館出版品預行編目(CIP)資料

漢傳佛典「中陰身」之研究 / 果濱 撰. -- 初版. –
臺北市：萬卷樓, 2014. 02
面；　公分
ISBN 978-957-739-851-2(精裝)

1.佛教　2.生死觀　3.死亡

220.113　　　　　　　　　　　　　103001550

漢傳佛典「中陰身」之研究

2014 年 2 月初版 軟精裝　　　　　　　　定 價：新台幣 360 元

ISBN 978-957-739-851-2

編　著　者：陳士濱（法名：果濱）
　　　　　　現為德霖技術學院通識中心專任教師
發　行　人：陳滿銘
封 面 設計：張守志
出　版　者：萬卷樓圖書股份有限公司
編輯部地址：106 臺北市羅斯福路二段 41 號 9 樓之 4
電話：02-23216565
傳真：02-23218698
E-mail：wanjuan@seed.net.tw
萬卷樓網路書店：http://www.wanjuan.com.tw
發行所地址：106 臺北市羅斯福路二段 41 號 6 樓之 3
電話：02-23216565
傳真：02-23944113
劃撥帳號：15624015
作 者 網站：http://www.ucchusma.net/sitatapatra/
承 印 廠商：中茂分色製版印刷事業股份有限公司
◉版權所有　翻印必究◉
新聞局出版事業登記證局版臺業字第 5655 號
（如有缺頁、破損、倒裝，請寄回本公司更換，謝謝）